Marta Karlweis (1889–1965), Tochter des Wiener jüdischen Vorstadtdramatikers und Prosaautors Carl Karlweis, Frau von Jakob Wassermann und Mutter des Journalisten Charles Wassermann, besuchte die Schwarzwaldschule in Wien. Nach der Geburt zweier Töchter aus ihrer ersten Ehe mit einem böhmischen Industriellen debütiert sie 1912 mit der Erzählung *Der Zauberlehrling*. 1934 emigriert sie in die Schweiz und dann 1939 nach Kanada, wo sie bis zu ihrem Tod eine psychiatrische Praxis betreibt.

Ihr 1929 erschienener Roman *Ein österreichischer Don Juan* zielt auf die gnadenlose Entzauberung der Monarchie und die Rekonstruktion der tiefer liegenden Ursachen ihrer Auflösung ab. Er dekuvriert die moralische Doppelbödigkeit der herrschenden Schichten der ausgehenden Habsburgermonarchie. Der wohlhabende Wiener Baron Erwein von Raidt ist ein Frauenheld, wie er im Buche steht. Sein Verhältnis mit der schönen Witwe Löwenstein lässt er schnell fallen, als er ihrer bezaubernden 21jährigen Tochter Cecile begegnet. Nachdem diese schwanger wird, bricht er auf der Stelle den Kontakt zu ihr ab. Um das Dekorum zu wahren, verkuppelt er sie mit einem nichtsahnenden Industriellen. Als Cecile den wahren Charakter Erweins endlich durchschaut, ist sie bereits unheilbar krank. Für den einstigen skrupellosen Frauenhelden und Bonvivant vergehen die Jahre weiter mit Liebesabenteuern, Verführungen und Eroberungen, bis ihn schließlich seine letzte Geliebte zu ihrem hörigen Sklaven macht.

Johann Sonnleitner, ao. Prof. für Neuere Deutsche Literatur an der Universität Wien, ist Herausgeber mehrerer Editionen, u. a. zu Maria Lazar, und hat zahlreiche Veröffentlichungen zur österreichischen Literatur vorgelegt.

Marta Karlweis

Ein österreichischer Don Juan

Roman

Herausgegeben und mit
einem Nachwort von
Johann Sonnleitner

das vergessene buch

Die Erstausgabe erschien 1929
im Verlag H. Grethlein, Zürich und Leipzig.

1. Auflage 2015
Das vergessene Buch
DVB Verlag GmbH
www.dvb-verlag.at

Umschlaggestaltung: Leandra Eibl, Eindhoven
Druck und Bindung: Druckerei Theiss GmbH,
St. Stefan im Lavanttal
Gedruckt auf Eos blauweiß, holzfrei,
FSC® Mix Credit zertifiziert
Printed in Austria
ISBN 978-3-200-04259-9

Inhalt

Als der junge Erwein von Raidt am 30. Januar 1889 aus dem Portal des Jockeyklubs in den eisigen, finsteren Nachmittag hinaustrat, redete ihn ein Mensch mit über dem Kopf gelüpftem Hut so schnell und dringlich an, daß er ein wenig zurückwich und erst im zweiten Augenblick den Kutscher seines eigenen ‚Unnumerierten' erkannte, den Fiaker Wodiczka, genannt der Grafen-Toni. Was ihm der Grafen-Toni zuraunte, klang wie ein tolles Gerücht, aber weil es schrecklich war, glaubte es der junge Raidt sofort. Der hübsche Kavalier besaß eine Hinneigung zum Schrecklichen. Er hat nach Jahrzehnten unverbrüchlichen Schweigens und erst nach dem Zusammenbruch der Monarchie zuweilen durchblicken lassen, daß er damals vom Grafen-Toni die Wahrheit erfahren habe: Mord und Selbstmord des Kronprinzen in Mayerling. Der undurchdringliche Nebel von Mutmaßungen, Verdächtigungen, Schauermärchen, Halbwahrheiten und Lügen quoll erst vierundzwanzig Stunden später in dicken Wolken über die Stadt Wien.

Im Salon der Fürstin F., wo er erwartet wurde, erschien er wie ein Betrunkener, aber totenbleich. Die Nachricht bestätigte sich. Die Verwirrung war unbeschreiblich. Raidt blieb die ganze Nacht in der Wohnung eines Freundes wach. Als er am 31., einem Donnerstag, endlich heimfuhr in die Salesianergasse, befahl er dem Grafen-Toni, einen kleinen Umweg zu machen. Er wollte nicht an dem Hause vorüberfahren, in dem die Mary Vetsera gewohnt hatte. Immer sah er den Mund vor sich, die feuchte rote Blüte in dem strahlenden Kinderantlitz. Ihr Gang war ein eigentümliches Schwimmen in zu früh erblühter Sinnlichkeit, in allen zartesten Schatten des üppig-schwärmerischen Gesichtes nistete verliebte Träumerei. Und doch ein Kindergesicht und trotz aller Fülle fast noch der unschuldige Körper eines Kindes. Während Erwein Raidt in seiner Wohnung einen Kognak nach dem anderen hinunterstürzte, lag dieser Körper, in ein schwarzes Kleid und einen Pelz gewickelt, schon in eisiger Gruft draußen in Heiligenkreuz.

Über Wien wälzte sich Bedrückung, fast Entsetzen. Fremde Leute redeten einander auf der Straße an. Kinder, die Rudolfs Leichenzug gesehen hatten, wurden krank und schrien nachts aus dem Fieber. Alle fühlten das Erdbeben, jedoch kaum einer versuchte, es ganz zu verstehen. Ein Dichter schrieb:

Kehrt in euch, des Unheils Waage steigt!

Erwein las diese Worte und schickte dem Dichter Lorbeeren und weiße Rosen. Der Fürstin F., die ihn im diplomatischen Dienst protegieren wollte, schrieb er einen ehrfurchtsvollen Brief und erklärte, es sei sein unumstößlicher Entschluß, überhaupt in keinerlei Dienst zu treten. Ein abgründiger Pessimismus bemächtigte sich des leichtfertigen jungen Menschen. Mit einem verehrten, bedeutend älteren Verwandten, einem berühmten Arzt, hatte er einen argen Auftritt. Er behauptete, die greulichen Doktrinen der Zeit, die preußische Pest des sogenannten Fortschritts habe den Kronprinzen in den Abgrund gestürzt. Als der Mann der Wissenschaft hierauf entgegnete, der Erzherzog sei nichts gewesen als ein Degénéré supérieur, zudem den Weibern, dem Alkohol und dem Morphium verfallen, erhob sich Erwein und knallte die Tür des Hauses für immer hinter sich zu.

Er vergaß nichts. Er war überhaupt nicht fähig, irgend etwas zu vergessen.

Im Mai drang eines der hundert Gerüchte von kompromittierenden Briefen des Kronprinzen, die sich in den Händen einer dubiosen Person befänden, auf besonders glaubwürdige Art zu ihm. In der Gesellschaft hatte es im Winter geheißen, der Erwein Raidt besitze mehr Herz, als man vermutet habe. Im Mai war diese Überraschung schon vergessen. Man konnte nicht gedankenloser leben als der junge Raidt. Er war so sehr bekannt als Don Juan, daß sein Diener Merlitschek ganz allgemein der Leporello hieß. Und die Liste dieses Leporello war kaum unbeträchtlicher als die seines spanischen Urbildes. Merlitschek war, ebenso wie der Grafen-Toni, eingeweiht in sämtliche Abenteuer seines Herrn. Im Lauf des Monats Juni machte es ihm daher zu schaffen, daß er von seinem Gebieter mehrere Nächte nacheinander vom Hause fortgeschickt wurde. „Muß das eine Heiklige sein!" dachte er, und seine Phantasie verstieg sich in die höchsten Regionen.

In der Tat empfing Erwein nächtlichen Besuch. Allein Merlitschek wäre von Entsetzen befallen worden, hätte er die Schöne erblickt. Denn der nächtliche Besuch war ein jüdisch aussehender Mann, er redete mit ungarischem Akzent.

Niemand erfuhr damals, niemand erfuhr jahrzehntelang, daß der junge Raidt einen Teil seines Vermögens opferte, um jene Briefe aus der Welt zu schaffen. Zwar redete er von da an düster und sorgenvoll vom Stand seiner Finanzen, aber da die Erbschaft ungefähr bekannt war, die ihm nach dem frühen Tode seiner beiden Eltern als einzigem Kinde zugefallen war, hielt niemand diese Redereien für etwas anderes als Affektation. Höchstens vermutete man, er habe das Geld mit Weibern durchgebracht. Kam die Rede darauf, dann hüllte er sich in Schweigen, seine großen blauen Augen verschleierten sich wie bei einem Katzentier. Eigentlich bleibt diese Seelenstärke unerklärlich. Er ist eitel; kennt einen einzigen Ehrgeiz: in der Gesellschaft zu glänzen. Er ist gern wichtig und fürs Leben gern in alles ‚eingeweiht'. Dennoch versagt er sich diesen Glorienschein! Versagt es sich, allerhöchsten Ortes bemerkt und günstig angeschrieben zu werden. Wäre er ein Schwärmer! Aber nein, er ist nüchtern wie Wasser, rechnerisch wie ein Kanzleibeamter, durchaus Mensch des Lebens, wie es ist, und dennoch schweigt er, oder besser, er verschweigt.

Ich kann nur vermuten, daß in dem jungen Menschen Brocken eines früh zerstörten Ehrgeizes eine eigentümliche, schwankende Beklommenheit der Seele hervorriefen. Warum wurde dieser Ehrgeiz, wenn er vorhanden war, zerstört? Auch darüber lassen sich nur Annahmen aussprechen, aber es werden schwerlich andere Gründe zu finden sein, als die mit dem Jahrhundert unheimlich wachsende Unlust des Österreichers an seinem Reich. Wenn ein so gewaltiges uraltes Gebilde zerstört werden soll, mögen seine Teile Generationen vorher eine kreatürliche Angst empfinden, die der Verstand nicht zu deuten vermag. Nun, die Kreaturenangst war so groß in Erwein von Raidt, daß er den Selbstmord des Kronprinzen ohne weiteres begriff und ebenso den Mord, der ihm vorangegangen war. Während er die Briefe, die ihm der jüdisch aussehende Ungar gebracht hatte, Stück für Stück in seiner leeren, nächtlich dunklen Wohnung sorgfältig verbrannte, kräuselte sich ihm unaufhörlich das Fleisch bis in die blutleer gewordenen Lippen. Es war mehr als das Grauen, das sich im Winter aller Gemüter bemächtigt hatte: in dieser Nachtstunde öffneten sich ihm Abgründe des Schicksals, Abgründe seiner eigenen Natur, und sie waren in angsteinjagender Weise eins. Er glaubte nicht an den Himmel, aber er fürchtete sich entsetzlich vor Gottes Hölle. Davon durfte jedoch nichts ruchbar werden, denn nur das Ruchbare besitzt Macht in der Welt. Von den inneren Gewalten wußte er nichts. Er glaubte, daß alles Unheimliche in Bann gehalten werden könne durch ehernes Schweigen. Böse Dinge konnten verschwiegen werden, und dann waren sie nicht da. Am besten war es, man dehnte den Umkreis des Verschweigens soweit wie möglich aus. Verschwiegenheit war wie ein festes, dauerndes Gewölbe. Darauf ließ sich lustig weiter bauen. Und nichts lenkte so gut den Verdacht von etwaigen Gräbern und Grüften ab, als wenn man ein rechtes Tingel-Tangel an Ort und Stelle aufführte. Nun, dieses Tingel-Tangel entsprach ohnedies der Lebensführung jener Gesellschaft, der sich Erwein Raidt von ganzem Herzen ergeben hatte. Hier durch Geburt zu glänzen war ihm nicht möglich; durch Reichtum ebensowenig. Geist ohne diese beiden Voraussetzungen hätte ihn nur verdächtig gemacht. Aber von der Natur war er mit vielen äußeren Vorzügen ausgestattet worden, und sie hatte ihm verliehen, was nach Grillparzers Ausspruch vor Gefahren sichert und zugleich gefährlich macht: ein kaltes, treuloses Herz und eine warme Phantasie.

Frauen hatten ihn in die eleganteste Gesellschaft gebracht, als er, der Schule noch nicht entwachsen, in der hübschen offiziersähnlichen Uniform des Theresianisten seine ersten schüchternen Eroberungen machte. An Frauen hielt er sich fortan. Seine sinnliche Anlage führte ihn knapp an die Grenze des Genialen, die freilich nur der echte Liebende überschreitet. Die Verquickung war unvermeidlich: Liebe wurde für ihn der Gegenstand seines Ehrgeizes. Liebe trieb ihn an, Liebe stillte ihn, Liebe machte ihn berühmt, Liebe hob ihn unter den elegantesten jungen Leuten hervor und umwitterte ihn mit einem Schimmer von Macht, sie legte unter seine Füße die tragende Wolke von Neid und jener primitiven Reverenz, welche Ausgezeichneten dieser Art von alten und jungen Männern nie ganz verweigert wird.

Das große Geheimnis der Generationen bleibt undurchdringlich auch dem rückschauenden Blick. Dennoch scheint mir keinem Zweifel zu unterliegen, daß ein Engländer, ein Franzose oder ein Italiener der gleichen Epoche, der in einer ebenso bevorzugten Situation, in einer ähnlichen bedeutsamen Affäre wie die des kronprinzlichen Briefpakets ebensoviel Großmut, Uneigennützigkeit und Charakterstärke bewiesen hätte, über kurz oder lang im öffentlichen Leben seines Staates hervorgetreten wäre, nicht durch Protektion, denn seine Handlungsweise blieb ja unbekannt, sondern durch die dynamischen Kräfte seines Charakters und seiner Gaben. Durchaus möglich bleibt, daß sich zwischen Tat und Wirksamkeit noch eine längere Periode leichtfertigen Lebens, eine Art von Prinz-Heinz-Periode eingeschoben hätte, allein sie wäre eben nur Füllsel geblieben oder verdeckte Vorbereitung. Dem Österreicher, dessen künftiger Kaiser als Liebesmörder und Selbstzerstörer ins Jenseits geflohen war, wurde seine Tat durch Schweigen nicht geadelt, sondern durch Verschweigen in die Tiefe gebannt, ohne den Segen der Fruchtbarkeit.

Erwein von Raidt ist heute ein Mann von achtundsechzig Jahren und noch nicht ganz verarmt trotz Krieg und Inflation. Ich sah ihn nach langer Pause vor wenigen Jahren in Karlsbad, eine auffallende Erscheinung trotz des leicht gebeugten Rückens, die großen blauen Augen auch jetzt noch scheinbar schwärmerisch verträumt, der Mund, obgleich verwelkt, noch immer an den des Apoll vom Belvedere erinnernd. Oder mehr an den der Venus von Milo? Jedenfalls ist dieser Mund zu klein, das ganze frauenhaft volle, bartlose Gesicht aber expressiv bis zum Komödiantischen. Raidt war in einem Gespräch mit mir begriffen, als eine abgetakelte alte Operettendiva vorüberging. Beim Anblick der geschminkten und geschnürten ehemaligen Schönheit wurde mein Gegenüber wie vom Blitz durchzuckt. Sonst die Artigkeit in Person, beantwortete er meine letzte Frage nicht mehr, ja kehrte mir beinahe den Rücken. Mit ersterbender Stimme hauchte er den Namen der Vorbeitrippelnden, und während er sich mit ehrfürchtigem Ernst verneigte, hielt er die Augen hypnotisiert auf die blondlockige Alte geheftet, so daß er vom tiefsten Punkt ferner Verbeugung geradezu heraufschielen mußte vor Ergebenheit. Ich glaube nicht, daß Raidt sich jemals das geringste aus dieser Person gemacht hat. Daß er sie begrüßte wie ein glühend Verliebter seine hoch über ihm in Lüften schwebende Geliebte, ist teilweise zu erklären aus einer in seiner Herkunft begründeten Falschheit und Lust an der Komödie, teilweise aber aus seiner besonderen Beziehung zum anderen Geschlecht.

Erscheint mir eine Figur wie Erwein Raidt so völlig umgeben von der Lebensform der österreichischen Monarchie wie der Kern vom Fruchtfleisch, so mag das daher rühren, daß meine hauptsächliche Kenntnis seines Charakters und beinahe alle Details der ihn betreffenden Ereignisse aus Gesprächen und Erzählungen meiner Eltern, vor allem aber aus umfangreichen hinterlassenen Notizen meines Vaters stammen. Mein Vater betrachtete Erwein Raidt als ein Exemplar, das ihn zur Satire reizte. Ein ausführlicher satirischer Roman findet sich vorbereitet mit vielen Episoden, deren jede einzelne bestimmt ist, irgendeinen Charakterzug des Mannes zu illustrieren, und der wichtigste unter ihnen ist eine kaum greifbare, eben darum aber unendliche Hypokrisie. Unmittelbar daneben aber Beweise von außerordentlicher Freundestreue. Zur Hypokrisie gesellt sich anfallsweise geradezu krankhafter Geiz; die erwähnte Freundestreue erhebt sich ihrerseits das eine oder andere Mal zu echter Hingabe. Im Falle seines Freundes Sillian etwa, obzwar ein gewisses junges Mädchen damals nichts Geringeres behauptete, als daß Sillians früher Tod durch Raidt wenn nicht verschuldet so doch beschleunigt worden sei. Eine unhaltbare Behauptung, wenn man bedenkt, daß Sillian an einem angeborenen Herzleiden gestorben ist. Freilich ist es eine Frau, die derart das Unheimliche in Erwein von Raidt gesehen hat. Mein Vater hingegen behandelt in seinen Notizen vorzugsweise den Charakter als etwas Ge-

gebenes, er umreißt ihn, blättert ihn sorgfältig auf. Ihn beschäftigt Erweins Verhältnis zu den Frauen in gleicher Ordnung etwa wie dessen Beziehungen zur Kirche, zur Religion, zum Kaiserhaus und zum Theater. Den Snobismus, der diesen Mann durchsetzt wie ein alles fingierender Farbstoff, nennt mein Vater noch, vielleicht mit einer Art von Eigensinn an der Terminologie des gebildeten Bürgertums seiner Zeit festhaltend, ganz einfach: gesellschaftliche Streberei. Erwein von Raidts Snobismus – dies sei gleich vorweggenommen – wird übrigens in diesen Blättern nicht mehr ausdrücklich erwähnt werden. Wer über diese seelische Verfassung im Augenblick nach Marcel Proust etwas Neues oder Bedeutendes berichten zu können glaubt, befindet sich ohne jeden sonstigen Vergleich in der Lage Heinrich Heines, als er Goethen die Mitteilung machte, er, Heine, dichte soeben einen Faust.

Erweins Beziehung zur Kirche ist gleichbedeutend mit der zur Religion überhaupt, das heißt, er ist denkbar nur als Katholik. Protestant kann Don Juan nicht sein, denn eher ist er dem einsam glühenden Mönch verwandt als dem sittenstrengen Bürger und Hausvater der menschenwimmelnden Mitte. Auch stieße ihn das ungestufte demokratische Wesen der protestantischen Gemeinschaft ab. Ihm ist wohl im Vielräumigen, da kann man sich verstecken. Ihn verlangt, wie nach einem irdischen, so nach dem himmlischen Kaiserhaus mit seinen zahllosen Hofdiensten, Würdenträgern, geheiligten Handlungen, Gnaden und Gnadenmitteln. Er bedarf, ohne sich etwa je in die Weisheit und Größe seiner Baugesetze zu vertiefen, jenes ungeheuren Palastes, der prunkt und beschützt, denn auch Prunk ist ja nichts anderes als Gewähr der Macht und des Schutzes. Don Juan ist, wie der Mönch, nur auf der entgegengesetzten Seite, so weit von der Mitte des Lebens fort bis an den Rand menschlichen Seins geschoben, daß jeder Schritt gefährlich und von

Finsternis bedroht ist. Dort, wo der lustige Kavalier sich tummelt, kriecht hier und da bei unbedachter Wendung ein eisiger Schauer des Nichts über Rücken und Genick. Er fürchtet das Nichts in vielgestufter Rangordnung zunächst als Langeweile in der Zeit. Wir sehen ihn in jungen Jahren unablässig in Bewegung, auf der Jagd, auf Reisen, als Gast in Schlössern oder unermüdlich hinter berühmten Schauspielern und Tänzerinnen von Stadt zu Stadt fahrend. Weit schärfer, beißender schon verfolgt ihn ferner Angst vor dem Nichts gleichsam im Raum, Angst vor Mangel oder Not. Trotzdem er im behaglichen Wohlstand aufwächst und, beinahe noch als Knabe, durch Erbschaft zu Reichtum gelangt, scheinen ihm Dürftigkeit und Bedrängnis so furchtbar wie sonst nur Geprüften, die ihre Jugend im äußersten Elend verbracht und sich endlich in eine angstvoll bezweifelte Sicherheit gerettet haben. Menschen, die in diesen höchlichst zu vermeidenden Zustand geraten oder sich darin befinden, sind ihm wie von einem Ausschlag Befallene, er macht die äußersten Anstrengungen, sie durch Ratschläge, Empfehlungen, Beziehungen vor solchem Übel zu bewahren, verzeiht jedoch nie, wenn sie trotzdem, am Ende gar infolge von sogenannten Gefühlen und Herzensregungen, in Armut sinken. Nicht ohne Grund, denn er betrachtet Armut als eine ansteckende Krankheit, und was Krankheiten anbelangt, versteht er nicht den geringsten Spaß. Eine Halsentzündung ist gleichbedeutend mit der Pest; er weiß, daß aus einem Schnupfen Rotlauf entstehen kann; ein guter Bekannter, Mitglied des Jockeyklubs, ist daran zugrundegegangen und wer auf solche Art dem Tode in den Rachen läuft, ist nichts Besseres als ein Narr. Zu den Ängsten in Zeit und Raum gesellt sich die beklemmendste: die Angst in Ewigkeit, die Angst vor dem Tode, vor dem absoluten Nichts. Aber Erwein von Raidt gehört zu jenen starken Wesen, bei denen Furcht sich unmittelbar in Haß verwandelt. Langweilige, arme oder bresthafte Leute kann er hassen bis zur Bosheit. Aus dem Charmeur entpuppt sich dann mit unheimlicher Geschwindigkeit ein Teufel, der ebenso blitzhaft wiederum verschwindet, meist hinter jenem Lächeln mit gesenkten Lidern, das ihn einem schönen, schelmischen Kinde ähnlich macht. Sein tiefster Haß und seine tiefste Angst gilt dem Tod, sind ja doch Krankheit, Langweile, Not nur dessen Vermummungen im Komödienspiel. Mit des Todes Majestät, wo sie sich der Verkleidung entschlägt, hat Erwein sich auf einen sonderbaren Fuß gestellt. Als er etwa sechsundfünfzig Jahre zählte, sah ich ihn den Leichenzug einer nahen Freundin und jüngeren Verwandten ordnen. Damals begriff ich, was für ein guter Tänzer er gewesen sein mußte. Während sein Antlitz eine würdige Trauer zur Schau trug, wie eine heilige Reliquie zur Schau getragen wird, waren seine Hände, seine eleganten Füße in unablässiger, fast zappelnder Bewegung. Der hochaufgerichtete Rumpf folgte mit federnder Geschwindigkeit den Impulsen dieser Hände und Füße, ausdrucksvolle Gesten unterstützten halblaut gehauchte, wiederholte Anweisungen, mit lebhaftem, wenn auch kummervollem Schwingen des florumhüllten Zylinderhutes brachte er Vereinzelte sowie Gruppen an gehörige Plätze, das Ganze glich einer Quadrille mehr als einer Begräbnisprozession. Raidt schien um Jahrzehnte verjüngt, ganz Nerv, ganz Umsicht und der ehrlich schmerzgebeugten Familie in der Tat eine Stütze. Derselbe Mann, der um nichts in der Welt auch nur ein Haus betreten hätte, in dem ein Kind an harmlosen Schafblattern krank lag, derselbe Mann fühlte sich im Leichenpomp, im Schutze des Ceremoniells vollkommen in seinem Element. Er hat sogar eine gewisse Vorliebe für Leichenfeierlichkeiten und heilige Seelenmessen, er fehlt bei keiner, die für einen befreundeten oder geehrten Verstorbenen gelesen wird, dazu ist man ja ein Christ, daß einem das Undenkbare durch die Formen und Regeln tolerabel gemacht werde. Der Instinkt dafür liegt ihm im Blut, und das ist bei zunehmenden Jahren ein Segen, denn in der Heftigkeit seiner Natur lauern bedenkliche Finsternisse. Der Instinkt und das Talent für das Ceremoniell sind bei diesem ungebrochenen Typus des Egoisten wie alle seine Talente zu einem hohen Grade der Vollkommenheit entwickelt. Hier wäre manches zu sagen über Raidts vorzügliche Eigenschaften als Spieler, über den Ernst, mit dem er Spielregeln handhabt, als wären es die zehn Gebote Gottes, über die unerbittliche Strenge, mit der er die Gebräuche des Anstands und der Moral bei sich selbst und allen ihm erreichbaren Personen beobachtet. Liebesverhältnisse verheirateter Männer oder gar Frauen sind ihm ein Greuel, wenn sie ruchbar werden, überhaupt gibt es keinen erbitterteren Feind aller Unordnung als ihn. Seine Dienstboten hängen trotzdem an ihm, er ist ein geborener Herr, auch wenn er dem Kutscher eines befreundeten Ehepaares die Hand schüttelt und unter Fiakern, Lohndienern, Oberkellnern und Logenschließern eine ausgebreitete Freundschaft hat. Es ist in der Tat nicht Trinkgeldsucht allein – er ist äußerst sparsam mit Trinkgeldern –, die jene Leute zu ihm in Beziehung setzt, sondern eine naive Dankbarkeit dafür, daß Raidt sie nie verlegen macht. Das ‚Volk' ist à son aise mit ihm, genau wie jene jungen Erzherzoge und Erzherzoginnen, denen sonst das Blut im Gehirn einfriert vor Verlegenheit, wenn ihnen jemand vorgestellt wird, der nicht zur Hofgesellschaft gehört. In Erweins Gegenwart sind weder Hoheiten noch Söhne von Portiersfrauen linkisch, und daß er diese Freiheit um sich zu verbreiten versteht, beweist nur, mit welcher Akkuratesse er selbst sich an die verwickelten Spielregeln gesellschaftlichen Umgangs hält. Er hat seine natürlichen Gaben als verwöhnter Cherubin adeliger Damen höheren Jahrgangs ausgebildet. Von ihren Händen geformt, beginnt er das Spiel, das ihm, dem künftigen Mann ‚des Lebens, wie es ist', als das Erstrebenswerteste von Anfang an erscheint: das Weltspiel der Gesellschaft.

Der Mann ‚des Lebens, wie es ist', der Mann, dem Tatsachen so unbedingte Faktoren sind, daß sich ihnen unterwerfen ihm schon als groteske Selbstüberhebung erscheint, so etwa, als beschließe einer, sich fortan dem Gesetz der Schwere zu unterwerfen, dieser Mann hält, wenn ihm das Geschick so hold gewesen ist wie dem Erwein Raidt, um dreißig alle seine Talente wie Trümpfe in der Hand. Er spielt sie mit Freiheit aus und der Ausgang der Partie ist jeden Tag gewiß und günstig. Er ist hübsch, elegant, gesucht, er besitzt zwar keinen hohen Geist, aber ungewöhnlich viel Witz, Kraft, Verve, Klugheit und eine reizvolle Bösartigkeit in der Konversation. Schon als Knabe galt er als Theaternarr. Hier findet er im Spiegel wieder, was er einzig liebt: Könige, schöne Frauen, große Herren. Er begnügt sich nicht mit seinen Stammsitzen in beiden Hoftheatern – in die Oper geht er nur zum Ballett –, sondern läuft in alle Vorstadttheater, hat seinen besonderen Platz überall, wird von allen Dienern mit Kompliment, von allen Garderobefrauen mit Knicks begrüßt. Diese Reverenz des Personals gehört unbedingt dazu, das ist gewissermaßen seine Komparserie und er unterscheidet sie so genau wie die einzelnen Gerüche in den Foyers, in den Treppenhäusern und in den Zuschauerräumen der Theater. Er hat den Geruchssinn eines Jagdhundes, das Auge eines Falken, Ohren, die das feinste Zischeln vernehmen, aber von Melodien nur Walzer und Couplets behalten können. Darf er hinter die Bühne kommen, so wird ihm buchstäblich schwindelig vor Vergnügen. Aber er ist, wie immer, mit tiefer Sammlung bei der Sache und bewegt sich hinter den Kulissen wie in Audienz beim Kaiser. Anbetend sieht man ihn im Parkett geduckten Kopfes mit emporgedrehten Augen an den

Lippen eines berühmten Schauspielers hängen; wenn er applaudiert, fährt er aus einer Entrücktheit, und sein Enthusiasmus kennt keine Grenzen. Dann strahlt sein sonst oft sorgenvolles hübsches Gesicht, die halbgeöffneten Lippen drücken das kindlichste und sinnlichste Entzücken aus, auf einmal ist das Leben nicht, wie es ist, Tatsachen lösen sich auf in Spiel von göttlicher Folgenlosigkeit, und wo keine Folge ist, da ist auch kein Tod. O ja, auf dem Theater gibt es auch Sterbeszenen, aber da wird es ja am wunderbarsten, die Toten stehen wieder auf, man jubelt sie hervor und sie verneigen sich mit lächelnden Gesichtern. Dieses Quasi des Gestorbenseins beseligt ihn ganz und gar. Wenn die Maria im ‚Clavigo' stirbt, sieht man große runde Tränen über Erweins Wangen laufen. Er schluchzt hellauf, wenn der Meister von Palmyra endlich Ruhe findet. Er wankt aus dem Theater, wenn die Wolter die Lady Macbeth gespielt hat. Von den Burgschauspielern – er nennt sie nie anders als mit ihren vollen Titeln – spricht er, nach einem gewissen vorsichtigen Blick in die Runde, in demselben behutsam raunenden Ton, in dem er die Namen von Mitgliedern des allerhöchsten Kaiserhauses, delikate Familienaffären oder Krankheitsfälle bekannter Persönlichkeiten erwähnt.

Zwischen vierzig und fünfzig setzt er ein wenig Fett an, seine Genüsse werden derber, seine Angaben darüber zynischer, die Falten zwischen Mund und Nase finsterer und tiefer. Die Erregungen im Theater erzeugen Beschwerden des Nervus simpathicus, die Sache wird in ihrer Weise ernst.

Die Sache des ganzen Lebens wird in ihrer Weise ernster, des Morgendufts entkleidet, rücken die Gebirge des nackten Daseins, ‚wie es ist', bedrohlich näher und näher. Eine Abmagerungskur verschlimmert die Beschwerden, Raidt hält sich eine Zeitlang für bedeutend krank. Er befindet sich häufig auf einem oberösterreichischen Landgut, man sieht ihn im Kirchdorf regelmäßig in der Landestracht mit der

Kerze in der Hand dicht hinter dem Baldachin des Hochwürdigsten in der Fronleichnamsprozession einherwallen. Nur erscheint er nie vor der österlichen Kommunion, dem Dorfpfarrer zu beichten dünkt ihm nicht ratsam.

Aber es bleibt beim freilich feierlich genommenen Spiel der Bigotterie; vor dem profunderen Ernst der Kirche schreckt er zurück, wie sein sonst so untrügliches Gehör vor gehaltvolleren Melodien. Überdies verzieht sich das vermeinte Leiden wie verfrühte Herbstnebel. In die Stadt zurückkehrend eilt er ins Schauspiel. Im Carltheater gibt die Sarah Bernhardt mit ihrer Truppe: ‚La Dame aux Camélias'.

Raidt erlebt eine ungeheure Erschütterung. In den Pausen umringen ihn seine Freunde. Nach dem Ende sieht man ihn mit vorgehaltenem Taschentuch in seinen Monatswagen steigen, der, einer der ersten dieser Art, statt auf Gummi auf Pneumatikrädern läuft. Er fährt freilich nicht nach Hause, sondern ins Hotel Sacher. Dort, Zimmer Nummer soundsoviel, wohnt augenblicklich, Star des Ronachertheaters, der schönste Frauenkörper der Stadt, vielleicht Europas. Zum erstenmal nach niederdrückenden Schwierigkeiten ist Raidt in diesem Zimmer glücklich.

In derselben Epoche wird, wie es diesem vielschichtigen Charakter entspricht, eine tiefere Unterlage seiner Theaternarrheit sichtbar. Zur trockenen Beschaffenheit der Seele gehört ein hitziges Temperament. Wo keinerlei Verstrickungen des Herzens drohten, hatte er sich von jeher eine Wildheit erlaubt, die für die Dauer eines Rausches seine Tage und Nächte ganz und gar verschluckte. Diese bei seiner Weltklugheit und Vorsicht um so verblüffendere Unbedingtheit des Moments hat ihn berühmt gemacht. Damen vom Theater rissen sich um ihn. Aber in der Schule aristokratischer Frauen, die schon den jungen Knaben in ihre Kreise zogen, hatte er gelernt, daß Diskretion auf wunderbare Art die gleichsam subkutane Wirkung steigert. Sein

Instinkt für Wirkung ist so groß, daß sie das Künstlerische streift. Früh wird er der Amant du cœur einer erstaunlichen Anzahl von bekannten und begehrten Schönheiten. Bei ihm ist das fiktive Geheimnis der Kokotte genau so wohl verwahrt wie das wirkliche der verheirateten Novize, die sich Hals über Kopf in ihn verliebt. Fast zwei Jahrzehnte wird um ihn nur vermutet, behauptet und gemunkelt, und die Wirkung einer solchen Aureole muß nicht erst beschrieben werden. Unversehens aber wird es anders. Intime Freunde entdecken zuerst Photographien schöner Frauen auf dem Kamin seines Schlafzimmers, später werden solcher Bildnisse mehr, sie klettern die Wand empor wie üppig wuchernder wilder Wein; auf dem Kamin, als Nachschub gleichsam, stehen nun solche mit entschieden zärtlichen Widmungen, und das wuchernde schöne Schlinggewächs findet seinen Weg behutsam tastend in das anstoßende Schreib- und Lesezimmer. Damit ist der Schritt in die Öffentlichkeit getan. Auf dem Kamin im Schlafzimmer tauchen nun Photographien sehr wenig bekleideter Schönheiten auf, während jene in einwandfreier Umhüllung nun schon am Paravent des Schreibzimmers zu bewundern sind. Die Wände des Schlafzimmers sind jetzt völlig übersät mit leuchtenden Augen, schön gestraffter Haut, Haarkronen, Chignons, aufgelösten Locken, lächelnden oder schmollenden Lippen. Im nächsten Zimmer bevölkern sie auch den Schreibtisch. Raidt macht den Cicerone, in untadeliger Ehrerbietung, der kenntnisreiche Custos einer Sammlung von Meisterwerken. Allein es tritt zutage zwar trotz seiner Diskretion, aber jedenfalls nicht gegen seinen Willen, daß ihm das Theater von Jahr zu Jahr immer mehr auch dies bedeutet: ein unüberschaubares, des reichen Nachwuchses von selbst versichertes Serail. Von selbst trifft sich hier auch die Auslese des Schönen – das Charakteristische ist um diese Zeit noch nicht erfunden und besitzt keinen Kurs –, und wenn ein Zug seines Wesens unbedingt wahr genannt werden darf, so ist es Erwein von Raidts Verlangen nach Schönheit, ja Verehrung der Schönheit, wenn auch ganz ausschließlich jener der weiblichen Form. Landschaft, Frucht, Gemälde, Schmuckstücke, plastisches Gebilde, Blüte, Baum, was ihn hinreißt, muß immer Botschaft von Frau Venus sein. Freilich darf ein so undurchsichtiges Lebewesen auch hierin nicht im entferntesten auf eine Formel gebracht werden. Völlig in die Irre würden wir geraten, wollten wir zum Beispiel seine Theaternarrheit endgültig als unwiderstehlichen Zug zum Serail betrachten, verdeckt durch Neigung und Talent zu Spiel und Ceremoniell. Vielmehr ist das Theater Erwein von Raidts, eines vollkommen fleischlichen Geschöpfes, Anteil am Höheren, am Jenseitigen, am Geist. Denn eben, daß er nicht ganz ohne Organ dafür geschaffen wurde, das macht ihn ruhelos, treibt ihn in schrullenhaft aufbrechende Wut oft im unerwarteten Augenblick, an der Wiege eines kleinen Kindes etwa oder wenn einer ein Gedicht zitiert. Gedichte hat er überhaupt nur in englischer Sprache gelesen. Warum nur englisch? Kaum zu ergründen und auch wohl nicht wesentlich, allein je näher wir den Mann betrachten, desto krauser dreht sich Zug auf Zug um das Geheimnis, das ja zuletzt in jedes Menschen Herz beschlossen und verborgen ist. Mit der Geschichte seiner Herkunft ist uns nicht viel geholfen; mein Vater hat festgestellt, daß ein direkter Urahn seines Namens als Sekretär des Fürsten Kaunitz unter Joseph des Zweiten nobilitiert worden ist. Eine ununterbrochene Reihe österreichischer Beamten führt bis zum Hofrat von Raidt, Erweins Vater. Das Vermögen stammt von einer Großmutter, der schönen Tochter eines reichgewordenen Seidenhändlers aus Mariahilf. Die Mütter, schreibt mein Vater, kommen zum Teil aus dem Volk, es sind sogar geheiratete Domestiken, einmal ist eine auffallend schöne Böhmin unter ihnen.

Dieser Umstand scheint darauf hinzudeuten, daß die Raidts im Mannesstamm sehr häufig von ihren Leidenschaften regiert worden sind. Schön waren sie alle, die schönste, Erweins Mutter, blond und mit den blauen Augen voller Licht wie er, Tochter einer schönen und munteren Frau, die nicht ausschließlich ihren biederen bürgerlichen Gatten zum Vater ihrer Kinder haben wollte. Da reichen denn verborgene Wurzeln ins Slawische, ins Italienische, nachweisbar vielleicht zur Freude des Genealogen oder des österreichischen Volkstumforschers, uns aber nicht zu wesentlichem Nutzen. Sind wir neugierig genug und wollen wir den Punkt erforschen, aus dem das Wesen unseres Sonderlings und Don Juans bewegt wird, dann müssen wir ihn fortab in der Mitte gewisser Ereignisse betrachten.

1

Es war ausgemacht worden, daß Erwein den Grafen-Toni schicken werde, der Cecile zur Premiere der neuen Operette ins Theater an der Wien bringen sollte. Er selbst wollte vom Klub direkt hinkommen. Dort hatte ihn am Tage vorher irgend jemand um einen der beiden Orchestersitze angegangen, die ihm in diesem Theater ein für allemal reserviert wurden. Aber Erwein, mit hochgezogenen Augenbrauen und Schultern: „Tut mir unendlich leid, aber ich muß, verstehen Sie, muß! – heute Abend eine Art Mündel von mir ins Theater führen."

Mündel; immerhin war Cecile Löwenstein damals einundzwanzig Jahre alt. Sie war die Tochter der verwitweten Hofrätin Löwenstein und erst vor ein paar Monaten aus dem Dresdner Pensionat nach Wien zurückgekommen. Ihre Situation war in Kürze die:

Der Vater, protestantisch, getaufter jüdischer Staatsbeamter der liberalen Ära, hatte es als Direktor einer Eisenbahngesellschaft in verhältnismäßig jungen Jahren zum Titel eines Hofrates gebracht, war gestorben und hinterließ eine gleichfalls noch junge, außerordentlich schöne und sehr lebenshungrige Witwe, Tochter einer gewissen Frau Jeřabek, die ehemals im Torbogen der Alleegassenvolksschule Papierwaren, Schinkensemmeln, Äpfel, Seidenbonbons und Pischingerschnitten verkauft hatte. In der keineswegs glücklichen, ungleichen Ehe war Cecile, das einzige Kind, das nun etwa sechzehn Jahre zählte, nach dem Vater geraten und hatte von ganzem Herzen zu ihm gehalten. Die Hofrätin, bei scharfem Temperament nach dem Tode des Gatten endlich vom Druck seines geistigen und moralischen Übergewichtes befreit, entledigte sich alsbald der unbequemen Tochter, die sie in Gesprächen mit ihrer Schwester Melanie, der Industrielehrerin, nicht selten das ‚Judenmädl' nannte. Sie schickte Cecile nach Dresden in ein Töchterpensionat. Der Hofrat hatte etwas Vermögen hinterlassen und außerdem zahlte ihr die Eisenbahngesellschaft ein ansehnliches Witwengehalt. Sie nahm die Melanie als Gesellschafterin zu sich und begann unter diesem Ehrenschutz erst eigentlich die Erfolge ihrer präzis geschnittenen Schönheit und einer zum äußersten entschlossenen Ichsucht zu genießen. Dabei besaß sie den unbeirrbaren common sense und derben Witz der unteren Volksschichten und machte sich, da sie ihr Temperament bei völlig kaltem Herzen zu zügeln gelernt hatte, bei Männern rar. Nicht daß sie etwa der einen oder anderen Eskapade abhold gewesen wäre, allein sie besaß eine nicht unbeträchtliche Kraft der Verstellung, ihr Ruf wurde nicht eben schlecht und festigte sich insbesondere, als ihr beinahe zwei Jahre auch nicht die kleinste Affäre nachgesagt werden konnte. Josefine Löwenstein spannte ihre Ansprüche hoch. Damals hatte sie längere Zeit schon Erwein Raidt ins Auge gefaßt, der jünger war als sie, selbst glänzend und einer der ihrigen weit überlegenen glänzenden Gesellschaft angehörte, war ihm auf einer Opernredoute nach langen schwierigen Intrigen, die alle fehlschlugen, in den Weg gekommen, und endlich, im glücklichen Moment, wurde sie tatsächlich seine Geliebte. Raidt schätzte Witwen, wenn sie auch sonst seinen Anforderungen entsprachen. Der Stand als solcher sagte ihm zu. Sein Herz, wenn wir es so nennen wollen, war gerade unbeschäftigt. Zuerst interessierte ihn ihre Haut, die in gewissen Lichtreflexen schimmerte wie mit feinstem Edelsteinstaub bestreut. Ihre tiefe Stimme, die Aussprache, ihr frecher Witz verrieten ihm die Wienerin aus dem Volk. Daß er zu ihr zurückkehrte, als er das Rätsel gelöst, hing mit seinem Sinn für Ergebenheit zusammen. Er hatte sofort gewittert, daß er, und nur er, aus diesem steintrockenen Gemüt herausschlagen konnte, was niemand herauszuschlagen vermocht hatte: Dienstwilligkeit. Als er sie eine Weile bevorzugte, bekam sie eine rasende Angst, ihn zu verlieren. Er dachte nicht im entferntesten daran, sich fesseln zu lassen, nannte, was er unbekümmert tat, nicht einmal Untreue, kam aber, als ihm zufällig der Sinn danach stand, zu ihr zurück und wurde stutzig. Sie machte ihm nicht die Spur von einer Szene, tat, als sei er gestern dagewesen, aber er sah, daß sie vor Qual beinahe verrückt geworden wäre. Ihre Gefaßtheit erweckte seine Anerkennung, als er bei ihr blieb, fühlte er sich als königlich Belohnender, und so dauerte das Verhältnis fort, das nie ganz bestand, und darum auch keinen Bruch mit Tränen und Erregung fürchten ließ. Er wahrte sich das Recht, nicht zu bemerken, was die Frau dabei litt, stand ihr im übrigen mit seinem Weltverstand zur Seite, brachte sie behutsam in den einen oder anderen aristokratischen Salon, verschaffte ihr Zutritt zu eleganten Wohltätigkeitskomitees und versprach ihr schließlich, als Cecile, die er nicht kannte, unter keinerlei Vorwand mehr in Dresden verbannt bleiben konnte, das störende Mädchen schnell und günstig ohne Mitgift zu verheiraten.

Nun war sie also da, das ‚Judenmädl', grauäugig, hoch und voll, der Chignon der schmalgedrechselten Mutter reichte ihr bis zum Kinn. Als Erwein sie zum erstenmal begrüßte, war sie seit ein paar Wochen schon im Haus. Eigentlich tat sie ihm leid, sie kam in eine unmögliche Position; der Vater hatte die Mutter zur Erbin eingesetzt, und daß die ihr keinen Kreuzer mitgeben würde, wußte Erwein. Darum hatte er sofort einen schonungsvollen, leisen, fast traurigen Ton, als er mit ihr sprach, und damit überraschte er Cecile. Sie hatte sich in den wenigen Wochen seit ihrer Rückkehr an eine scharfe und harte Luft gewöhnen müssen, und sie teilte das Schlafzimmer, ein einfenstriges Hofkabinett, mit der alten Handarbeitslehrerin, genannt Tant' Melanie.

Es war kein Raum für sie im Hause ihrer Mutter, das fühlte sie sofort. Nichts war für sie bereitgestellt als das Bett in eben jener lichtarmen Kammer. Man heizte schlecht und aß an gästelosen Tagen schlecht, denn die Hofrätin brauchte sehr viel Geld für ihre eigene Person. Cecile kam aus einem Kreise von Pensionsfreundinnen, die ihr schwärmerisch anhingen; meist waren diese jünger als sie und blickten zu ihr auf. Als sie einige Geschenke und gerahmte Photographien auspackte, die ihr von jenen Mädchen als Andenken verehrt worden waren, stand die Hofrätin mit meergrünen Augen dabei und fragte spitz: „Wo soll der Krempel hin?" Sie ihrerseits hatte nie Freundinnen besessen. Den Anzug der Tochter kritisierte sie unaufhörlich. Zehnmal am Tage hieß es: „Eine Riesenperson wie du –" Cecile war keineswegs eine Riesin. Sie hatte die stattliche Figur des Vaters geerbt, der Kopf mit dem kastanienbraunen Haar saß schmal und edel auf dem kräftig modellierten Hals. Die Abneigung der flinken kleinen Frau gegen eine gewisse – freilich täuschende – Ruhe der starkgliedrigen, vollen und großen Figur nährte sich wohl unbewußt aus größerer Tiefe. Sehr bald tadelte sie die ‚Einbildung', die ‚Arroganz', die ‚Affektation' der Tochter. „Weil ich sie für mein teures Geld was lernen lassen hab, kommt sie daher und glaubt weiß Gott was sie ist." Das war wie eine tiefwurzelnde wuchernde Giftpflanze in ihr. „Von der Wirtschaft versteht sie nichts, wird nie was verstehen, aber Geld ausgeben, noble Passionen, Bücher kaufen, das versteht sie." Die Schwester und Gesellschafterin, ein unseliges, hageres, schiefes kleines Geschöpf in einem flitterbenähten Mantillchen, nickte unermüdlich dazu und sog den Speichel aus ihren Mundwinkeln ein. Ohne Auftrag übernahm sie es, die Nichte zu überwachen. Cecile sollte nicht lesen. „Geh lieber in die Küche und schau dich um. Dienstboten wirst du dir einmal nicht leisten können." Auch Briefe schreiben sollte sie nicht.

Freundschaft war ‚Exaltiertheit' und ‚jüdische Affektation'. Schließlich fiel alles Geistige unter die Rubrik ‚jüdische Affektation'. Aber auch als Cecile ein Bad verlangte, hieß es: „Wozu brauchst du ein Bad? Wasch dich sauber. Schau mich an." In der Tat war die Hofrätin imstande, ein Huhn auszunehmen und dabei auszusehen, als hantiere sie mit einer Puderquaste. „Bei uns gibts kein Badezimmer. Die Pichlers haben keins, die Baronin Hochbruck hat keins. Baden tun nur die Juden."

Cecile verfiel nach kurzer Zeit in apathische Erschlaffung. Sie war tagelang sich selbst überlassen, während man in Dresden von ihr behauptet hatte, daß sie nie allein sei. Man erblickte sie dort nie ohne eine, meist aber in Gesellschaft vieler Freundinnen. Sie hatte Umgang in den besten Familien der Stadt gehabt, auf Bällen war sie stets umringt. Wie von der Mutter jene scharfe Kühle, ging von der Tochter Wärme aus, leidenschaftliche blinde Wärme, die um so mehr entzücken mußte, als niemand je ihren außerordentlichen Verstand in Zweifel zog. Cecile war verwöhnt, vor allem durch Mädchenliebe verwöhnt, der Kontrast war so heftig, daß er zunächst einen Erstarrungsprozeß hervorrief. Ihre Umgangsformen wurden steif genug, daß sämtliche Bekannte ihrer Mutter sie für ‚hochnasig' oder für ‚blöd' erklärten. Die Hofrätin überschüttete sie mit Vorwürfen. Cecile, die im Pensionat die zarte Empfindlichkeit einer lebhaften Einbildungskraft und echten Stolzes bewiesen hatte, blieb stumpf und kalt wie eine Holzfigur. „Ein Bild ohne Gnad", sagte die Hofrätin verächtlich, „aber leider kein schönes."

Eines Tages erschien Erwein, der ziemlich lange Zeit verreist gewesen war, und bat um eine Tasse Tee. Er sah Cecile und verfiel in jenen früher erwähnten, mildbekümmerten Ton, der in der Tat seinem Mitleid mit Ceciles Situation entsprach. In einem Anfall von nervöser Laune – Erwein vernachlässigte sie um diese Zeit schon so systematisch, daß von einem wirklichen Verhältnis nicht mehr die Rede sein konnte – befahl die Hofrätin ihrer Tochter, Erwein zu duzen, wie ein Kind einen älteren Verwandten duzt, ein lächerliches Ansinnen, denn Erwein war höchstens um zwölf Jahre älter als Cecile. Sicherlich erfolgte der Befehl, um Cecile zu demütigen. Erwein half mit einem leichten Scherz, die Hofrätin wandte sich zufällig ab, Cecile reichte Erwein die Teetasse, dabei bemerkte er ihre Hände und daß sie zitterten. Um eine Spur interessierter – sie war in keiner Weise sein Genre – wollte er ihre Augen sehen und erblickte zwei breite schwarze Wimpernbogen, unter denen winzige Tränenperlen hervordrangen. Ernstlich, sie dauerte ihn. Er stellte sich ein bißchen zur Verfügung. Das entsprach der Zusage, die er der Hofrätin gegeben hatte, sie faßte es als ihr geleisteten Dienst auf und gewährte Freiheit. Im Weggehen stand er einen Augenblick allein vor Cecile. Plötzlich sagte er: „Jetzt tuts mir leid, daß ich den Herrn Papa nicht gekannt hab.“ Er küßte ihr die Hand und fügte hinzu: „Aber man kennt ja immer die falschen Leute!“ Cecile antwortete, das heißt, eine Cecile, die es seit Wochen nicht gegeben hatte, antwortete: „Vielleicht treffen wir miteinander die richtigen.“

Sie sagte es lächelnd, ganz leicht, mit einer Spur von Ironie sogar. Aber gerade das Schwebende, Spöttische des kleinen Wortes nahm Erwein in der Erinnerung mit. Er sagte zu mehreren Damen: „Ich hab da ein nettes Mädl kennengelernt“, und bat sie, Cecile zu chaperonieren. Cecile bekam Einladungen, sie gefiel. Sofort bildete sich wieder ein Rahmen von entzückten jungen Mädchen um sie. Zwei oder drei ihrer Pensionsfreundinnen kamen zufällig auf Verwandtenbesuch nach Wien und brachten die Mode mit, für Cecile zu schwärmen. Die jungen Dinger schrieben einander erbitterte Briefchen um Ceciles willen, als wäre sie ein vielgesuchter Kavalier. Allmählich wurden die unterschiedlichen Brüder neugierig samt ihren Freunden und männlichen Verwandten. So geriet Cecile in einen Herzpunkt von Beziehungen, in einen Kreis voll Vettern- und Cousinenwesen, in den einzudringen ihrer Mutter nur am äußersten Rande geglückt war. Bald hier bald da begegnete ihr Erwein Raidt; er grüßte sie von ferne mit den Augen, redete auch ein paar Worte mit ihr, hielt sich aber nie lange auf, unsäglich beschäftigt, wie er immer war. Seine Zeit gehörte nicht ihm; sie gehörte seinen Geliebten und seinen Freunden, deren Intrigen, Passionen und Vergnügungen; ein Dossier seiner diplomatischen Missionen zwischen Familien der ‚Gesellschaft', seiner Ehestiftungen, seiner Vermittlungen zwischen großen Herren und Journalisten, zwischen Journalisten und schönen Balletteusen, zwischen Schauspielern und Theaterdirektoren, zwischen Sammlern, die Doubletten auszutauschen wünschten, hätte schon damals einen erstaunlichen Umfang aufgewiesen. Häufig verschwand er, tauchte wieder auf. Einmal begegnete ihm Cecile im oberen Belvederegarten, sie gefiel ihm, er gab ihr Ratschläge. Sie schaute ihn erschrocken an, dann verzog sich ihr üppiger kleiner Mund zu einem ganz kleinen Lächeln. Sie war von ebenso hohem Wuchs wie er, er blickte gerade auf ihre kleinen schimmernden Zähne und lächelte gleichfalls. Plötzlich fragte er: „Kokettierst du viel?" und duzte sie trotz der Aufforderung der Hofrätin zum erstenmal. Sie antwortete nicht und schaute über Wien hinaus, als suche sie die Antwort auf dem Kahlenberg. Und so, mit abgewendeten Augen, sagte sie: „Wie sonderbar Sie leben, Herr von Raidt!"

Er war dergleichen nicht gewöhnt, es war ihm auch, wenn schon nur halb, zuwider. Im Tonfall eines populären Komikers erwiderte er: „Ja, die hohen Ideale sind gestorben und verdorben." Dann summte er: „Glücklich ist, wer vergißt, was nicht mehr zu ändern ist." Im Sprechton weiter: „Wollen wir Samstag miteinander zur Premiere ins Theater an der Wien gehen? Die Frau von Lania wird neben uns sitzen." Dies erwähnte er wegen der Anstandsregeln. Cecile sagte zu. Die Vereinbarung mit dem Wagen wurde abgemacht, Erwein wollte Cecile im Foyer des Theaters treffen.

Er war stolz auf ihren Succès. „Ah, reizende Person, nicht wahr?" pflegte er zu sagen, wenn man sie lobte. „Eine trouvaille, finden Sie nicht? Und soviel Verstand!" Aber als der junge Logothetti sich heftig in Cecile verliebte, beschied er ihn zu sich.

Er hatte den Tee im sogenannten Uhrenzimmer servieren lassen, empfing dort den aufgeregten jungen Baron und schickte Merlitschek, seinen Diener, mit vielem Winken, Hochziehen der Augenbrauen und Heben des Kinns hinaus. Dem jungen Menschen wurde derart die Wichtigkeit der Unterredung klar. Nach langen Umschweifen brachte Raidt die Rede endlich auf Cecile. Er lobte sie, pries ihre Vorzüge, geriet in Feuer. Der Verliebte strahlte dumm. Raidt ging im Zimmer auf und ab, die Hände in den Hosentaschen. „Ein charmantes Geschöpf", sagte er mit einem Kopfschütteln des Staunens über Gottes Geberlaune. Plötzlich blieb er stehen, schaute dem Entzückten steif ins Gesicht und raunte mit erschrocken aufgerissenen Augen: „Aber mein guter Luigi, um Gottes willen: hands off! – dieses außerordentliche Mädchen hat," – Kummer war über seine Miene gebreitet – „diese Vereinigung von Geist, Herz, Gemüt und Charakter hat keinen Kreuzer Geld!"

Er setzte sich zu dem Jungen, legte ihm die Hand auf die Schulter und erläuterte ihm Ceciles Familienverhältnisse. In keiner Weise war er sich dabei einer Falschheit gegen Cecile oder die Hofrätin bewußt. In seinen ‚Familien' sah er eben auf Ordnung; da wurde nicht ohne Mitgift geheiratet, der Stand muß beisammengehalten werden. Logothetti hatte Schwestern. Die Güter in Niederösterreich brauchten

Kapital. Ob Cecile den Burschen leiden mochte, erkundigte er sich mit keinem Wort. Als er allein war, schaute er eine Sekunde befriedigt vor sich hin. Es war doch hübsch, wieviel man ihm in all diesen befreundeten Häusern verdankte. An Cecile dachte er nicht. In ‚ernsten Sachen' gab es für ihn nur Männer und Familien.

Infolge irgendeines Zufalls und hauptsächlich weil es in Strömen goß, mußte er die Abmachung mit Cecile in dieser Weise ändern, daß er selbst mit dem Grafen-Toni fuhr und also darinnen saß, als Cecile in Spitzenshawl und Theatermantel in den geschlossenen Wagen stieg. Sie war nicht auf ihn gefaßt und schrie leise auf. Unwillkürlich streckte er die Arme aus, weil er glaubte, sie sei ausgeglitten, und faßte sie an der Hand.

In diesem Augenblick durchschlug ihn die Kraft ihrer weiblichen Gegenwart so stark, daß ihm vor Überraschung das Wort verging.

Cecile fürchtete einzig, daß sie mit diesem kleinen Schrei ihr Geheimnis preisgegeben habe, und an der Heftigkeit ihrer Furcht erkannte sie erschrocken das Wesen dieses Geheimnisses. Eine Traumhülle war geplatzt und das Lebendige drang ans Licht. Mit mädchenhafter Arglosigkeit hatte sie den Traum gehegt und war Tag und Nacht geschäftig gewesen, ihn zu spinnen. Eine Frau kann man verführen, ein Mädchen macht sich seine Liebe ganz allein. Wir nehmen nur die Meilensteine wahr an der geheimnisvollen Straße, die Ceciles Phantasie gewandert war. Erwein Raidt hatte ihr gesagt, nun, das heißt, seit er sie gesehen, bedaure er, daß er ihren Vater nicht gekannt habe. Hier fing es an. Im Hause der Mutter war der Vater schlimmer als tot, er war getötet. Erwein hatte ihn aufgeweckt, nun war der angebetete Schatten wieder bei Cecile. Ihr Herz war voll Dank. Tiefe Quellen brachen auf, die verschüttet schienen, die

Erstarrung wich, die Wärme ihres Inneren strömte wieder frei. Zugleich öffnete sich ihr in diesem Augenblick eine freundwillige Umwelt, wiederum auf Erwein Raidts Geheiß. Ceciles Natur war auf Wirkung gestellt, in sich selbst gekehrt ist sie nicht denkbar, das üppige Leben in ihr drängte unabweislich nach Ausdruck. Daher leitete sich der Zauber, den sie auf junge Gemüter ausübte, was man ihr zutrug, sog sich in ihrem Inneren mit Kräften voll, und was sie dann nach außen wandte, gewann, von ihr gespeist, eine Bedeutung, die das junge Volk mit staunender Ahnung von etwas Höherem erfüllte. Alltägliches Jugendgeschick, ihr unvertraut, verwandelte sich in ein schönes Märchen, das ein Körnchen Ewigkeit enthielt. Das dümmste kleine Mädchen fühlte sich erhöht, denn auch ihr noch spendete Cecile nicht nur Wärme und Licht, sondern – man verzeihe mir das scheinbar übertriebene Gleichnis – sondern vor allem ein Gefühl von Gravitation. Man empfand sich auf einmal als auf etwas bezogen, im kreisenden Gleichgewicht gehalten von einer Kraft, die sich Ceciles als Verkörperung bediente. Ein schwärmerisches Kind nannte sie Mater Caecilia.

Zwischen siebzehn und einundzwanzig war Cecile ein Genie, nicht früher als um siebzehn, weil sie sich spät entwickelte, und nach einundzwanzig nicht mehr, weil das Geschick ihr einen unheilbaren Bruch zufügte. Diese Art von weiblicher Genialität geht jedoch auf alle Fälle verloren. In besonderen Fällen leuchtet sie im entwickelten Frauenalter auf, immer aber ist sie vergänglich wie eine rohe Naturkraft. Sie ist nämlich weiter nichts als eine großartige, unablässig gebärende Mutterschaft der Phantasie. Der Lebensstoff selbst wird ihr zum Gebilde, das freilich im Entstehen schon vergeht, als stünde einer bildnerischen Kraft statt Marmor, Erde oder Erz nichts als die strömende Welle eines Flusses zu Gebote. Aus ihr entstehen darum nicht Werke, sondern Wirkung. Sie stählt sich nicht am Stoff, sie versprüht in sich selber wie eine Leuchtkugel.

Die Hofrätin, Ceciles vom Schicksal eingesetzte Widersacherin, reichte an die Tochter nicht heran. Sonst hätte sie sich über deren Bildungswesen nicht ereifert. Gewiß, Cecile las Bücher, schluckte sie in sich ein, aber sie bedeuteten ihr nichts als provisorische Nachrichten über Menschen und menschliche Leidenschaften. Aus dem Gedichteten entnahm sie nur den Stoff. Sie kümmerte sich weder um Musik noch um Malerei, sie besaß weder Geschmack noch Urteil in Kunstdingen. Ich habe Cecile von ihrem dreißigsten Jahre an gekannt bis zum vierzigsten, in dem sie starb. Damals wucherte schon Zerstörung in ihr und ihre gebrochene leibliche Hülle stürzte dem Ende entgegen. Aber der eng verflochtene Kreis von Frauen, die sie sich zu Freundinnen geformt hatte, hielt fest zusammen. Inmitten dieser erschien sie meinen Kinderaugen – denn ich war Gespielin ihrer Töchter – wie eine jener gewandumrauschten Frauenfiguren von verwitterndem Stein, die vor barocken Kirchen ihr Herz dem Himmel zur Zerstörung bieten. Eine pathetische Vergleichung, aber Cecile besaß Pathos. Sie gehörte einer vergangenen Epoche an.

Provisorische Nachrichten über Menschen und ihre Leidenschaften habe ich es vorhin genannt, provisorisch ist ja alles in diesen Jungfrauenjahren. Das Übermaß von Glück und Trauer in solcher Zeit nährt sich aus dem Bewußtsein des Provisorischen. Je nachdem sich ein geahntes Wirkliches nähert oder entfernt, pendelt der Zustand zwischen hämmernder Erwartung und fassungsloser Melancholie. Mit jedem Halbjahr wird diese Spannung mächtiger, im Inneren reift alles heran und steigert das Maß einer erglühenden Energie. Mit solcher Energie umfaßte Ceciles mütterliche Einbildungskraft das Bild des Mannes, der ihr in ihrer Verlassenheit unter so eigentümlichen Umständen begegnet. Im Schicksalsmoment wird das Kleinste bedeutend; sein Äußeres hatte ihr gefallen, aber da kam schon der fatale Befehl der Mutter, ihn zu duzen, erzeugte Verwirrung, und von da ab war alles ein inneres Müssen. Vorüberleben konnte man an ihm nicht mehr, seit er sich gezeigt hatte, war er eigentümlich stark vorhanden, obgleich er wochenlang nicht mehr erschien, ging seine unsichtbare Figur als Herr durch alle Räume. Die Mutter, die seiner vorher nie gedacht zu haben schien, redete bei jeder Gelegenheit von ihm, selbst die grauenhafte Melanie führte seinen Namen im Munde, und Anna, die alte böhmische Köchin, fuhr tiefsinnig aus dem Kneten ihres Nudelteiges und sagte aufschnaufend: „Mit so einem Mann, wie unser Herr von Raidt ein Mann ist, lebt eine Frau doppeltes Leben." Er hatte das Haus in Erregung versetzt durch sein bloßes Dasein. Cecile allein aber war von ihm beschenkt worden mit dem Wort von ihrem Vater, damit hatte er sie von den anderen abgetrennt, ja eine heimliche kleine Verschwörung mit ihr angezettelt. Sie hatte also ein Recht und sie sprach es an.

Ich sagte vorhin, ein Mädchen macht sich seine Liebe allein. Wahrhaftig, Erwein bot ihrer Phantasie mit Wissen nicht viel Nahrung. Sie sah ihn kaum, nur in der Welt, und seine doppeltönige Stimme füllte Ceciles Ohr nicht oft mit ihren hübsch gesprochenen Beiläufigkeiten. Dennoch baute sie sich in ihrem Inneren sein Leben aus, wie sie es eben sah. Sie besaß eine scharfe Beobachtungsgabe, Erbteil der Mutter, und einen unbestechlichen Sinn für die Deutung des Details. So entging ihr weder Erweins Oberflächlichkeit noch sein Egoismus, doch hielt sich ihre Phantasie im Zwang ihrer Bildkraft nicht dabei auf, sondern bezog beides auf ein Tieferes, auf Scheu, Verwundbarkeit und dunkles Einsamsein. Am Ende ist Liebe nichts als die vollkommene Dichtung von der anderen Seele, und was wäre Dichtung ohne realen Kern? Cecile sah Erwein in der Tat so, wie er war, nur außerordentlich tief, denn sie dichtete ihn. In kurzer Zeit kannte sie alle seine Fehler. Sie konnte ihn im Kreis ihrer Freundinnen von ganzem Herzen verspotten, grausam seinen Charakter zergliedern und mit jeder unbarmherzigen Erkenntnis ihn nur immer tiefer und tiefer lieben und erfassen. Vielleicht drängte das träumende Orientalenblut in ihr zu feiner Nüchternheit und Härte. Gewiß ist, daß sie ihn um seiner Unzulänglichkeiten willen am meisten liebte. Ihre Freundinnen haben später behauptet, sie habe sich entsetzlich getäuscht. Das gibt es nicht. Liebe täuscht sich nicht. Sie ist nur zuweilen, gerade in ihren äußersten und gewalttätigsten Formen, von selbstmörderischer Natur.

Erweins Seelenverfassung ist in diesem Fall bei weitem simpler. Er weiß jetzt, daß Cecile als Frau ihn nicht gleichgültig läßt. Seine erste bewußte Reaktion ist: „Um Gottes willen, nur keine Komplikationen." Im Theater mustert er sie von der Seite und denkt erleichtert: „Gott sei Dank, sie ist unelegant." Er weiß aus Erfahrung, daß der Mangel an Eleganz eine entscheidende Rolle bei ihm spielt. Du meine Güte, was für Schuhe sie anhat. Es degoutiert ihn, Gott sei Dank! Gott sei Dank. Auf der Bühne steht eine reizende Person und singt, Erwein läßt mit halbgeschlossenen Augen eine Parade von entzückenden Schuhen in seiner Phantasie vorüberziehen, ausgeschnittene Lackschuhe mit hohen Absätzen, Goldkäferschuh, gestickte Schuhe von Atlas, ganz kleine Pantoffel, winzige Opanken aus Bosnien, Ballettschuhe mit Atlasbändern und beschwerter Spitze, Schuh einer Carmen, einer Preciosa, einer Coppelia, einer Franziska, und er denkt an die Sammlung von linken Schuhen, die er besitzt, ein linker Schuh von jeder Frau, die er ‚ausgezeichnet gekannt hat'. Dabei fällt sein Blick wieder auf den schwarzen Lederschuh unter Ceciles Rocksaum, und er muß lachen, obgleich es auf der Bühne augenblicklich nichts zu lachen gibt.

Er schickt Cecile im Wagen allein nach Hause. Frau von Lania nimmt ihn im ihrigen mit, beide sind nach der Vorstellung in ein befreundetes Haus gebeten. Etwas gelangweilt schlägt er sich dort herum und gerät zwischen zwei Salons an einen gewissen Perglas, einen jungen Deutschen aus dem Rheinland, der ihm durch dessen österreichisch gewordenen Onkel, den Sektionschef gleichen Namens, ausdrücklich empfohlen ist. Vierschrötig steht der junge Deutsche auf seinen steifen Beinen und als er Raidt sein Gesicht zuwendet, bemerkt dieser eine scharfe Abgrenzung, die in halber Höhe seine Stirn durchquert. Die untere Gesichtspartie glänzt rotbraun wie die Haut eines Indianers, die obere Hälfte der Stirn ist matt und weiß. Der kohlschwarze Scheitel und der hufeisenförmige schwarze Schnurrbart erhöhen den Eindruck von Wildheit, den dieser in die weiße Frackbrust gezwängte Mensch erweckt. Auch sein Benehmen zeigt etwas von dem Mißtrauen des Wilden. Die Hand, die er nicht gern zu reichen scheint, ist mit kleinen krausen, schwarzen Haaren bedeckt.

Dieser pittoreske Mann erheitert Erwein Raidt. Er erkundigt sich nach der Ursache der sonderbaren Zwiefärbung und vernimmt, daß Perglas passionierter Jäger und Bergsteiger ist. Als dieser sich später den Hut aufstülpt, sitzt der Rand genau auf der scharfen Trennungslinie zwischen braun und weiß. Im Anfang fällt es schwer, den trockenen Patron zum Reden zu bringen. Aber es stellt sich heraus, daß er entsetzlich durstig ist, und ein paar gute Gläser Wein verwandeln ihn in einen umgänglichen Gesellschafter. Er pflanzt eine Flasche beträchtlich schweren Rheinweins vor sich hin und erzählt auf Befragen Anekdoten aus seiner Studentenzeit. Er hat in Straßburg studiert und ist Ingenieur. Als solcher hat er eine vielversprechende Stellung bei der Eisenbahngesellschaft, deren bedeutendster Direktor der Hofrat Löwenstein gewesen ist. Die Geschichten, die er erzählt, sind durchweg ziemlich roh und jede hat einen Zug von unbewußter Grausamkeit. Aber der Unbill, die er anderen zugefügt hat, würde er selbst mit kaltem Blut und einer gewissen Schätzung des Angreifers begegnen. Erwein spürt: das ist einer, der in seiner Weise die Spielregeln einzuhalten versteht – eine rein männliche Charaktereigenschaft übrigens, Frauen besitzen sie gleichsam nur als Lehen –, auch sprechen Mut und Kraft, die dem einfachen Menschen entströmen wie ein Geruch, zu seiner eigenen animalischen Natur. In vorgerückter Stunde bekennt Perglas, daß er von seinem verstorbenen Großvater ein ansehnliches Vermögen geerbt habe, daß es ihm aber tückischerweise erst ausbezahlt werde, wenn er sich verheirate. „Tolle Geschichte, wie?" „Das ist ja wohl gräßlich!" versichert Erwein mit traurigem Ernst. Ehe man sich trennt, werden gegenseitige Besuche verabredet.

Der unselige Hausmeister in langen weißen Unterhosen, an deren Enden Bändchen baumeln, den schlotternden Leib in einen von Erweins abgetragenen Schlafröcken gewickelt, drückt ihm mit einem: „Wünsch wohl zu ruhen, Euer Gnaden!" das brennende Wachskerzchen in die Hand. Langsam steigt Erwein hinter seinem kleinen Licht die breiten finsteren Treppen empor. Plötzlich schlägt er sich vor die Stirn. Jetzt weiß er, was er mit dem originellen Menschen vorhat: der soll die Cecile heiraten.

Ausgezeichnet.

2

Seltsam, daß ich hier Gestalten beschwöre, die sich mit Ausnahme meines Vaters, Ceciles und ihrer Mutter noch allesamt des Lebens erfreun. Sie treiben ihre Geschäfte und wohnen in ihren Häusern, aber wenn ich an dunklen Herbstabenden, die draußen in der Landschaft um meine Fenster liegen, ihr Geschick bedenke, erscheinen sie mir alle hauslos und windgetrieben wie dürres Laub. Keineswegs nur, weil das große Armwerden sie erfaßt hätte, es sind nicht alle verarmt. Aber die höhere Ordnung, in die sie gefügt waren, ist nicht mehr. Ihr Tun und Lassen bezieht sich nicht mehr auf eine Institution. Das herrliche Land um meine Fenster, See, Berge, Bäume, Licht, ist immer noch ihr Land, aber sie haben kein Reich mehr, dem sie jedes in seiner Weise dienen könnten. Wieso denn, könnte da einer fragen, muß es denn eine Großmacht sein? Nein, durchaus nicht, aber unser Element war die Vielfalt. Seit wir auf einen einzigen Stamm zurückgeworfen wurden, ist die Gemeinschaft nicht verkleinert, sondern in ihrem Sinn zerstört.

Dieser Gemeinschaft, dem Reich, der alten Monarchie, haben Generationen der Sillians gedient, im Heer, in der Rechtspflege, in der Verwaltung. Ferdinand Sillian, genannt Wokko, Erweins Freund, obgleich etwas jünger als dieser, war der erste, der sich diesem Dienst nur träge und widerwillig unterzog. Auf Befehl des Vaters hatte er Jura studiert, die vorgeschriebene Laufbahn in den Büros der Statthalterei begonnen und in den Bezirkshauptmannschaften Niederösterreichs fortgesetzt. Der Vater hielt ihn so knapp, daß er von seinen Dienstorten kaum nach Wien reisen konnte, obgleich ihn die Bahnfahrt nichts kostete. In seiner qualvollen Beengtheit entschloß er sich, eine reiche

Cousine zweiten Grades aus der mütterlichen Verwandtschaft zu heiraten, nachdem von den darob sehr erfreuten Eltern Dispens für die Vetternehe erwirkt worden war. Hierauf nahm er zunächst Urlaub für ein Jahr und zog sich mit seiner Frau, die älter war als er und bald ihr erstes Kind erwartete, in ein kleines Landhaus im Steirischen zurück, das nebst Wald und Wiesen seiner Mutter gehörte. Der sonstige Landbesitz der Mutter und ihrer Geschwister, hauptsächlich Obstgüter und Weinland, lag rund um Graz oder südlich davon. Dieses kleine Haus war allein nördlich gelegen, abseits vom Dorf, nah an Wäldern im Gebirg, unfern von Seen und lebhaften Waldbächen. Dort lebte er sparsam, eigentlich dürftig in ein paar niedrigen Stuben, schwieg beinahe immer und schrieb und dichtete Tag für Tag in stiller Besessenheit vor sich hin. Die Frau hatte er mit diesem freudelosen und strengen Leben nicht etwa betrogen; nur unter dieser Bedingung hatte er die Adelheid geheiratet, die beinahe seit seiner Knabenzeit in ihn verliebt war. Die Adelheid hatte ein braunes, mageres aber geräumiges Antlitz, darin gegen die Schläfen schnurgerade heruntergezogen dicke schwarze Brauen, wie man sie auf gotischen Schmerzensgesichtern sieht. Die Unterlippe war vorgeschoben mit einem Ausdruck von großer Bestimmtheit aber wenig guter Laune. Nach ihrem zweiten Sohn bekam sie fast lauter graue Haare. Aber sie brachte noch zwei Kinder auf die Welt, alle waren häßlich und trugen auf mageren kleinen Körpern mürrische alte Gesichter herum. Die Art, wie Adelheid sie schön fand, hatte merkwürdig wenig Rührendes. Sie fragte niemals irgendeine Person um ihre Meinung. Es war überhaupt nie eine Frage in ihr. Hauptsächlich darum war sie den Menschen widerwärtig, denn diese Fraglosigkeit stammte nicht aus überlegener Weisheit, sondern aus albernem Familienhochmut. Nach der ersten Geburt schon wurde ihr Körper vom Gürtel ab schwerfällig und plump; im Gehen schob sie die Knie unter ihren Röcken feierlich vor sich her, während zugleich das Kinn fest an den Hals gedrückt wurde. Seltsamerweise ist dies die Gangart vieler dünkelhafter Frauenspersonen. Ferdinand, alias Wokko, wurde von alledem anscheinend nicht berührt. Als das Urlaubsjahr um war, packte er seine Dichtungen in einen Handkoffer und fuhr nach Wien. Er hatte unterdessen um seine Versetzung nach Steiermark angesucht und der Zufall traf sich so glücklich, daß er mit seinem neuen Dienstverhältnis die alte Wohnung in dem niedrigen Haus behalten konnte. Den Handkoffer brachte er nicht wieder zurück, die Adelheid fragte auch nicht danach. Ihr war es im handgreiflichen Sinn nur um das Habhaftwerden seiner Person gegangen.

Erwein weihte zunächst nur die Hofrätin in seine Pläne ein. Bei Perglas hatte er, trotz heftiger Instinkte für Freiheit und Junggesellenstand, eine dem sonderbaren großväterlichen Testament entgegenkommende verborgene innere Bereitwilligkeit entdeckt, Haus und Familie zu gründen, einfach weil das seinem generationsalten Begriff von Würde und Pflicht entsprach. Er sagte einmal zu Erwein, die Sozialisten machten es heutzutage einem anständigen Mann unmöglich, Junggeselle zu bleiben, denn die Familie sei das wahre Bollwerk gegen die destruktiven Elemente. Die beiden Männer, im Grunde verschieden wie schwarz und weiß, blickten eigentümlich düster in die Zukunft; der eine tragikomisch fatalistisch, der andere ohne eigentliche Hoffnung zum äußersten Kampf entschlossen und bereit. Er hatte bis jetzt wenig Umgang in Wien gehabt, mit ein paar reichsdeutschen Hofschauspielern pflegte er beim Leidinger zu trinken. (Dort hat ihn auch mein Vater kennengelernt oder vielleicht gar selbst die Bekanntschaft mit diesen Herren vermittelt.) Erwein rechnete in seinen Absichten mit Cecile auf das amtliche Prestige des Löwensteinschen Namens; Perglas war sehr stark Beamtennatur.

Er meldete sich also zum Tee bei Josefine – so hieß die Hofrätin – und legte ihr alles dar, soweit es ihm gut schien. Die arme Frau befand sich in großer Erregung, denn er hatte ihr geschrieben, er wünschte sich, allein mit ihr zu sein. Er merkte ihren Zustand wohl, redete zart mit reifer, fühlender Stimme, zog überm Teetisch ihre Hand an sich, spielte zerstreut mit dem Armband an ihrem Gelenk und küßte, gleichfalls wie ein zerstreutes Kind, jeden Fingerknöchel mit einem leisen, ausgelassenen Kosewörtchen. Dann murmelte er Verschiedenes von Bindungen, die über das Gewöhnliche hinausgehen, von Dankbarkeit und höherer Treue, und empfahl sich sehr leicht und überraschend in dem Augenblick, in dem die fast schwindlig gewordene Josefine zu hoffen anfing, daß er bleibe. Sein Abgang war der ehrerbietigste; trotzdem alles sehr geschwind vonstatten ging, verschwand er à reculons, die zitternde, immer noch schöne Frau sah seine treuherzigen, zärtlichen Augen, bis sie nur mehr die seidene Portière sah.

Als Erwein die Stiegen hinuntereilte, fragte er sich, ob der Herr Hofschauspieler Hartmann die kleine Szene hätte eleganter spielen können. Wie rührend sie war, cette pauvre Josefine.

Cecile wurde nicht ins Geheimnis eingeweiht. Auf einem Ball, den die Baronin Geldern gab, sollte die erste Begegnung stattfinden. Josefine fuhr mit ihrer Tochter hin, bekam aber um zehn Uhr die seit Stunden gefürchtete Migräne. Cecile trat leise an Erwein heran und flüsterte: „Gute Nacht. Wir müssen gehen. Der Mama ist schlecht."

Er fuhr herum und eilte wortlos zur Hofrätin. „Ausgeschlossen!" rief er mit unterdrückter Stimme. „Sie verderben unsere schönsten Pläne. Der Perglas kommt erst um elf!“ Und da niemand in der Nähe war, flüsterte er ihr zu: „Laß sie da. Ich bring sie nach Haus.“

Josefine gehorchte. Anerkennend begleitete er sie an den Wagen. Als er leise pfeifend die Treppen hinaufsprang, stieß er oben mit Perglas zusammen, der unterdessen doch gekommen war und sich in den Räumen herumgetrieben hatte. Erwein sah sofort, daß Perglas erregt war. „Mein lieber Raidt“, sagte dieser und faßte ihn am Arm, „wer ist die Dame drüben in der Ecke? Sie trägt einen großen Federnfächer, Mädchen tragen das wohl nicht, aber ist sie wirklich verheiratet? Ich habe sie auch sprechen gehört. Wundervolle Stimme!“

Die Formen jenes so früh der Auflösung geweihten Frauenkörpers besaßen zeitlose Wucht, womit ich auszudrücken versuche, daß Bezeichnungen wie häßlich oder hübsch auf sie keine Anwendung finden können. Gewiß aber hatte diese herrische Wucht, die man zu jener Zeit junonisch nannte, zuerst ihre Wirkung ausgeübt, noch ehe die Stimme das ihrige tat, um in dem ‚farouchen‘ Rheinländer eine elementare Empfindung wachzurufen. Die Stimme aber, tieftönend und von dunkler Resonanz wie die der Mutter, doch gebrochen wie zuweilen die Stimmen einer alten Rasse, diese Stimme erweckte selbst bei geschlossenen Augen die Vorstellung von einem kräftig und groß geformten Körper und einer stolz gewölbten Brust, aus der der Hals aufstrebt wie eine edle Säule. Trotzdem atmete sie stets ein wenig kurz und geschwind, so daß derselbe Zauber der Schüchternheit, der sanft aus ihren weitgeschnittenen grauen Augen strahlte, auch über ihr Gespräch gegossen war. Als die junge Dame den Kopf zur Seite wandte, sahen Raidt und Perglas ihren Nacken, den die modisch hochgesteckte Frisur unter zwei dichtgekrausten Löckchen frei ließ und, da sie schon seit drei Jahren ausging und keinerlei Novizenrücksicht nahm, den fast bis zur Taille spitz zulaufend entblößten Rücken. In der weißen vollen Hand, deren Finger oben so schmal wurden wie sonst nur an gemalten Händen, bewegte sie den großen Federnfächer ihrer Mutter.

„Haben Sie sie schon früher gesehen? Kennen Sie sie?“ drängte Perglas. Erwein stand mit hängenden Armen, sein Gesicht hatte einen fast beängstigend geistesabwesenden Ausdruck. Nein, er hatte diese Person niemals gesehen, nie, niemals. Wie war denn das nur denkbar gewesen? Wie denn nur? Schuhe, lächerlich. Trägt eine Göttin Schuhe? Unelegant! Herrgott – niederknien, mein Lieber, um Verzeihung bitten – er stürzte zwei Schritte vor, Perglas wiederholte heftig seine Frage. Da blieb er stehen, erst starr, dann hob er die Schultern, schüttelte langsam den Kopf mit einem Lächeln voll Staunen und Ironie, streckte die Hand aus und sagte: „Ja, das, mein Lieber, das“, er lachte laut auf, „das eben ist Cecile Löwenstein.“

Was Perglas hätte stutzig machen sollen, die sinnliche Gewalt, mit der Cecile auf ihn wirkte wie eine völlig ausgereifte Frau, was ihn hätte warnen sollen, raubte ihm alle Überlegung. Was hilft es, daß er sich später eingeredet hat, er habe in ihr sogleich die Mutter seiner Kinder gesehen und erwählt? Im Augenblick war er so benommen, daß er nicht einmal Erweins sonderbare Aufführung bemerkte. Cecile empfing ihn freundlich, weil Raidt ihn brachte. Er wollte mit ihr tanzen, da zeigte es sich aber, daß Erwein ältere Rechte auf diesen Walzer hatte. Cecile kam gar nicht dazu, ihm zu widersprechen. „Hast du die Cotillonquadrille schon vergeben?“ fragte er im Tanzen. Sie verneinte. „Was ist denn sonst noch frei?“ Sie gab es an. Es war wenig, das schien ihn zu beruhigen. Eine Polka, die er einer wichtigen jungen Dame versprochen hatte, Botschafterstochter, mußte er Perglas abtreten. Er wurde rot vor Zorn. Als Cecile von dieser Polka zurückkehrte, stand Erwein schon da.

Perglas war gegangen. Sie schien betroffen, nachdenklich. „Na, was ist denn?“ erkundigte er sich schnell und leise. Sie antwortete: „Komischer Mensch, den Sie mir da gebracht haben.“ „Was hat er denn gewollt?“ Cecile blickte störrisch auf ihren Fächer. Plötzlich faßte Erwein ihr Handgelenk und schlug es gegen die Schildpattstäbe des Fächergestells. „Was hat er gewollt, der hölzerne Kavalier?“ tobte er flüsternd, „dieser versoffene Korpsbruder, dieser Idiot? Mir war er schon immer ein Greuel! Ich begreife dich nicht! Daß du dich mit den haarigen Pfoten anrühren läßt von so einem Rohling! Aber so seid ihr Frauenzimmer. Euch ist keiner zu häßlich, keiner zu dumm, keiner zu schlecht und zu plump. So etwas bringt mich in Raserei. Wenn ich dir nur etwas antun könnte!“ Damit trat er ihr mit großer Heftigkeit auf den Fuß und fuhr die schwach Aufschreiende an: „Ich bin nämlich verliebt in dich, du Gans!“

Sofort darauf kniete er, unbekümmert um das Aufsehen unter einigen Ballgästen, vor ihr nieder, griff nach dem mißhandelten Fuß und zog blitzschnell den Schuh ab. Es war der linke. „Die Dame hat sich den Knöchel vertreten!“ rief er laut mit bekümmerter Miene. „Umschläge, um Gottes willen, und bitte schnell um meinen Wagen! Wir werden sie hinunter tragen müssen!“

So geschah es.

Das war um Mitternacht. Als er Cecile um drei Uhr morgens vor seinem Hause zum zweitenmal in den Wagen hob, ließ er sie schwören, daß sie diese Stunden nie bereuen werde.

Es fiel ihm ein, daß er dergleichen nie zuvor von einer Frau verlangt hatte. Sonderbare Idee. Überhaupt war das alles höchst sonderbar gekommen. Wann hätte er je so lange Zeit gebraucht, um zu erkennen, daß er verliebt war? Es sah beinah aus, als sei diese Geschichte langsamer zum Vorschein gekommen, weil sie aus soviel größerer Ferne herkam als die anderen. Aber die Ferne schien ihm nächtig. Und wie praktisch er dennoch auf jenem Nachtwandlerwege alles vorbereitet hatte! Er mußte über sich lachen oder vielmehr über den in ihm, der ihm so treuherzig eingeredet hatte, er tue das alles für den Perglas, für die gute Josefine, für Cecile.

Ihr Name schon durchfuhr sein Inneres. Wieder war die Ferne da, die nächtige Ferne, aus der alles das herbeigezogen war, verhüllt und unabänderlich. Den Rest der Nacht verbrachte er schlaflos, – wieso denn das? – erst am hellen Vormittag bekam er Ruhe.

Nachmittags fuhr er aus und besuchte einen Tee. Cecile hatte ihm versprochen, dort zu sein. Das närrische Herzklopfen, das er bekam, ehe er in den Salon eintrat, beunruhigte ihn nicht weiter, das kannte er. Aber als er sie erblickte, geschah etwas vollkommen Törichtes: die Empfindung, die ihm wie ein Faustschlag in die Brust fuhr, war nicht Freude, nicht Verlangen, nicht Triumph, sondern Mitleid, Mitleid freilich von so vehementer Art, daß es alle Nerven füllte, wie ein wahnsinniger Schmerz oder das äußerste körperliche Glück. Es war so, als sähe er sie tot vor sich liegen und er könnte nicht einmal darüber weinen, daß sie nun nie wieder die Sonne sehen, plaudern, lachen oder tanzen dürfe.

Er wehrte sich. Warum dieses verrückte Mitleid? Sie liebte ihn ja doch. Sie hatten gestern miteinander über den Perglas gelacht und Cecile hatte ihm gestanden, sie würde sich für ihn aufbewahrt haben jahrelang noch. Daß er das vorher nie gesehen hatte: wie das dunkle Haar die weiße Stirn und die sanften grauen Augen krönte wie ein melancholisches Geschick. Er ging auf sie zu und murmelte: „Sonderbar, du siehst ihr gar nicht ähnlich und schaust doch aus wie unsere Kaiserin.“ Das war das Ehrerbietigste, was er sagen konnte. Aber das unsinnige Mitleid brannte in ihm fort und er erkannte mit einem leichten Schauder, daß er es erst überwinden werde, wenn er sie wieder in den Armen hielt.

Er ging abermals zu ihr hin und sagte ihr: „Ich möchte immer wissen, wo du bist und was du tust. Ich kenne eure Wohnung ganz genau. Schreib mir auf, in welchem Zimmer du um acht Uhr, um neun und um zehn Uhr dich aufzuhalten pflegst, dann kann ichs mir ganz genau vorstellen. Kannst du mir nicht jeden Tag durch einen Dienstmann einen kleinen Brief schicken? Es braucht nichts darinzustehen, als was du vorhast, wo du bist, was du tust. Hoffentlich kenne ich die Räume immer, in die du dich begibst. Das ist so furchtbar wichtig. Es ist mir schrecklich, daß du soviel zu Fuß gehst. Wenns irgend geht, werde ich dir immer meinen Wagen schicken. Ach, wenn ich dir doch einen Wagen schenken könnte! Es ist entsetzlich, ich kann gar nichts für dich tun!"

Wunderlicherweise konnte er aber das vor Glück fast spöttisch strahlende Gesicht, das sie ihm nun zuwandte, nicht ertragen. Da er ohnedies nicht mehr allein an sie herankam, lief er bald fort.

Das Gefühl, er könne nichts für sie tun, breitete sich aus. Da waren keine Feste zu arrangieren, keine Rollen zu erwirken, keine Verbindungen mit der Presse herzustellen und Cecile hatte – damals – auch nicht den geringsten gesellschaftlichen Ehrgeiz. Diese Art von Dukaten, mit denen er sein Vergnügen zu bezahlen pflegte, erwies sich wertloser als Spielmarken. Er zerbrach sich den Kopf um Ersatz, es wurmte ihn tief. Im Anfang hatte er eine eigentümliche Scheu, sie zu beschenken. Sein Talent, zu schenken, war ebenso berühmt wie sein gelegentlicher Geiz. Aber eben das Talent versagte hier und enthüllte damit trotz aller Grazie ein Geheimnis seiner Natur, denn Geschenke können zweierlei bedeuten: Hingebung, die an sich selber nie Genüge findet, oder Loskauf, ihr ewiges Gegenteil. Bewußt wurde ihm freilich nur, daß er Cecile mit jenen ‚anderen' nicht auf eine Stufe stellen wollte. Er war verlegen und aufgeregt wie ein Knabe, als er ihr eine kleine Gemme aus seiner Sammlung gab, und was er ihr sonst verehrte, war von ausgeklügelter Wertlosigkeit dem Gelde nach. Dafür haftete aber auch allem eine besondere, nur für Cecile verständliche Bedeutung an. Eine winzige Nachahmung eines Silberguldens etwa, groß wie eine Fingerspitze, aber unter der Lupe statt mit der Jahreszahl allein mit dem Datum des Tages versehen, an dem ihm Cecile mit einem Gulden für ein Trinkgeld ausgeholfen hatte. Oder einen bestimmten alten Stich, die schlafende Göttin des Giorgione in Dresden darstellend, den aufzutreiben ihn kaum ein paar Gulden, wohl aber Tage rastlos suchender Bemühung kostete. Als es ihm gelungen war, mittels einer der Hofrätin vorgespiegelten Einladung bei einer Freundin Cecile einen Tag und eine Nacht in sein Landhaus zu entführen, ließ er das Haus von einem geschickten Aquarellisten malen und das Bild in einer ledernen Schreibmappe, die er ihr schenkte, so verbergen, daß nur der Wissende es aus dem oberen Deckel hervorziehen konnte. Er dachte sich solche Dinge ins kleinste aus und war dann besessen von seinen Einfällen. Dennoch, und das war quälend neu, befriedigte ihn keiner. Oder er schenkte ihr, was ihre Hände berührten; das seidene Tuch zum Beispiel, mit dem er ihren Kopf umhüllte, als sie mit dem nassen Haar zu ihm gekommen war.

Ach, die Geschichte mit dem nassen Haar!

Wir haben uns lange genug mit Erwein Raidt beschäftigt, dem das leichte Teil zufiel wie Männern zumeist und solchen seiner Art fast immer. Es ist Zeit, daß wir uns Cecile zuwenden, die schon darum schwerer an ihrem Erlebnis zu tragen hatte, weil sie nicht ihre eigene Herrin war. Ja, weit davon entfernt, über ihre Zeit gebieten zu dürfen, – ein Schicksal, das sie mit allen Mädchen ihrer Zeit und ihres Kreises teilte – lebte sie in besonders enger Gefangenschaft, weil sie nicht einmal den Raum für sich besaß, in dem sie schlief. Dieser Raum, schmal und finster, ein Schlauch mit Mündung in den Hof und Blick auf rundherum dreimal vier Fensterreihen, in denen Köchinnen hantierten oder Aufwartfrauen und Stubenmädchen einander Neuigkeiten zuriefen. Eins hinter dem anderen an der Wand die Betten ohne Zwischenraum. Lag Cecile wach, so durfte sie nicht wagen, sich zu rühren, denn gleich raschelte das verhaßte Lebendige im andern Bett. Daß es dann jammerte und schimpfte, hätte Cecile ertragen, allein ehe sie wieder einduselte, hatte Tant' Melanie die Gewohnheit, ihrem Federbett drei bis vier widrig-zärtliche Klapse zu verabreichen, und diese Gewohnheit brachte Cecile um den Verstand. Einmal ertappte sie sich dabei, wie sie einen dicken Zipfel ihrer eigenen Decke langsam zusammendrehte, als würge sie ein Huhn, während Tant' Melanie ihr Federkissen tätschelte. Dann schmatzte die Alte ein paarmal und blieb still. Cecile lag steif, Vorhänge gab es an den Fenstern nicht, durch die schadhaften Jalousien drangen scharfe Streifen weißen Auerlichts und beleuchteten auf der Kommode das Messinggestell in Pyramidenform mit den sieben oval in Messing gerahmten Familienphotographien der Jeřabeks und in der Ecke an der Tür den kupfernen Spucknapf. Vergebens hatte Cecile versucht, ihn zu entfernen, die Alte brachte ihn mit stiller Tücke wieder an seinen Ort. Stille Tücke; das war ihr Element. Sie war bei weitem boshafter als die Hofrätin, weil hilflos und unterdrückt. Josefine behandelte die ältere Schwester schlimmer als einen Hund. Im Zorn warf sie einmal einen Bund Schlüssel durch zwei Glastüren hinter ihr her, ein anderes Mal sogar ein Küchenmesser, gleichfalls durch Glas. Auf diese beiden Ereignisse bezog sich eine Redensart der Melanie, die stets von einem wehleidig-bissigen, abscheulichen Schmunzeln und einem Zucken der verwachsenen Schulter begleitet war. Sie lautete: „Da wirds Splitter geben!“ und wurde prophetisch angewendet auf alles Zukünftige schlechthin. Denn stets fürchtete und wünschte sie zugleich inbrünstig, daß das Kommende jeder Art geeignet sei, den rasenden Zorn der Hofrätin zu erregen. Diese Explosionen waren ihr Teil an der Wollust der Kreatur; mit verdrehten Augen ließ sie sie über sich ergehen. Sie suchte sie, wie alle Kreatur ihre Wollust sucht. Daneben war alles Lüsterne an ihr nur Spiel der Neugier und sie verzichtete beispielsweise sehr bald darauf, Cecile beim Ankleiden behilflich zu sein. Cecile hatte sich sofort angewöhnt, nur das Kleid und die Schuhe abzulegen, Strümpfe, Wäsche, Mieder aber im Bett unter der mit dem Kinn festgehaltenen Decke zu entfernen. Allein, daß Josefine durch Mitteilungen über ihre Tochter zu reizen war, das hatte sie in kurzer Zeit heraus. Darum umhüpfte sie Cecile mit lauerndem Gekreisch, sooft der Briefträger auch nur ein Kärtchen für sie brachte, und mehrmals wurde sie von der Nichte überrascht, während sie, im Kleiderkasten stehend, Röcke und Taillen des Mädchens nach Briefen oder Zetteln durchschnüffelte. Sie war es, die Argwohn schöpfte, als Cecile jene Einladung einer Freundin erhielt, die in Wahrheit von Erwein stammte, und sie entdeckte eines Tages den Wagen Erweins und dessen Diener zwei Gassen weit vom Haus.

Den Merlitschek kannte sie. Sie hatte seinerzeit Botengänge für die Schwester machen müssen. Es war dunkel und es regnete, als sie ihre Entdeckung machte, sogleich zog sie sich unter einen Torbogen zurück und lauerte. Allein an diesem Abend hatte sie kein Glück. Sie war zwergenhaft klein, alle Menschen trugen Regenschirme, sie mochte sich recken und trippeln, soviel sie wollte, auf einmal war der

Wagen verschwunden, ehe sie wahrnehmen konnte, ob Erwein selbst, ob er allein, ob irgendeine weibliche Person darin davongefahren war. Sie hegte in diesem Augenblick durchaus keinen bestimmten Verdacht. Allein Mitteilungen, die Herrn von Raidt betrafen, versetzten Josefine immer in einen Zustand fieberhafter Aufregung. Wenn auch nicht ganz befriedigt kam Melanie dennoch mit angeröteten Backenknochen heim, denn Erweins Wagen, zwei Gassen weit auf Posten, vor einem Hause, das, wie sie sicher wußte, von keiner Persönlichkeit der Gesellschaft bewohnt wurde, gab immerhin zu den aufregendsten Vermutungen Anlaß. Nachdenklich huschte sie in ihr Kabinett, fand den Gasarm brennend – streng verbotene Verschwendung –, Ceciles Kleiderschrank offen – sie war sonst schon aus Mißtrauen gegen die Tante sehr genau – und auf einem Sessel Mieder, Rock und Alltagstaille, Hemd und Unterkleider eilig durcheinandergeworfen. Dieses Ungewohnte, ferner ein unbeschreibliches Etwas von Eile, Hast, Erwartung in der verlassenen stummberedten Kammer, der Anblick des Wagens zwei Gassen weit vor einem x-beliebigen Haus, alles das schoß in dem fast schwachsinnigen Gehirn der alten Jungfer zu einem Wechselbalg der Phantasie zusammen. Eine ganze Weile stand sie sprachlos, Regenschirm und samtenes Réticule in den schlaff herabhängenden Händen nur lose eingehakt. Allmählich begann das Bindehütchen zu schwanken, ein böses, blödes Lächeln zog ihr die Oberlippe von den falschen Zähnen, Schirm und Sack fielen herab, sie schupfte das Mantillchen auf der verwachsenen Schulter zurecht und stotterte grinsend: „Das – das da – da wirds Splitter geben."

Sie verriet sich nicht. Alle ihre Instinkte waren auf der Spur wie eine Meute Jagdhunde: Rachsucht, denn Mutter und Tochter verachteten sie, Neugier und Herrschsucht, denn wer sollte ihr widerstehen, wenn sie das Geheimnis beider Frauen in den Zähnen hatte? Aufwallung von grausiger Liebe, die Josefine, Cecile und Erwein Raidt in gleicher Finsternis umtastete und umwarb. Stärker als alles aber war die Sucht, Josefine zur Raserei zu stacheln. Denn dies war ihr Anteil an der Wollust der Kreatur. Und den suchte sie mit der Kraft, der List, der Ausdauer, der Grausamkeit, der Unbeirrbarkeit, mit der das menschliche Geschöpf nur zwei Ziele verfolgt: Gewinn und Lust.

Sie ließ Worte fallen, die festhingen wie Kletten in offenem Haar. Josefine hob die durchsichtig feine, korrekt geschnittene Nase in die Luft, und ihr Mund wurde wie ein scharf gespannter Bogen. Ohnedies war sie gereizt, weil Perglas, jener versprochene Freier Ceciles, niemals mehr aufgetaucht und, wie sie in Erfahrung gebracht, dienstlich in der Provinz verschwunden war. Daß Erwein – unbegreiflich warum – mit ihrer aufflammenden verrückten Hoffnung auf Wiederkehr gespielt hatte, verhehlte sie sich nicht mehr.

Um Cecile zog sich das Leben enger und enger zusammen, wie die vier Wände jener Folterkammer, in der der Inkulpat langsam erstickt und zermalmt wird. Alle ihre Schritte waren belauert, die Luft, die sie atmete, war Argwohn und Haß. Es wurde ihr oft wochenlang unmöglich, Erwein allein zu sehen. Sie wußte, daß er es müde wurde, aufs Ungewisse zu warten. Er war dergleichen nicht gewöhnt. Sie vergötterte ihn und hielt nicht viel von seinem Charakter. Sie glaubte nicht an seine Standhaftigkeit, rechnete es sich aber selbst als Schuld an, daß sie ihn hinziehen mußte. Am wenigsten glaubte sie an seine Liebe – so verkehrt das klingt – oder vielmehr, sie glaubte an seine Liebe nur in seinen Armen. Weil aber seine Liebe ihr Leben war, wankte sie durch die Zwischenzeit wie eine Gestorbene. Alle Zeit war Zwischenzeit. Sie vergötterte ihn, aber irgend etwas in ihr war ihm überlegen: sei es auch nur ihre

Fähigkeit zu leiden. Sie mußte ihn vergöttern, denn ihre Natur befahl ihr, das sinnliche Geheimnis zu verklären. Unter dem sinnlichen Geheimnis stand er gleicherweise wie sie. Aber er konnte es dabei bewenden lassen. Er war der Mann des Lebens, ‚wie es ist'.

Wie groß freilich die Macht war, die das sinnliche Geheimnis in diesem Fall über ihn gewann, das versetzte ihn selber in Erstaunen. Dazu die Unfähigkeit, etwas ‚für sie zu tun'. Er beargwöhnte das entzückte Lächeln, mit dem sie seine kleinen, mit soviel Fertigkeit im Schenken ausgedachten Gaben beiseitelegte. Einzig das Aquarell des Hauses berührte sie tiefer. Während sie es anblickte, stieg eine dunkle Röte langsam bis in ihre Stirn und ihre Hände zitterten ein wenig. Aber auch diese Erregung beunruhigte ihn. Alles an ihr war beunruhigend.

Wie sehr sie zu Hause drangsaliert wurde, verriet sie ihm nur, um sich zu entschuldigen. Er liebte es, wenn sie so atemlos erzählte, hinter dem festgespannten Schleier noch, im halbgeöffneten Mantel. Er liebte es, daß sie so gescheucht zu ihm geflogen kam, er liebte die Wendung des Kopfes nach hinten, als fürchte sie Verfolger, er liebte es, wenn sie die Hand aufs Herz drückte und so erschöpft, ohnmächtig fast, in einen Stuhl sank mit einem irren Lächeln der Verzweiflung und des Glücks. Er selbst steigerte das Dramatische der Situation, indem er Vorsichtsmaßregeln gebrauchte, als lebte man im Spanien des sechzehnten Jahrhunderts. Konnte er ihr Wagen und Diener nicht schicken, so muß Merlitschek an der Straßenecke ihre Ankunft erwarten, ihr unauffällig folgen oder vorauseilen, den Hausmeister entfernen, die Tür geräuschlos öffnen, selbst verschwinden wie ein Geist. Cecile begriff den Wert solcher und vieler anderer Ceremonien nicht, sie lebte daran vorüber, sie sah nur ihn, sie bemerkte kaum, daß ihr Kommen und Gehen von einer komplizierten Etikette verbotenen Liebesglücks begleitet war. Einmal, als sie ihm auf einen bestimmten Tag zwei Stunden gegen Abend versprochen hatte und kam, war Teegesellschaft bei ihm eingeladen und er besuchte sie zweimal zehn Minuten in seinem Schlafzimmer. Sie weinte vor Demütigung und dennoch glaubte sie nie so rasend an seine Liebe, als in diesen zweimal zehn Minuten. Ein andermal versteckte er sie in seiner Loge in der Oper, während er selbst beinahe während der ganzen ‚Traviata' in der Loge der Fürstin C. zu sehen war. Cecile entdeckte ihre Mutter im Parkett. Es wurde ihr schwarz vor den Augen. Dennoch schlich sie immer wieder hinter dem roten Samtvorhang bis an die Brüstung und suchte den metallisch glänzenden Chignon, den kerzengeraden Rücken. Und immer sah sie das Opernglas der Mutter auf die Loge der Fürstin C. geheftet. Warum starrte die Mutter immer dort hinüber? Eine Frau, die in ihrer Liebe ertrinkt wie Cecile, leidet Einbuße an allen Sinnen, sieht und fühlt nicht mehr Natur, Berg, Vogel, Wasser, Blume, Baum, und nur der eine Sinn nährt sich von allen anderen: der Liebessinn, der sich in jeder anderen Frau erkennt. „Sie liebt ihn!" dachte Cecile, „sie ist in ihn verliebt!" Ihr graute. Sie wollte fort. Allein der Logenschließer erklärte eigensinnig, ohne die Erlaubnis des Herrn Barons dürfe er sie nicht weglassen. Plötzlich kam er selbst. Sie war so aufgeregt, daß sie schrie und vor ihm flüchtete. Die Nacht verbrachte sie in den schrecklichsten Selbstvorwürfen. Am frühen Morgen, als die Melanie sich in die Schule getrollt hatte, schrieb sie einen Brief an Erwein. Die Antwort steckte ihr ein fremder Fiaker zu, als sie am andern Tag ein Schuhgeschäft verließ. Erwein bestellte sie auf Dienstag.

Sie erschrak. Dienstag abend sollte sie mit der Mutter ins Carltheater. Sie schwieg bis dahin. Als die Mutter fertig angekleidet dastand, trat Cecile zu ihr ein mit triefend nassem

Haar. „Wie siehst du aus?" fuhr die Mutter sie an. „Ich hab mir den Kopf gewaschen und er will nicht trocknen!" murmelte Cecile. Josefine wurde rot vor Zorn. „Hat je ein Mensch eine so verdrehte Närrin gesehen!" fuhr sie auf. „So eine blöde Person, aus lauter Affektation macht sie solche Sachen. Bist mit den gewaschenen Haaren nicht schöner als mit den fetten. Die Schmeißfliegenfarbe wird von Wasser und Seife auch nicht blond." Cecile stand mit gesenkten Lidern und nestelte an den Fransen des Handtuches, das sie um die Schultern geschlagen hatte. Die Melanie hüpfte herzu und schlug die Hände überm Kopf zusammen. „Jetzt gehst du mit mir!" herrschte die Schwester sie an. Die Alte schwankte zwischen der Lust des unvermuteten Ausganges und dem Hang zu spionieren. Sie witterte was unter diesem nassen Haar. Allein Widerstand wäre ja vergeblich gewesen, also willigt sie ein. Böse scheltend ziehen sie ab, zehn Minuten darauf stürzt Cecile aus dem Haus. Ein Wagen wartet an vereinbarter Stelle. Vor Erweins Wohnung nimmt Merlitschek sie in Empfang. Das blasse Haupt im feuchten Turban seines braunen Haares staunt Erwein an. „Was bist du für eine Person!" „Eine blöde –" flüstert sie mit irrem Lächeln. „Du kannst ja so krank werden –" er holt ein seidenes Cachenez und schlingt es ihr um Stirn und Schläfen. Sie blickt zu ihm auf, er erschrickt vor der ungeheuren Wahrheit dieses Blickes, läßt die Hände von ihrem Nacken, geht aufgeregt durchs Zimmer. „Ich habe so etwas noch nie gesehen", murmelte er, und plötzlich: „Cecile, geh zum Theater. Cecile, geh zum Theater. Aus dir wird eine Wolter. Ich verschaff dir sofort – nein. Erinnere dich, daß ich dich entdeckt habe. Was willst du denn dort bei den zwei alten Weibern. In dir ist was Göttliches. Schau mich nicht so an. In dir ist etwas Göttliches. Deine Situation ist miserabel. Kein Geld und keine fundierten Konnexionen. Geh zum Theater. Dort kann ich alles für dich tun. Ich habe dich entdeckt. Du kommst sofort an die Burg. Andere müssen sich die Füße ablaufen, Intendanten hofieren, jahrelang antichambrieren. Du nicht. Was für eine Medea – und schön! Schön! Geh zum Theater, Cecile! Geh!"

Er stieß seine Knie zwischen ihre Knie, fiel ihr aber dann zu Füßen. Es war eine Art Raserei. Er drückte sie, daß sie schrie. „Ein bißchen unheimlich warst du mir immer. Aber jetzt versteh ichs. Du hast irgend etwas von mir verlangt. Aber nein, nein. Nie mit Worten. Nicht einmal bewußt. Als ob du sagen wolltest: schau mich doch an. Jetzt seh ich dich. Das mit dem nassen Haar, und wie du da hereingekommen bist – Cecile! Du gehst zum Theater!" „O nein", antwortete Cecile, „o nein. Ich kann nicht zum Theater. Ich bekomme ein Kind."

Erwein versteht nicht. Nach einer Weile wird er sehr rot, als habe er etwas Anstößiges hören müssen, erhebt sich; greift sich an die Stirn und geht von ihr weg. „Nein, daß du, daß du in einem solchen Augenblick, und so skandalöse Witze machen kannst –" Er kommt zu ihr zurück. „Aber Unsinn." Er lacht. „Du Hascher. Läßt sich schrecken. Ich sag dir: Unsinn. Ich hab doch immer – ich schwöre dir, Cecile: niemals! Ich bin doch kein Teufel. Aus dem Kopf schlagen, solche Dummheiten. Was versteht denn so ein Hascher davon." Er küßt sie lachend. „Aber daß du mir so etwas antust! Mir so einen Augenblick zu verderben! Wunderbar hast du übrigens auch das gemacht. Wunderbar! Ich verstehe dich immer zu spät, Cecile –"

Spät, viel zu spät reißt sie sich endlich los. Er schiebt ihr das seidene Cachenez in die Corsage. Der Diener bringt sie an den Wagen. Oben im Salon steht Erwein. „– Der Merlitschek war immer gegen die Geschichte –" Und plötzlich, mit brutaler Vehemenz, wirft er den Stuhl um, auf dem Cecile gesessen ist.

Unten fällt Cecile beinahe ohnmächtig in den Wagen. Ihr

war, als habe sie die Melanie im Schatten der Säule vor Erweins Tor gesehen.

Merlitschek am anderen Morgen in Erweins Schlafzimmer trat, um die Jalousien zu öffnen, sagte er: „Eigentlich ist der Herr Baron Sillian gestern abend angekommen. Er hat aber nicht stören wollen, das Nachtmahl hab ich ihm im Uhrenzimmer serviert, dort hat er auch bis drei Viertel auf Zehn geschrieben. Nachher ist er schlafen gegangen. Ob er den gnädigen Herrn jetzt sprechen könnt?“ Gleich darauf erschien Sillian in der Tür und Erwein rief ihm entzückt entgegen: „Reh! Ich sags ja immer, du siehst aus wie ein Reh, das aus dem Wald hervortritt und äugt. Wie gehts, mein Engel? Was macht die Gemahlin und die Nachkommenschaft? Aber vor allem, wie lebt die bezaubernde Marie? Immer noch in der ersten Seligkeit, beneidenswerter Wokko? Aber weiß Gott, ich gönn dir die Süßeste. Ist sie gesund? Und noch immer in Graz?“

„Wo soll sie denn sein“, erwiderte Sillian trocken, „dort ist ja die Volksschule, an der sie angestellt ist. Gekommen bin ich übrigens, weil ich wieder was für den Kalblederkoffer hab. Möchtest dus übernehmen?“

„Gern und ungern, geliebtester Wokko. Sollen denn die Sachen nie veröffentlicht werden?“

„Ja, das möcht ich lieber nicht“, antwortete Sillian. „Wozu machst du sie denn dann?“

„Ja, das ist schon so“, sagte Sillian.

„Bist du auf Urlaub?“

„Nein, ich fahr heut mittag wieder zurück.“

„Über Graz?“

„Ja, das schon.“

„Also gib her“, sagte Erwein nach einer Pause. Sillian reichte ihm ein kleines Paket. Erwein öffnete es und nahm zunächst ein blaues Heft in die Hand, auf dessen Deckel ein Schild mit dem geschriebenen Titel „Die Wasserfälle in Österreich“ aufgeklebt war. „Was ist das?“ fragte er.

„Steht ja drauf.“

„Einfach ein Aufsatz?“

„Ja, das wirds schon sein.“

Erwein blätterte darin. „Wokko“, sagte er, „die Sachen müssen gedruckt werden. Du wirst berühmt damit.“

Sillian schüttelte den Kopf.

Erwein legte das Heft beiseite und griff nach den anderen Blättern. „Was ist denn das?“ fragte er erstaunt.

„Ja, das sind Aquarelle.“

„Seit wann malst du denn?“

„Ja, schreiben werd ich wohl kaum mehr.“

„Aber wie hängt denn das zusammen?“

„Ja, mit ihr. Mit der Marie.“

„Wieso denn? Das versteh ich nicht.“

Sillian dachte eine Weile nach. Dann sagte er: „Auf das Aquarellieren bin ich gekommen, weil es so über alle Maßen reinlich ist. Mit Worten so reinlich sein, das ist unbeschreiblich schwer. Das kann nur ein großer Dichter. Du hast Mariens Scheitel nie gesehen. Man kann eigentlich gar nicht davon sprechen. Ja, und verwahr jetzt den Koffer besonders gut, nicht wahr? Es sind auch Aquarellbilder von ihr drunter.“

Der Koffer wurde gebracht, Sillian legte sein Paket selbst zu den vielen, die schon drin lagen. Nach langem Bitten durfte Erwein das beschriebene Heft vorderhand behalten, weil er den Aufsatz lesen wollte. Dann ging Sillian eilig fort, ohne mitzuteilen, was er während der Zeit bis zum Abgang des Zuges so Wichtiges zu besorgen habe.

Wahrscheinlich war es gar nichts so Wichtiges. Niemand konnte das wissen, nicht einmal Erwein, des guten Wokko einziger Freund, der schon sein Schulkamerad gewesen war. Auch als Knabe schien er nur zu kommen, um fortgehen zu können. Darum war das Zusammensein mit ihm für jene, die ihn liebten, etwas eigentümlich Süßes und Verzehrendes. Wenn er dastand, sehnte man sich nach ihm und fühlte sich am Ende erleichtert, wenn er in der Tat gegangen war. Dann konnte man ihn wenigstens vergessen. Denn er ging aus einer Tür wie aus dem Licht oder als könnte eine gemalte Figur aus einem Bild wegtreten. Er war kein versteckter Mensch, aber er besaß Geheimnis. Er war das Gegenteil von leichtsinnig, aber er besaß eine Leichtigkeit, wie sie die dunkle Morgenluft zuweilen hat. Von solchen wie er ist gesagt worden, ihre Füße seien so gemacht, daß sie keine Spuren hinterließen. Erwein war froh, daß es den Koffer mit Sillians Schriften bei ihm gab. Zu diesem Koffer zog es Sillian doch immer wieder zurück, man hatte damit einen Talisman, der ihn rief. Und hie und da, in Jahren, kam es zu einem Gespräch.

Sillian war überaus zart, fast gebrechlich, dennoch wäre niemand, der ihn kannte, auf den Gedanken gekommen, daß er in irgendeiner ausdenkbaren Lage Furcht empfinden könne. Nicht einmal sein leidendes Herz lehrte ihn Angst, es ging nur manchmal eine Art körperlicher Melancholie von seinem Wesen aus. Erwein war ihm mit schwärmerischem Gefühl ergeben; er glaubte auch, daß Sillian ihm liebend anhinge. In diesem Punkt hatte sich Erwein überhaupt eine kindliche Naivität bewahrt: so glaubte er zum Gaudium seiner Intimen jedesmal felsenfest an die absolute Treue der hübschen Kokotte oder Halbkokotte, der er seine Zärtlichkeit zuwandte. Sillian war freilich mit diesem bunten Volk nicht zu vergleichen; aber die Täuschung, der Erwein erlag, war von derselben Art.

Er hatte Sillians Heirat gebilligt, weil Adelheid ihm Geld zubrachte. Die Frau selbst verabscheute er von ganzem Herzen. Er nannte sie Bauerntrampel, wandelnde Kommode und, als sie Kind auf Kind bekam, das ewige Känguruh.

Adelheid vergalt ihm den Haß. Sie hatte herausgefunden, daß Raidt ihren Mann mit leichten Schönheiten zusammenbrachte, wenn dieser nach Wien kam und bei Erwein wohnte. Sillian war von großer Artigkeit gegen diese Damen: aber dabei blieb es. Erwein machte sich Sorgen. Da erfuhr er die Geschichte mit Marie.

Er war verblüfft. Es entzückte ihn maßlos, daß Wokko eine Geliebte hatte. Aus Begeisterung tröstete er sich darüber, daß Sillian ihm sein Geheimnis nur anvertraut hatte, weil er wegen eines Herzanfalls überzeugt war, sein Tod sei nahe. Einzelheiten erfuhr Erwein nie; nur Tatsache, Namen und Adresse. Allein das genügte. Er war bezaubert wie ein Kind, das in dem Haus, in welchem es aufgewachsen ist, auf einmal eine geheimnisvolle Stube entdeckt, die es noch nie betreten hat. So war das: Wokko hatte eine Geliebte! Er war so hingerissen, daß er sofort ausging und bei seinem bevorzugten Antiquitätenhändler ein paar Meter köstliche alte Spitze erstand. Wokko mußte sie ihr mitbringen. Nach und nach kaufte er schöne alte silberne Schuhspangen, Samte, Seiden, kleine Kostbarkeiten aller Art, Bonbonnieren, Spiegelchen, Flakons und Döschen, alles für Marie, sie dankte auch, und er bekam ihre rührende korrekte Lehrerinnenschrift zu sehen. Fast immer waren seine Gaben von hübschen kleinen Gedichten begleitet, die Erwein mit Leichtigkeit verfaßte. Sie antwortete graziös, in ihrem Stil enthüllte sich eine ebenso sanfte wie bestimmte Charakteranlage. „Süß! Süß," sagte Erwein, „eine süße Person!" Und er schwelgte für Wokko.

An dem Morgen, an dem Sillian ihm das Paket gebracht hatte, vertiefte er sich sofort nach dem Frühstück in Wokkos Manuskript. Er las langsam und bedächtig, das Flüchtige war ja überhaupt seine Weise nicht und zumal vor

Geschriebenem hatte er Respekt. Er hatte ungefähr die Hälfte gelesen, da fuhr er sich über die Stirn wie nach einer Fliege. Immer weiterlesend, tastete er über seinen Schreibtisch und zog einen geöffneten Brief heran. Das beschriebene Blatt entfernte er, den Umschlag behielt er in der Hand. Dann klingelte er.

Merlitschek stand schon eine Weile vor ihm, als er aus dem Manuskript aufsah. Er reichte dem Diener den Briefumschlag. „Schaun Sie sich die Schrift gut an, behalten Sie das Kuvert: solche Briefe bekomm ich nicht mehr, verstanden? Und die Dame, die gestern abend da war, trifft mich nicht mehr zu Haus."

Damit sank er ganz in seine Lektüre zurück. Von Zeit zu Zeit erhellte ein beglücktes Lächeln sein Gesicht. Einige Male las er einen Satz halblaut sich vor.

„Die schwarze Heiterkeit eines föhnwarmen sonnigen Novembertages im Gebirg –" Schwarze Heiterkeit! welche Deutlichkeit! welche Treue! Goldener Wokko! Was für ein Talent! Wenn ihm die süße Marie nur recht lang erhalten bleibt!

3

Cecile hatte sich nicht getäuscht. Im Schatten der Säule wars die Melanie. Als eine halbe Stunde darauf die beiden Frauen in das Schlafkabinett drangen, lag Cecile schon im Bett. Vor der alten Köchin Anna hatte sie einen Kniefall getan. Josefine war wie rasend. Sie packte Cecile an den Haaren und wollte sie aus dem Bett reißen. „Du Luder", schrie sie, „du Hure, du Judenfetzen!" Die Melanie hüpfte händeringend hinter ihr herum. Cecile leugnete eisig, verbissen. Unter Josefines Fäusten keuchend, spürte sie die niedergerungene Rivalin. Das gab ihr Kraft. Ihr graute. Die Köchin erschien in der Tür, umschlang Josefine von hinten, sie war stärker als die Frau und riß sie los von Cecile. „Regen sich Euer Gnaden nicht so auf. Schämen sich Euer Gnaden. Die Fräulein hat die Wohnung gar nicht verlassen." Die Alte fand dabei eine wunderbare Gelegenheit, der Melanie einen empfindlichen Fußtritt zu versetzen. Josefine kam zur Besinnung. Sie glaubte der Köchin und glaubte ihr nicht. Aber weil auch ein Übermaß an Wut schließlich ein Ende findet, ließ sie ab von Cecile und verschwand aus dem Zimmer wie eine schreckliche Erscheinung. Am nächsten Morgen ließ sie sagen, Cecile habe sich nicht vor ihre Tür zu rühren. Diesen Befehl hielt sie den ganzen Tag aufrecht, suchte die Tochter aber nicht auf. Die Melanie versuchte ein betuliches Gespräch mit Cecile, erhielt aber nicht einmal ein Kopfnicken zur Antwort. Drei Tage beharrte Josefine auf dem Absperrungssystem, forderte Ceciles einlaufende Post an der Wohnungstür ab, schickte ein paar Besucherinnen fort mit dem Bescheid, Cecile habe einen ansteckenden Schnupfen mit hohem Fieber. Als sie merkte, daß ihr auf diese Nachricht hin sämtliche Freundinnen Ceciles das Haus einliefen, änderte sie ihren Beschluß. Sie ging in das Zimmer der Tochter, riß deren Schrank auf und durchwühlte sämtliche Kleider nach Zetteln oder Briefen, sodann ihre Kommoden und die Laden des wackligen Tisches, an dem Cecile zu schreiben pflegte. Wortlos sah diese der Mutter zu. Sie besaß keine Zeile von Erweins Hand. Als Josefine die Schreibmappe durchwühlte, dachte Cecile vollkommen ruhig: wenn sie das Bild findet und das Haus kennt, spring ich aus dem Fenster. Erst als die Mutter die Mappe wieder auf den Tisch warf, erschrak Cecile über sich selbst. Sie hörte die Stimme der Mutter: „Schwör, daß du kein lüderliches Verhältnis hast." Sie wollte achselzuckend die Schwurfinger heben, da blickte die Mutter mit einem unbeschreiblichen Ausdruck von Widerwillen auf Ceciles Hand und fuhr fort: „Bei was schwörst denn du? Dich kann man ja nicht einmal auf die Hostie schwören lassen." Darauf ging sie schnell aus dem Zimmer, steif und gerade wie eine Nadel.

Cecile war alles gleichgültig bis auf das eine, daß sie sich mit Erwein nicht in Verbindung setzen konnte. Der Köchin einen Brief mit Erweins Namen auszuliefern, wagte sie doch nicht trotz der bewiesenen Treue, denn sie konnte nicht mehr daran zweifeln, daß die Anna in viele Dinge, welche die Mutter angingen, eingeweiht war. Cecile verging vor Scham, wenn sie sich des Ausspruches entsann, den die Köchin seinerzeit über Erwein getan hatte. Wie wenn ein Gegenstand in einem finsteren Garten von Dunkelheit völlig bedeckt von einem plötzlich aufscheinenden Lichtstrahl aus entferntem Haus getroffen wird und scharf und deutlich da steht, wo früher nichts gestanden hat, so sah Cecile auf einmal Erwein und die Mutter in nicht mehr wegzudenkender Verbindung. Aber was hatte das alles am Ende gegen ihren eigenen Zustand zu besagen, über den kein Zweifel mehr erlaubt war. Erwein hatte gezweifelt. Sie mußte ihn sehen, ihn sprechen.

Es war unmöglich.

Vom vierten Tag an blieb sie im Bett, unfähig, den Kampf mit den leeren Stunden anders zu bestehen. Als die Köchin ihr das Frühstück brachte, mußte sie sich erbrechen, aber trotz Angst und Elend entging ihr das Augenaufreißen des erfahrenen Frauenzimmers nicht. Zwischen Laken und Matratzen verwahrte sie einen Brief an Erwein, denn irgend jemand mußte sie doch besuchen, dem sie ein Schreiben anvertrauen konnte. Von der Legende ihrer ansteckenden Krankheit wußte sie nichts. Aber als Tag um Tag in dieser höllischen Einsamkeit vergangen war, erwachte sie im Morgengrauen mit dem Satz zwischen Gaumen und Zunge: Es ist aus mit mir. Sie haben den Stab über mich gebrochen. Sie, das waren nicht Menschen, das waren Mächte. Damals brach der finstere Schicksalsglaube ihres Blutes zum erstenmal in ihr Bewußtsein ein. Sie hat es später oft genug beschrieben, wie dieser erste Einbruch des großen Feindes vor sich ging. Seit damals bin ich krank, pflegte sie zu sagen, auch wenn ich gesund erscheine. Denn es ist eine moralische Krankheit. Es war ein Erdbeben für mich ganz allein. Meine Füße haben dem Boden nie mehr ganz vertraut. Alle Menschen liefen ganz zutraulich herum, ich allein war auf hoher See. Daß mir unaufhörlich zum Sterben übel war, ist nur eine alberne Begleiterscheinung, eine Folge, wie Fieber. Erkrankt war das Unfaßbare, die Seele.

Sie klagte niemand an, die Mächte hatten ihr ein schwarzes Los geworfen. Cecile glaubte unbedingt an Dämonen, auch noch als ich sie kannte und liebte, die Mutter meiner Gespielinnen. Gott war ihr der oberste Herr der Mächte, eine finstere Gewalt, von der sie ungern sprach, keineswegs erreichbar durch Gebete, vielleicht durch Opfer zu versöhnen, aber nur durch blutige. Inmitten einer ganz zerkleinerten, bürgerlich vernünftelnden Welt war sie vereinsamt in ihrem düsteren, passiven Heroismus, und sicher steht sie mir darum, mehr als zwanzig Jahre nach ihrem Tode, so unabweislich wachsend im Gemüt. Wer weiß denn heute noch, wie unsagbar dürftig, wie zerrieben, wie arm an Stoff, wie aschentrocken dieses vielgepriesene Leben um die Jahrhundertwende gewesen ist? Wie sich die Zeit abhaspelte in Nichtigkeit. Wie glatt und plan dem Bürger alles dalag, wie schattenlos und darum ohne Körper. Cecile trat immer wie aus einer Grotte voll von Schatten; darum besaß sie Figur in einer Flächenwelt. Sie besaß Schicksal, sie wußte es, sie trug es mit Qualen und mit Stolz. Weil sie ein Weib war, drückte sich ihr Schicksal im Fleische aus – sie starb am ererbten Krebs –, dennoch bezeichnete sie ihr Elend als eine moralische Krankheit. Mit Recht. Für Menschen, die Schicksal in sich tragen, gibt es nur moralische Krankheiten. Das Leibliche hat da so wenig Macht wie der Zufall. Es gibt keinen Zufall in solchen Existenzen: alles ist eingespannt im gleichen Dienst. Es war kein Zufall, daß Cecile in jenen furchtbaren Tagen durch eine rabiate Mutter in Kerkerhaft gehalten wurde, nur so blieb sie vor Selbstmord bewahrt. Denn hätte sie damals erfahren, welche Maßregeln ihr Geliebter gegen sie ergriff, sie wäre ohne Bedenken vom vierten Stockwerk in die rettende und rächende Tiefe gesprungen. Aber sie erfuhr es nicht, zumindest bekam sie es nicht schwarz auf weiß. So zu sterben trug sie nicht in sich. Der unausdenkbare Jammer des Zweifels diente dazu, sie aufzubewahren.

Als es unerträglich wurde, vertraute sie der Köchin den Brief an. Wenn die Mutter ihn erwischt – der Sprung aus dem vierten Stock umkreiste sie unablässig als Bild. Ihr Schicksalsweg muß hart daran vorbeigegangen sein, denn bis in ihre Träume drang der Selbstmord ein, und zwar als Müssen, nicht als Zuflucht, als entsetzlich gefürchtetes Müssen aus der Weglosigkeit. Sie klammerte sich an eine Weissagung, die ihr aus der Hand gemacht worden war: durch Selbstmord werde sie bestimmt nicht enden.

Der Brief war fort, aber sie erhielt kein Zeichen. Sie wußte, daß es so gut wie unmöglich war, aber eben darum erwartete sie von ihrem Geliebten das Unmögliche. Sein Bild trübte sich. Unsichtbare Verzehrer fraßen daran. Es war ja alles Böse schon in ihm da, sie hatte sich niemals Illusionen hingegeben. Aber gerade an sein Schlechtes war sie verkauft. Das Schlechte wuchs ins Ungemessene. In ihrem Eingeweide wühlte die Angst. Angst sprengte ihre Gedanken auseinander wie rollende Kiesel. Der Geliebte nahm von allem Besitz, aber es war nicht mehr der Geliebte. Sie war besessen von seinem dämonisch vergrößerten und vergröberten Zerrbild. An seine zuweilen aufblitzende Lust, zu quälen, erinnerte sie sich jetzt mit Entsetzen. Was immer geschehen mochte, alles jagte ihr Angst ein. Aus Angst arbeitete sie sich aus dem Bett und in die Kleider, aus Angst trat sie vor die Mutter und forderte: „Ich will ausgehen." Die Melanie wurde ihr mitgegeben. Sie irrte in einem öffentlichen Garten herum, auf einmal war sie wieder zu Hause. Aber das geschah nicht wie im Traum, sondern bei jedem Schritt war sie sich des ganzen Umfangs ihrer Qual bewußt. Zu Hause kein Zeichen. Keine wohltätige Verwirrung legte sich auf ihr Hirn. Der Verstand arbeitete mit größter Schärfe und registrierte genau, wie krank die Seele war. Der kurze Nachtschlaf glich einer Ohnmacht, Erwachen war das Grauenhafteste.

Sie verlor das Bewußtsein der Zeit. Sie wußte nicht, ob Wochen oder Tage vergangen waren, bis endlich eine Freundin bei ihr erschien. Es war nicht die Vertrauteste. Sie starrte Cecile an und entsetzte sich über die Gruben in den aschfarbenen Schläfen. Das Haar hing glanzlos und matt, der Mund war groß und schlaff geworden. „Du bist wirklich sehr krank gewesen –", fing sie an, „was hat dir denn gefehlt?" „Liebe", antwortete Cecile, ohne geistreich sein zu wollen. „Was, du bist verliebt?" Cecile lachte. „Wie soll ich dir denn das begreiflich machen, was kann man denn überhaupt begreiflich machen?" „So rede doch!" Cecile preßte die Fingerknöchel auf ihren Mund, der Puls raste im Hals. „Man möchte sich doch auskennen! Wer ist es? Kenn ich ihn? Bist du verlobt? Geht was Schreckliches vor? Schau mich nicht so an, Cecile, um Gottes willen, man bekommt ja Angst!" Mit Blick auf die Tür: „Est-il – mon Dieu – est-il marié?" Kopfschütteln. Was für ein fatales Lächeln zwischen Ceciles Augenbrauen. „Il ne t'aime pas?" Cecile lacht. „Ja, bitte, wenn du mirs nicht sagen willst, Cecile, ich bin ja nicht deine beste Freundin, leider. Ich bitte um Entschuldigung, ich bin nicht indiskret. Aber wenn ein Mädel wie du –" „Ich bin ja längst kein Mädchen mehr", unterbricht sie Cecile, „ich habe einen geliebt zum Verrücktwerden. Ich war zum Verrücktwerden glücklich. Ich glaube, ich habe alles aufgebraucht, was an Glücklichsein in mir liegt. Ich hab ihm einmal gesagt: daß er mich so glücklich gemacht hat, das wird mir das Sterben leicht machen. So wahnsinnig war ich, daß ich gar nicht bedacht habe, wie lang es ist bis zum Sterben, und daß es das Leben kostet, wenn mans kurz macht."

Sie rang die Hände, sie wand den Oberkörper wie in Krämpfen. Ein Strom von Geständnissen brach hervor. Die unglückselige kleine Freundin, die nicht die ‚beste Freundin' war, saß hilflos da, die gefalteten Hände zwischen die Knie geklemmt, ein verzweifeltes Schulkind. Sie begriff nichts, verstand kaum jeden fünften oder sechsten Satz, ihre Augen waren weit aufgerissen, schließlich fing sie an zu weinen. Als ihre Promeneuse erschien, um sie abzuholen, hängte sie sich geradezu an den Rockschoß der sonst Verhaßten. Sie hatte kaum gewagt, Cecile zu umarmen und zu küssen. Unaufgefordert gelobte sie Schweigen. Am darauffolgenden Tag erhielt Cecile abermals Besuch und wiederholte ihr Geständnis. Mit anderen Worten und anderen

Begebenheiten, aber mit gleicher Leidenschaft und Gewalt. Sie wiederholte es zwei- oder dreimal, deutsch, englisch und französisch, je nachdem Lauscherinnen zu befürchten waren. Keines der Mädchen verriet sie, alle hielten ihr die Treue. Als sie sich vermählten, lieferte keine Cecile dem Ehegatten aus. In diesen Tagen wurde der Ring von Frauenliebe geschmiedet, der Cecile von da an ihr Leben lang umgab. Dieser Ring, so ungreifbar wie fest, wurde viel bespöttelt und verdächtigt. Er war schuld daran, daß ihr Gatte, der Vater ihrer Töchter, zwölf Jahre später den Garderobenschrank aufriß, in dem ich ahnungslos und vergnügt mit seiner Ältesten mich eingeschlossen hatte, während eines passionierenden Versteckenspiels. Immer spionierte er uns nach, als trieben wir was Verbotenes, nicht einmal Freundschaft zwischen kleinen Mädchen besaß Unschuld in dem Hause, in dem eins das andere jagte und verdächtigte, die Großmutter die Mutter, die Mutter das Gesinde, das Gesinde die Kinder, der Vater die Großmutter und die widerwärtige Tante Melanie und alle miteinander die Mutter – Cecile – eine grausige Jagd von früh bis spät, die niemand begreift, der sie nicht miterlebt hat.

Aber wir sind noch nicht soweit. So viel sei jedoch gesagt: Cecile hat damals Erwein Raidt nicht mehr zu Gesicht bekommen. Er war ganz der Mann, seine drakonischen Maßregeln aufrechtzuerhalten. Ceciles Lage wäre auch, was die äußeren Umstände betrifft, verzweifelt gewesen, aber die Mädchen, die Freundinnen retteten sie. Eine von ihnen hatte eine Art Tante, Babette von dem Busch, eine phantastische alte Jungfer von etwa fünfundfünfzig Jahren. Diese besaß ein Gesicht wie ein herabgekommenes Reitpferd, trug eine Blondenhaube windschief darumgebunden und schiefergraue Halbhandschuhe an den Händen, deren Nägel sie niemals reinigte. Sie war reich und geizig und besaß keine direkten Leibeserben. Man wußte, daß Erwein Raidt sie aufmerksam besuchte und, wenn er in Wien war, regelmäßig Bézique mit ihr zu spielen pflegte. In ihren Zimmern voll von Kostbarkeiten aller Art stand Erweins Bild auf allen Tischen und Kommoden, so daß das törichte Gerücht entstanden war, es sei ihr unehelicher Sohn. Indessen verhielt es sich einfach so, daß die wunderliche, eher wilde Person, die übrigens zu ihrer Zeit einen höchst skrupellosen Wandel geführt haben soll, etwas wie Abgötterei mit Erweins Mutter getrieben hatte um deren Schönheit willen und nun den Sohn vergötterte und ihm andeutungsweise die Erbschaft in Aussicht stellte, weil er ‚fast so schön war wie seine selige Mutter'. Sie hatte eine menschenfresserische Art zu knurren, zu schmunzeln und ihre langen Finger zu krümmen, wenn etwas Schönes in ihre Nähe geriet, Mann, Weib, Kind, Tier, Pflanze oder Ding. Junge Mädchen schätzte sie nur, wenn sie schöne Haare und schönes Fleisch besaßen, dem Erwein soll sie zuweilen Kupplerinnendienste erwiesen haben. Als Cecile zu ihr gebracht wurde, fragte sie zunächst nach den Geldquellen, die Cecile zur Verfügung stünden. Sie setzte gleich hinzu: „Es wird ja nichts da sein, der Löwenstein war zu nobel und die Josefine hat ihr Lebtag nur auf sich geschaut. Haben Sie sich, mein geschätztes Kind, am Ende eingebildet, daß der Erwein Sie heiraten wird? Nein? Das war klug. Aber trösten Sie sich, arrangieren läßt sich alles. Es geht immer weiter und man stirbt nur am Tod. Sie werden im geeigneten Augenblick eine Einladung aufs Land bekommen. Die Mama? Nach allem was ich höre, wird sie froh sein, wenn sie Sie los wird. Später werden Sie einen Anwalt brauchen für die Formalitäten, Matrikeln und so weiter, das Kind soll doch möglichst nicht Ihren Namen bekommen, so was ist lästig, Sie werden ja einmal auch legitime Kinder kriegen wollen. Den Anwalt haben wir, das ist der Doktor Emil von Sillian, der Bruder von Erweins bestem Freund. Wir leben gottlob in einer Welt, in der man alles, was man braucht, schön beieinander hat.“

Babette arrangierte in der Tat alles. Sie empfand eine grausige Sympathie für das Mädchen, das von Erwein zu Fall gebracht worden war. Insgeheim bedauerte sie höchstens, daß nicht sie die Bekanntschaft vermittelt hatte. Tugendhafte Ehefrauen hatten ihr in jungen Jahren das Leben sauer gemacht, daher war ihr eine augenzwinkernde Komplizenschaft geblieben für alles, was nach ‚Laster‘ schmeckte. Das Geld, das sie für Cecile nötig hatte, verlangte sie schlankweg von Erwein selbst. Ihr gegenüber leugnete er nicht; die Auguren sahen einander in die Augen. Babette lächelte, er nicht. Alte Hexe, dachte er ergrimmt. Zu seiner Ehre sei gesagt, daß er sie nicht des Geldes wegen von dieser Stunde an zu hassen anfing. Er besuchte sogar hinter ihrem Rücken den Doktor Sillian und setzte eine beträchtliche Summe aus für das Kind und, nun ja, für Cecile eben, für die junge Löwenstein. Von Babette hatte er gefordert, daß sie vor Cecile in diesen Dingen seinen Namen nicht erwähne. Aber die Alte fand das verrückt. Bei der ersten Gelegenheit kramte sie jedes Detail hervor, lobte und pries die Largesse des guten Erwein und fuhr Cecile nicht übel an, als diese mit einer Gebärde grenzenloser, verzweifelter Verachtung die Hände rang. „Alberne Affektation, meine Liebe, Sie haben dem schönen Erwein bis jetzt sicher viel weniger gekostet als seine Amouren sonst. Zahlen muß man eben für alles.“ Von allen Seiten war Cecile von Gemeinheit eingefangen, dem Niederträchtigen preisgegeben. Sie wehrte sich nicht dagegen, sie bot ihm die nackte Brust, den nach Selbstvernichtung dürstenden Mund. Die Mächte waren gegen sie losgelassen, sie empfing sie kniend, mit zurückgeworfenem Haupt und Arm. Es war eine solche Gewalt der Liebe in ihr, daß sie auch das abgründig Finstere ihres Schicksals liebte.Jedoch kein menschliches Leben rollt seine von Ewigkeit bestimmte Bahn ohne Brechung wie ein Gestirn. Es kam der Tag, an dem Cecile auffuhr und sich bäumte gegen das, was ihr widerfahren war. Um sich den Mächten entgegenzustemmen, deuchte ihr, daß man vor allem stark und gesichert in der Welt dastehen müßte. Gegen das Gemeine, gegen das Niederträchtige schützten Ansehen und Geld. Nichts von alledem hätte geschehen können, wäre sie reich und angesehen gewesen, oder nicht so wäre es geschehen, nicht so, daß es einem das Herz verbrannte vor Scham und Demütigung. Cecile hatte Schaden genommen an ihrer Seele. Von da an richtete sie ihr leidenschaftliches Verlangen auf die Welt und was die Welt an ihre Gläubigen zu verschenken hat.

Aber davon werden wir erst später hören.

Nach der letzten Unterredung mit der odiosen Babette von dem Busch fühlte sich Erwein körperlich verstimmt. Statt zu dem Souper bei der hübschen Frau von Lania zu gehen, ließ er sich vom Merlitschek einen Tausendguldenkrauttee kochen, legte sich ins Bett und trank das grünliche Gebräu mit einer gewissen Wollust der Bitterkeit. Die gute Thea Lania; sie wird enttäuscht gewesen sein. Sie war seit zwei Jahren an einen alten, frisch geadelten Geldsack verheiratet, Erwein hatte ihr geholfen, ihre reizende Wohnung einzurichten. So schwärmerisch verzückt und dumm und schöngeistig, die gute Seele. Viel war er für sie herumgelaufen, bei Antiquitätenhändlern und berühmten Tischlern. Hatte er etwas Schönes gefunden, dann ließ sie sich von ihm erklären, warum sie entzückt und hingerissen war. Er durfte es zumeist sehr ausführlich erklären. Trat zufällig der Gatte dazu, der alte, frisch geadelte Geldsack, dann warf sie sich ihm um den Hals. „Schau, wie entzückend, Dudu!“ – Er hieß Eduard. – „Du verstehst natürlich nichts davon, so arm und lieb!“ Und sie küßte ihn zärtlich auf die

Glatze. Du verstehst natürlich nichts davon, das sagte sie auch bei Tisch, im Theater; sie sagte es, wenn von Mode die Rede war oder von Büchern, von Musik, von Malerei, von Porzellan, von Schmuck, von allem und jedem, was nicht Finanzgeschäfte oder Numismatik betraf. „Du verstehst natürlich nichts davon, so was Armes und Geliebtes wie der Dudu!" – „Bestie!" sagte Erwein plötzlich laut und haßte die hübsche Närrin mit den unruhigen und delikaten Nasenflügeln. Vom Erdboden vertilgen. In einen Sack binden und ertränken wie lästige Katzen. Er brütete eine Weile böse vor sich hin. Er hatte in solchen Stunden zuweilen rätselhafte Bosheiten ausgeheckt. Unter den Ahnen seiner Mutter muß ein brandstifterischer Bauernknecht gewesen sein, einer, der immer irgendwas zu rächen hat. Eine dunkle Lust, zu brennen und zu schaden. Zur Strafe. Strafe wofür? Ach was, es ist lange nicht genug Strafe in der Welt. Es geht der Canaille zu gut. Jeder Trottel bildet sich ein, das Leben sei doch schön. Keiner will zugeben, daß es finster ist, finster, finster. Wie man schon auf die Welt kommt, pfui Teufel, blutig, schmierig. Da geht so eine Gans ins Unglück. Hätt sie den Perglas geheiratet! Ich habs gut mit ihr gemeint. Aber nein, das Tier, das Tier. Das sitzt locker in einer jeden.

Plötzlich wurde ihm übel vor Wut und Galle. Wäre Cecile in diesem Augenblick vor ihn hingetreten, er hätte sie mit seinen kleinen Damenhänden erwürgt. Aber wie es zivilisierten Menschen zu ergehen pflegt, er war genötigt, diesen einen ganzen Mord in hundert kleine Morde zu zerlegen. Wer weiß, wie viele Härten und verborgene Tücken, an vielen Menschen nach und nach verübt, ihr Gift aus einer einzigen echten Mordsekunde saugen. Das Finstere in ihm war aufgeregt und gleichsam virulent. Wer die Geschichte seines Lebens kennt, muß Sinn und Bedeutung darin suchen, wohin seine Gedanken, wie Mörder von Ceciles

Körper sich erhebend, zunächst sich wandten, welchen Gegenstand, welche Person sie erfaßten, unbefriedigt und auf Teilmord ausgehend, nach der unvollständigen Lust des Tötens bloß im Wunsch. Gewiß ist, daß Erwein sich vom Bett erhob und in einem Zustand von verborgener Raserei mit der Kerze ins Nebenzimmer ging um ein Buch zu holen, weiter nichts, denn es ist für einen geistig Normalen, der allein einen Abend verbringt, kein Raum zu extravaganten Taten in einer warmen, schön ausstaffierten Wohnung in der Salesianergasse. Nach einer Weile kam er mit der Kerze zurück und legte sich mit einem braunen Heft ins Bett. Auf dem Heft war ein Schildchen aufgeklebt und darauf stand: F. v. S. Darunter, mit dem Lineal unterstrichen:

Das Novembertagebuch

Wenn die Oktobermitte überwunden ist, die Zeit, in der sich die frisch geschorenen Schafe frierend auf den kahler gewordenen Grasflecken zusammendrängen, dann spürt man erst, daß die Natur nie wirklich stirbt. Zwar weiß ich nicht, ob ich mir dieses freudige Bewußtsein in den Winter hinüberretten kann; zu der starrglitzernden Blüte des gefrorenen Wassers kann ich mir noch immer kein Herz fassen, seit die erste Jugend vorüber ist und das Glück des der Stadt Entronnenen sich abgestumpft hat. Allein es ist schon viel, daß ich mich um ein abgestreiftes Vorurteil verjüngen konnte. Der Weltmensch fürchtet vor allem den November, wahrscheinlich weil der Glanz der Lampen und Laternen mit dem fern versinkenden Leuchten der höheren und goldenen Sommerfreude ein gespenstisches Zwielicht schafft. Da sind die Genüsse noch blaß und kommen träge in Gang, dem Weltmenschen wird es eng und ängstlich zu Sinn im Nebel der Niederung, und wenn sonst nie, so denkt er im November an den Tod. Die Gebräuche beider christlicher Kirchen bezeugen es. Denn die Kirchen sind für die Not der Weltmenschen aufgerichtet, nicht für die Holzfäller, die Fischer, die Hirten im Gebirg.

Als ich gestern nachmittag zwischen vier und fünf flußaufwärts vom See nach Hause ging – bis zum See war ich wie alle Tage von meinem Dienstort mit dem Einspänner des Wirts gefahren –, da begegnete mir auf dem ausgehauenen, breiten Waldweg ein Mann, den ich gehört hatte, ehe ich ihn sah. Seine Stimme drang im Gespräch zu mir, jedoch er war allein. Ich sah nach rechts und nach links in den stark dunkelnden Wald, wohin des Mannes Gespann sich wohl gewendet haben möge. Da merkte ich, als er nahe kam, daß er nicht mit einem Menschen, sondern mit einem Lamm geredet hatte, das er überm Nacken trug, zwei Beine des Tieres rechts, zwei links in Händen haltend. Er grüßte freundlich, während er an mir vorüberging, den Stock hatte er im Rücken durch die Riemen seines Buckelsackes geschoben. Nach einigen Schritten blieb ich stehen und sah ihm nach. Vor ihm war der Himmel schon bleich, der See glänzte noch, das Licht war unten so stark wie oben, dazwischen eine dunklere Region, der Wald eine bewegte Finsternis zu beiden Seiten. Rüstig strebte der Mann mit dem Lamm dem fliehenden metallenen Spiegel zu, ein schwarzer Umriß gegen das Helle auch er. Es war etwas eigentümlich Freies in der Erscheinung, wie er aus dem Waldinnern geschritten war mit seinem Tier. Im Weitergehen dachte ich darüber nach, daß wohl die Bilder von Fischern und Hirten, den Stiftern unseres Glaubens so geläufig, nicht wegen der Armut dieser Leute bevorzugt wurden, wie man meint, sondern weil Fischer und Hirten die freiesten Menschen sind. Man hat ihnen in den Gestalten der zwölf Apostel fast göttliche Würde zuerkannt, nun thronen sie im Himmel und sind nicht Kirchgänger, sondern freie Fürsten.

Schwierig ist der Oktober, dem Sommer noch zu nah. Von ihm leiht er noch zuviel Glut, und jede Schönheit ist ein Abschiednehmen. Seine Farben brennen auch so stark, daß es mir in die Seele schneidet. Zwar sind seine Gefahren für das Gemüt nicht so groß wie die des März; es sterben ja auch gemeinhin im März mehr Menschen als im Oktober. Aber er ist ein Monat des Übergangs und Übergänge sind ängstlich, weil sie Prüfungen sind, das Überflüssige wird zurückgelassen und verworfen.

Jetzt bringen die Buben ihre Vogelfallen auf dem Dachfirst an und setzen einen Lockvogel hinein, damit sie im Winter ein paar bunte Sänger in der Stube haben. Der Fuchsensteff vorzüglich versteht sich auf ihre Pflege. Im März werden dieselben Buben die Laubbäume in den Oetzen - das sind die Waldränder - anstechen und das süße Märzwasser sammeln. Die kleinen Hausgärten stehen voll Blumen, üppiger als im Juli, satter im Gelb und Rot und Violett und schwerer von Bienen. Aber die klaren Nächte werden schon Bedroher des Üppigen; alles Krautartige krümmt und schwärzt sich in der strengen Stunde vor Sonnenaufgang. Diese verbrannten Strünke besitzen nicht die rührende Majestät des entlaubten Baumes; schnell schneidet man sie ab und gräbt die Wurzelknollen aus der Erde. Solche eilige Tätigkeit hilft den Oktober überwinden. Nie ist die Landschaft belebter, nie soviel Fuhrwerk auf Straßen und Wegen. Unsere Bauern hier sind arme Kleinhäusler, ihr Treiben geht nicht ins Große, sie sind weder emsig noch eigentlich träg, doch wenn zwei Holzfäller mit einer langen Leiter gehen, dann wandeln sie wie mit einem Toten auf der Bahre. Im Sommer sieht man sie nicht, die Ortschaften hier herum werden von Fremden aus der Stadt besucht, die verdrängen alles. Manche Bauern verdingen sich und ihr Fuhrwerk der Saline und führen ‚Kern', will sagen die rötlichen rohen Salztrümmer aus dem Berg, viele sind

Bergleute seit Generationen, oder sie arbeiten unten im Sudhaus an der Eisenbahn. Im Oktober fangen sie an, für ihre Erde zu sorgen, im November breiten sie den Dünger über den lockeren Moosteppich und das vergilbte Gras. Auf allen Gründen und Hängen sieht man erst die kleinen Haufen schwarzer Fruchtbarkeit und hernach das gesprenkelte Muster, das sich überall gleichmäßig hinzieht. Der Wald gibt das seinige dazu, denn die Streu fürs Vieh laubern sie unter den Eichen und Ahornbeständen, die überall den Bergwald gegen das Tal hin säumen. Das gesammelte Laub binden sie in Tücher, wohl dieselben, in die sie im Juni das Heu einbinden, und tragen es auf Rücken und Genick herunter in Ballen, die fünfmal, sechsmal so groß sind wie der Träger selbst. Weil es aber nicht langt, schleifen sie auch frisches Tannenreisig herunter, das geben ihnen die Holzfäller, wenn der Bauer kein Holzrecht auf seinem Hause hat und nicht selber schlägern geht. Zwischen Haus und Stall schneiden sie die Reiser klein, um ein solches Anwesen steht ein köstlicher Geruch herum, ein grüner Duft, sehr verschieden von der braunen, bitterlichen Herbheit des feuchten Blätteratems. In den Menschen, welche die Natur bloß im Sommer und zum Zweck der Erholung kennen, erweckt der Geruch des welken Laubes die Erinnerung an Astern, Georginen, Chrysanthemen, Wachskerzen, Gräberschmuck und Abschied. Auch mir ist es lange so ergangen, die Vorurteile sind ahnenstark, über zehn Jahre widerstanden sie der gewaltlosen Kraft der einfachen Natur. Aber mit der anderen, größeren Gnade der bewährten Liebe ist mir der Sinn des Herbstes eröffnet worden. Im Oktober schwankte ich noch zwischen Zuversicht und Leiden. Gerade an den sommerlichen Tagen war es mir im Herzen sehr dunkel, obgleich ich wußte, daß mir Marie nach einem Jahr der Irrung überzeugter und schöner noch als je vorher zurückgegeben war. Im Oktober, als die Südluft schon eine Woche lang alle Berge schieferblau und mit schwarzen Schatten aus dem helleren Saphir des Himmels gerückt hatte, trat ich vors Haus und hörte zwei Amseln einander über die Talmulde zusingen wie im April. Dieses Singen verursachte mir so starkes Herzweh, daß mein kleiner Knabe, der auf mich zugelaufen war, jählings stehen blieb und fragte: „Vater, was hast du?" Ähnlich schmerzte mich das klirrende kleine Locken der Wildenten am oberen See-Ende, das schon Ende September vernehmlich geworden war. Um diese Zeit lud mich der Doktor zu sich ein und zeigte mir voll Jägerstolz einen Wildschwan, den er über dem benachbarten großen See geschossen hatte. Das Scheiden und Meiden und das bittere Entbehren war mir in dieser Zeit so arg gewesen, daß ich oft daran gedacht hatte, meinem Leben ein Ende zu bereiten. Ein österreichischer Dichter, den außer mir glaube ich kein Mensch gelesen hat, Adalbert Stifter, hat es mit dem Rasiermesser getan. Ich wünschte mir den November herbei, damit alles stille und gestorben sei. Das Vogelsingen tat mir deshalb so weh, weil ich die Vögel um die ewige Wiederkehr der Liebe beneidete, von der ich mich ausgeschlossen glaubte für alle Zeiten. Der Mensch hat seine Vorstellungen, in denen er lebt, und merkt nicht, daß es Verstellungen sind, so nämlich, daß sie ihm die Wahrheit verstellen. Ich war des Glaubens gewesen, daß Liebe der Jugend unzertrennlich zugehört. Aber die Jugend kennt nur den Trieb, freilich ist er in guten und starken Naturen schon hoch verklärt erschienen und kann so gewaltig werden, daß er den Körper zersprengt. Als nun der November anbrach, den ich in verkehrtem Sinn herbeigesehnt hatte, indem ich nämlich wollte, daß alles gestorben sei, damit auch ich Ruhe fände, ging ich auf den Friedhof, der schon mehrere Tage zuvor gereinigt und ausgeschmückt worden war. Ich hatte auf meinen täglichen Wegen häufig Kinder mit blumenbeladenen Ziehwägelchen getroffen. Das Schmücken der Gräber ist ein verhältnismäßig neuer Brauch hier und obliegt hauptsächlich den Kindern. Die machen sich das größte Fest daraus, und so war das ummauerte Rechteck, dem ich mich näherte, in der sanften Nebelsonne des Morgens voller leisem Gelächter und Geschwätz, in das sich auch die heiter gedämpften Stimmen der Erwachsenen mischten. Als ich eintrat, sah ich lauter Kinderköpfe, Blumen und lustiggebogene blasse Kerzenstämmchen und eine muntere Geschäftigkeit, die mir so gut gefiel, daß ich am Nachmittag zur Gräberweihe wieder hinging und meine Kinder mitnahm. Nach der Besprengung trat die Musikkapelle der Bergknappen zusammen und brachte den Toten ein freundlich-ernstes Ständchen. Dazu sang der neugegründete Männerchor. Dann besuchte man die Gräber, will sagen die Toten noch einmal, so wie die Mädchen nachmittags zum Rockensitz gehen, so nennen sies, wenn sie einander mit der Handarbeit besuchen, oder die Männer am Sonntag vor der Kirche beieinanderstehen und über allerlei diskurieren. Als es dunkel wurde, wanderten die Lebendigen vergnügt nach Hause und den Unterschied machte nur, daß es eben die Toten waren, welche man heimgesucht hatte und diese deshalb in ihren Häusern bleiben konnten. Ich war schon früher fortgegangen und saß draußen am See auf einer kleinen Anhöhe. Der Huflattich ist noch überall grün, auch die Blätter des Löwenzahns und die meisten Erdbeerblätter, nur hier und da ist unter den letzteren ein rotes in den grünen Teppich eingemischt, das ist dann besonders zierlich mit seinen purpurfarbenen Zacken. Linker Hand erstreckt sich blaugrün ein breiter Streifen Wintersaat. Es ist nicht wahr, daß die Vögel im November nicht mehr singen. Sie lassen nicht ab mit kleinen Terzen, Quarten und Trillern, nur die großen Kunstgesänge kommen nicht mehr zustande, aber das Wesen bleibt bestehen, wie der Fluß bestehen bleibt, obschon seine Wasser zuweilen überschwellen und zuweilen in dünnen Fäden sich hinwinden durch das trocknende Gestein. Im November hängen an allen Weiden und Haseln Blütenkätzchen, die zwei bis drei Zentimeter lang sind, ich hatte sie nie zuvor gesehen, mein Ohr das nie verstummende Rufen und Locken der Vögel niemals wahrgenommen. So ist alles in der eigenen Seele darinnen. Während ich diesem und auch manchem anderen Gedanken nachhing, vernahm ich auf einmal eine sehr eigene und liebliche Musik, die in zwei Stimmen erschallend wohl auch von zwei Instrumenten herzurühren schien, hölzernen Flöten oder Schalmeien, will mich bedünken, denn die Töne klangen bei weitem weicher als die der bei unsern Burschen so beliebten Mundharmonika. Jedenfalls waren es zwei Holzknechte, die zu ihrem Vergnügen draußen auf dem Wasser spielten, obwohl ich keine Plätte und keinen Kahn auf dem glatten Spiegel entdecken konnte. Die Holzfäller kommen nämlich am Tage Aller Heiligen aus allen Holzknechtstuben, auch den höchstgelegenen, ins Tal herunter, um das Fest der Toten zu begehen. Die unsichtbaren Spieler erfreuten sich und mich über eine Stunde lang mit den sanftesten Melodien. Besonders gut verstanden sie sich auf das Harmonisieren, so daß die beiden Stimmen einander recht zu Gefallen begegneten und statt der einfach hinfließenden Melodie allein eine sehnsüchtige Tiefe entstand. Dieses mannigfachen Wechsels wurde das Ohr nicht satt, es begehrte nur immer mehr, und es entquoll den unsichtbaren Schalmeien auch unablässig zarter zweistimmiger Gesang, bis das Licht verging und mit dem Licht die Töne, als seien sie mit ihm westwärts über den hohen Berg nach fernen Ländern gegangen.

Das war am Tage Aller Heiligen, seit dem sind die Vogelfallen von den Dachfirsten verschwunden und die Fischer ziehen mit dem Einbäumler wieder regelmäßig auf den See hinaus. Ich bin über den Waldpaß gewandert, wo alles voller Duftist, von frisch geschlagenen Tannen und Fichten und habe dem Lois zugesehen, wie er einen mittelstarken Fichtenstamm mit dem Schäbser abgerindet hat statt mit der Hacke. Der Schäbser ist ein langer Stecken, an dem ein dünnes scharfes Eisen, ähnlich einer kurzen geraden Schaufel, befestigt ist. Da kräuselt sich die Rinde eineinhalb Meter lang in schmalen Bändern herunter und der Holzkern tritt zutage wie von feuchter, rosiger Haut umspannt. Harthölzer und alte starkrindige Stämme lassen sich aber so nicht schälen, sie müssen mit der Hacke bearbeitet werden, was ich nun immer gleich erkennen werde, weil ich davon weiß. Die Holzleute liebe ich am meisten. Ihr Leben ist so frei wie das der Hirten, oft wohnen sie wochenlang hoch oben in den Holzknechtstuben wie jene auf den Almen, sie haben urtümliches Geschäft und Gerät und wandern weit im Gebirg herum. Die Holzfäller sind eine eigene Zunft, sie machen sich nicht viel aus dem Sonntag, sie halten sich so frei wie die Jäger und Hirten. Vergangenen Sonntag gegen fünf Uhr abends ging ein Krachen und Getöse an, wie von einem Bergsturz, das Tal war voll von Hall und Widerhall. Niemand beunruhigte sich, jeder weiß, daß die Holzknechte um diese Jahreszeit die geschälten Stämme von der höchsten Waldhöhe in dem ausgetrockneten fast senkrechten breiten Wufbachbett in die Wuf hinunterspringen lassen; da tanzen die nackten Riesen von Block zu Block, schwerfällig fliegend aufschmetternd und dröhnend, manchmal rast einer gellend daher und kommt auf die Vordermänner zu liegen wie ein betrunkener Reiter. Im letzten Drittel des Wufbaches stauen sie sich kreuz und quer und wenn ein neuer daherschmettert, geht ein Kollern durch die Hingeschlagenen wie Gebrumm von Riesen. Den Holzfällern muß es ein wildes Vergnügen sein, wenn sie es so am Sonntag treiben statt Wirtshausgang und Rausch. Es gibt auch nicht leicht etwas Schöneres als das Holz. Ich habe Proben von vielerlei Sorten gesammelt und kenne ihre Besonderheiten schon recht genau. Weil mir das Holz vertraut geworden ist, wars mir heuer zum erstenmal nicht unlieb, daß die gelben und roten Blätter endlich fortgeweht wurden und die Bäume so nackt dastehen in ihrer kargen und beständigen Schönheit. Es ist die Schönheit des Sinns, die vor allen Schönheiten den ersten Rang einnimmt. Im Oktober hatte ich schon gemerkt, wie das Gilben des Laubwerkes die Struktur der Landschaft herausarbeitet, wie das Grün der Hochwiesen kräftig hervortritt und die felsigen Formen darüber an Bedeutung gewinnen. Die durchsichtigere Beschaffenheit der Luft mag ihren Anteil daran haben. Vollkommen entwickelt ihrem Sinne nach zeigt sich die Landschaft aber erst, wenn das Flüchtige verweht ist. Der vielfarbige Schleier aus geformter Feuchtigkeit ist fortgezogen; das Harte, Beständige, das Gewaltige, das Knorrige oder in Zartheit Zähe, Holz und Gestein offenbaren ihr Gesetz. Das Dauernde trägt seine Bewährung in sich. Vieles wird irrtümlich wegen des vielfarbigen Schleiers aus geformter Feuchtigkeit für ein Ding von ewiger Dauer gehalten, aber wenn der Schleier vergeht, wenn das Krautartige in den strengen Stunden nach Mitternacht verbrennt, ist kein Holz daran, es wird abgeschnitten und die Wurzelknollen werden aus der Erde gegraben.

Ich habe über folgendes nachgedacht: um überhaupt einen anderen Menschen lieben zu können, muß man sehr viel erlebt haben und sehr reif sein. Denn nur der darf sagen, daß er liebt, der die Schwesterseele der seinigen völlig einverleibt hat, dazu aber ist Raum und Stille vonnöten. Raum und Stille entstehen erst, wo die Leidenschaften gehämmert haben, andernorts ist es nur die Leere einer dürftigen Natur. Mehr kann ich darüber nicht niederschreiben, denn hinter diesen Worten wirkt ein lebendiges Geheimnis.

Ich bin auch auf dem Hochmoor gewesen, wo sie den Torf stechen. Es hat mich sonderbar ergriffen, wie da der schwarze Urschlamm in breiten Wogen emporgewälzt wird. Man denkt an ungeheure Tierformen, die solchen Sumpf, dem Gletscher kaum entschmolzen, mit ungefügen Gliedmaßen durchstampft haben mögen, schmatzende Wasserspur hinter sich. Hier hauste der Lindwurm, der in den Hirnen der Menschen fortlebt als Birigstützen, ein arges Untier, an das der Erzherzog Johann noch so halb und halb geglaubt hat. Die Moorerde sieht aus wie der schwarze fette Kuhdünger, riecht aber nicht organisch süß wie dieser, sondern mineralisch sauer. Vor einigen Tagen habe ich Rosen gepflanzt, der Haimbauer brachte mir etliche Karren Torfmull und dazu Mist aus seinem Stall, meine kleine Ada stand dabei und schimpfte: pfui, das stinkt. Ich verwies es ihr aber, weil es nicht wahr ist, und lehrte sie achthaben auf ihre Sinne, denn die sind das einzige, was nicht trügt. Es ist auch nicht wahr, daß die Erde nur im Frühling gut riecht, umgebrochene Erde duftet im April nicht würziger als im November. Dieses alles schreibe ich nieder, weil es nicht leicht ist, die einfachen Dinge zu erkennen und zu behalten. Sehr schwer können zum Beispiel zwei Menschen ernstlich erfahren, daß sie nicht aufhören in der innigsten Gemeinschaft der Liebe zu leben, auch wenn sie sich voneinandergerissen haben, weil sie gemeint haben, es muß sein. Das leibliche Auge ist durchaus nicht imstande, etwas wahrzunehmen, was die Seele noch nicht freigegeben hat. In der Seele ist alles darinnen, aber sie kann oft nur Teile ihres Besitztums offenbaren oder gar nichts und der Mensch quält sich und geht in die Irre. In all den Jahren hatte ich nicht erfaßt, daß es gerade im November überall ersichtlich wird, wie das neue Naturjahr schon in der welkenden Hülle des alten darinnensteckt. Erst im November weiß man sicher, daß es weitergeht, immer weitergeht ohne Riß und Sturz, und in den milden Stunden wird einem das Gemüt voll Dank. Der See liegt glatt wie Öl in seinem Becken, als fülle er sich abschiednehmend ganz mit dem verklärten Abbild seiner Welt. Denn seine Fläche trübt sich und wird hart und rauh. Schnee wird darüber hinfegen und körnige Schauer auf das Gefrorene werfen. Freilich wird er noch lang auch der grimmigsten Kälte widerstehen, aus seiner Schwärze am Morgen Dampf aufgehen lassen und am Mittag Bläue spiegeln. Noch in der Woche nach Weihnachten habe ich einen Reiher seine Brust in diesem klaren Spiegel baden sehen, der hoch erhobene Kopf mit dem Federkrönchen zog stolz vor der dreieckigen Silberspur daher wie eine Galionsfigur. Ich versammelte meine Kinder, die mich gerade begleiteten, damit sie den verirrten edlen Fremdling sehen könnten. Aber endlich geht der See zur Stille ein, über ihm zerpflückt sich der Himmel in Millionen weiße Sterne und senkt sich lautlos auf ihn nieder. Die Kinder laufen über die beschneite Fläche weg wie Hasen. Bei der Nacht gehen sechs Fischer aufs Eis hinaus. Dort haben sie am Tag zuvor die Schluazn geschlagen, eine halbmeterbreite Spalte, zwölf Klafter lang, dreißig Klafter vom Ufer entfernt, denn dreißig Klafter lang ist das Netz. Hernach fünfundzwanzig Klafter wieder uferwärts eine kleine Spalte, zweieinhalb Klafter lang, das Segnloch. Segn heißen sie das Netz, sie haben ihrer zwei Arten, die Sommersegn und die Lechtsegn, welche vom elften Oktober an benutzt wird, das Eisfischen geschieht mit der Lechtsegn, die einen geringeren Tiefgang hat. Das ist mit Seilen aus Kuhschwanzhaaren eingefaßt, die faulen nicht in der Nässe, und hat am oberen Rand Flossen aus Baumrinde, darum heißt diese Seite des Netzes die Flossenseite, am unteren Bleistücke, darum heißt die Seite die Bleiseite. Zum Eisfischen knüpfen sie an der Flossenseite das Rennseil fest. Zu beiden Seiten des Segnloches schlagen sie je ein Schwellenloch, kleinere Zwischenlöcher verbinden die Schwellenlöcher mit dem Segnloch. Das ist nun sehr kunstreich und mühevoll, wie sie die Segn erst zusammengeballt vom Segnloch mit dem Rennseil unter dem Eise in die Schluazn ziehn. Dort lassen sie die Segn sinken. Bei den Schwellenlöchern rechts und links sind die Zugseile an Stangen befestigt. Vier Männer arbeiten am Netz und an den Stangen, zwei halten Bündel langer Späne durch fortgesetztes Auf- und Niederschwingen in Brand. Diese Späne nennen sie Bucheln, damit leuchten sie denen bei der Arbeit. Durch die Zwischenlöcher und bei den Stangen ziehen sie hernach das Netz langsam von der Schluazn zum Segnloch zurück, das ist der erste Fischzug, der geschieht meist nach rechts. Sodann wird die Segn noch einmal mit dem Rennseil in die Schluazn befördert, und wie früher zurückgeschleift, diesmal nach links. Mehr als zwei Fischzüge werden nicht getan in einer Nacht. Der Fischmeister läßt mirs sagen, wenn sie auf den Abend hinausgehen. Als ich den Leuten das erstemal zusah bei ihrer Verrichtung, regte mich der Vorgang gewaltig auf. Erst das Stehen und Warten auf dem festgetretenen Harscht bei rotem Fackellicht mit langen Rauchschwaden. Die Eisdecke, auf der wir standen, war dazumal fast einen halben Meter dick und die gebrochenen Ränder schimmerten wie grüner Opal, gleich dem aperen Gletscherfeld bei stark andauerndem Föhn. Im hinteren Seewinkel bühlte der See, so nennen sie das donnernde Rollen unter dem Eise, die Felswand hinten stand noch einmal so hoch getürmt wie am Tage, die Nacht war eng wie eine ungeheuer hohe schwarze Röhre, darüber, wenn der Qualm sich verzog, erschienen die eisigen Lichthaufen fernster Wintersterne. Auf einmal bebt, grollt, schlurft es schauerlich unter den Füßen, der Unerfahrene erschrickt, aber die halblauten Kommandorufe der Fischer beruhigen ihn. Es dauert eine Weile, die unter beständigem Seilziehen und gedämpften Anordnungen, mit knirschendem Fußscharren und glucksendem Rollen und Schleifen in der Tiefe hingeht. Endlich erscheint das Netz in dem schwarzen Segnloch. Dort drängt alles Fackellicht zusammen, mit gewaltiger Anstrengung wird die Segn emporgehoben. Unvergeßlicher Anblick, wie aus dem starren opalenen Eise das triefende, zappelnde, schnalzende Leben heraufdringt. Sogleich greifen die Fischer in das springende nasse Gewimmel, die Saiblinge werden ins Wasser zurückgeworfen, die rogenverzehrenden Räuberfische, die sie Rutten nennen, in den Behälter getan. Sodann beginnt der zweite Fischzug.

Dies alles werde ich wieder sehn, Marie, es wird dasselbe sein und doch verwandelt, weil alles verwandelt worden ist durch die Gnade der Erkenntnis. Noch sind die Tage mild und der Himmel oft so rein, daß nach Sonnenuntergang der See von einem zwiefachen Uferkranz umschlungen wird; die silberne Venus steht um fünf Uhr abends zweimal über dem nachtschwarzen Felsenkamm. Meister unseres Himmels ist im finsteren Ost aufsteigend Jupiter, der das Widrige verscheucht. Es ist sehr langsam und stetig hergegangen mit dem, was ich die Erkenntnis nenne, Marie, aber du mußt es dir nicht anders denken, als wenn einer langsam und stetig mit nackter Brust gegen ein lotrecht auf sein Herz gerichtetes Schwert marschiert. Stirbt er nicht, dann verwandelt die Gnade das Schwert in ein lebendiges Reis.

Diese Aufzeichnungen beginnen mit dem Lamm und enden mit dem Fisch, in der Zeitmitte zwischen Lamm und Fisch sind sie geschrieben und dir darum nicht mit Worten zugeeignet, weil alles von dir kommt, Marie.

4

Erwein klappte das Heft zu und sah auf die Uhr. Elf. Merlitschek mußte noch auf sein. Er klingelte. Merlitschek erschien: „Befehlen?“

„Das Bett noch einmal richten. Ich liege miserabel.“ Er stand auf, zog den Schlafrock an. Merlitschek, während des Umbettens: „Da haben sie jetzt den Herrn Schönberger doch nach Döbling zum Obersteiner gebracht. Der Franz war grad bei mir, sein Diener.“

Erwein fuhr mit dem Zeigefinger zweimal über die Stirn. „Der reiche Brauerei-Schönberger? Verrückt? Endgültig?“

„Ja, er soll zweimal Selbstmord versucht haben. Sie sagen, es ist wegen der Kränkung. Daß ers nicht hat durchsetzen können, was er gar so tendiert hat.“

„Was war denn da? Ich kann mich nicht erinnern!“

„No Herr von Raidt wissen ja. Wegen dem Jockeyklub. Mit aller Gewalt hat er hineinwollen.“

„Richtig, das ist doch der Jud, der genau so gestottert hat wie der Gyula Horniansky. Selten bei einem Juden, aber doch noch nicht genug. Und daß es nicht genug war, das hat ihn so gekränkt. Da ist sein Freund Hirsch gescheiter gewesen, der hat sich damit begnügt, daß der Kronprinz zweimal mit ihm im Grand Hotel gefrühstückt hat.“

„Seiner Kaiserlichen Hoheit dem Herrn Erzherzog Rudolf hat aber auch das nichts geholfen, Gott sei seiner armen Seele gnädig. – Rennen hat er lassen, der Herr von Schönberger. Mit seinem Gig ist er immer hinausgefahren nach Kottingbrunn.“

„Wer war denn die schöne rothaarige Person, die immer bei ihm gesessen ist?“

„Mit der war er erst ganz närrisch. Er hat sie geheiratet, sie soll anders nicht wollen haben. Er hat sie wollen für eine Baronesse ausgeben, sie war aber die Tochter von einer Ganslerin aus Olmütz und sie war so gewiß stolz darauf und hats einem jeden erzählt. Auch den Herren draußen beim Rennen und denen, die gekommen sind, seine Dosen und seine Stöcke anschaun und seinen Champagner trinken und seine teuren Havanna rauchen. Da hat er einen Haß auf sie gekriegt und soll sie geschlagen haben und hat sie eingesperrt gehalten. Die Jungfer hat sich eingemischt und es ist ein großer Skandal entstanden. Da hat er eingesehen, daß es nichts ist mit dem Jockeyklub und hat den ersten Tobsuchtsanfall bekommen."

„Seine Frau geprügelt und eingesperrt – gesund, gesund, aber auch selten bei einem Juden. Nur immer noch nicht genug. Merlitschek, wie lang ist der Herr von Sillian, ich mein den Herrn Ferdinand, nicht bei uns gewesen?"

„Das werden zwei Monat und vierzehn Tag am Freitagabend."

„So lang ist er noch nie ausgeblieben. Gute Nacht, Merlitschek."

„Gute Nacht, Herr von Raidt. Wünsch wohl zu ruhen."

– Der Wokko bleibt hängen an der Marie, und es wär am End kein Malheur, wenn er da so schön weiter, – – warum wird mir die Geschichte auf einmal unheimlich? Man muß das Mädl nach Wien herein bekommen. Man ist das dem Wokko schuldig. So ein goldener Mensch, so ein süßer. Aber wie?

Ekelhaft, daß einem da immer nur die Babette zur Verfügung steht, die alte Kupplerin.

Es ist überflüssig, zu erwähnen, daß die Affäre Cecile keinerlei Abschnitt in Erweins Leben bedeutete. Um sie gründlich zu vergessen, beobachtete er ein bestimmtes Ceremoniell: er sprach unter keinen Umständen je wieder ihren Namen aus. Das war bei der Zahl ihrer gemeinsamen Bekannten durchaus nicht einfach, aber mit Aufmerksamkeit und Umsicht brachte er es fertig und die kleine, höchst private Komödie bereitete seiner Rancune gegen Cecile eine gewisse Genugtuung. Den Doktor Emil Sillian, dem er die Sache anvertraut hatte, bat er unter Vorspiegelung von allerhand Diskretionsgründen, die gewisse junge Dame nie anders als ‚das Mädchen mit dem Turban' zu bezeichnen. Ähnlichkeit mit einem Bilde, Reminiszenz an die Geschichte mit dem nassen Haar? Der Name Cecile aber wurde jedenfalls nicht mehr genannt.

Er reiste nach Paris, blieb drei Monate dort und fuhr ein halbes Jahr darauf mit drei adeligen jungen Engländern, Brüdern von großer Schönheit und köstlicher Eleganz, in den Orient und nach Griechenland. Den Kopf voll von Poloplänen, Tennismeisterschaften, Schnitzeljagden kam er nach sonderbaren Abenteuern aller Art aus Griechenland nach Wien zurück. Auf dem Bahnhof schon verdüsterte sich sein Gesicht. Eine windgepeitschte Wolke von Mist fuhr ihm auf dem Platz vor der Südbahn in die Augen. Er begrüßte sie mit einem höhnisch befriedigten Kopfnicken voller Bosheit. Schön, das war alles in der Ordnung. Vor der Südbahn mußte einen der stinkende Mist in die Kehle beißen. Er wickelte sein Cachenez um den Mund, ärgerte sich unbeschreiblich über den Träger und fuhr ordnungsgemäß von insistierendem Husten geschüttelt nach Hause. Vor dem Haustor, heiser von Wind und Staub, feilschte er wütend mit dem unverschämten Kutscher und landete erhitzt und mit äußerster Abneigung in seiner Wohnung. Alle diese Umstände bildeten das strenge Ceremoniell der Heimkehr.

Merlitschek meldete, der Herr Baron Sillian sei einmal dagewesen. Aus eigenem fügte er hinzu, sehr schlecht habe er ausgesehen, der Herr Baron.

Mein Gott, der Wokko, so ein geliebter Mensch. Eine Welt kehrte zurück mit diesem Namen, eine Welt voll Seele und Gefühl. Erwein zog eine Grimasse. Ja, richtig, die gewisse Marie hatte er sich näher anschauen wollen. Er verspürte aber gar keine Lust mehr auf die gewisse Marie. Der Gedanke an sie war sogar peinlich. Der Wokko sollte da endlich aufhören. Also auspacken, Merlitschek.

Am Abend flüchtete er in den Klub. Er saß am Pokertisch, als Emil Sillian, der Advokat, herankam. „Gratuliere, Erwein“, sagte er leise. „Die Dame mit dem Turban heiratet.“

Erwein stierte in seine Karten. Er hatte eben enorm geblufft und hielt die gespielte Nonchalance infolge eines unwillkürlichen Mechanismus in den Zügen. Aber seine Stirn wurde breit wie die eines übermütigen Knaben. „Wen denn?“ fragte er ebenso leise.

„Einen Deutschen, einen gewissen Perglas, Ingenieur bei der Eisenbahn, soll aber reich sein und die Dame sehr verehren. Du hast wirklich Glück!“

„Ein wunderbarer Mensch, dieser Perglas“, erklärte Erwein feierlich.

„Ah, du kennst ihn?“

„Ja freilich kenn ich ihn. Dahier heroben –“ Erwein fuhr sich mit dem Zeigefinger über die Stirn: „da hier heroben – ah, bitte nein! Ich will nichts Unschickliches andeuten! – Ich wollte nur sagen, die untere Hälfte seiner Stirn ist braun, die obere weiß“ – und plötzlich lachte er heraus, es warf ihn heftig in den Stuhl zurück. Sein Gelächter war so ansteckend, daß es den Advokaten mitriß. Einige Pokerspieler konnten sich gleichfalls des Mitlachens nicht erwehren, die anderen schimpften. Kräftiger als dieser Lärm jedoch setzte immer wieder von neuem Erweins Lachen ein, das Lachen eines Kindes, aber eines etwas bösartigen und nervösen Kindes.

Richtig der Reihe nach müßte jetzt berichtet werden, wie es dazu gekommen ist, daß Cecile den Perglas nahm, was bei ihrer Hochzeit geschah und in welcher Gestalt die Mächte, denen Cecile so große Gewalt einräumte, Einzug hielten in ihre neue Existenz. Allein Ceciles Geschichte löst sich jetzt zumindest äußerlich von Erwein ab; bleiben wir bei ihm, so finden wir, den Wust seiner weltlichen Geschäfte und seiner Liebesabenteuer vorsichtig zerteilend, eine sehr geheim gehaltene, aber ständig wachsende Beteiligung an einem anderen Roman. Hier fügten sich die Dinge auf eine überaus behutsame, ich möchte sagen, hinterhältige Manier. Es ist nicht recht einzusehen, weshalb Erwein sich so tief in die Schicksalsgänge seines Freundes Ferdinand verstrickte. Ja, ich glaube, daß er trotz seines starken sinnlichen Temperaments, trotz jener verbissenen Ausschließlichkeit, die ihn bei Frauen berühmt gemacht hatte, niemals von einer eigenen Affäre hingenommen wurde wie von dieser, die nicht ihn betraf.

Dennoch betraf sie ihn eben; aber auf jene höchst verborgene Art, von der ich früher sprach. Zunächst begann es mit einer unbestimmten Eifersucht auf den Freund, den goldenen Wokko. Erwein mochte Frauen nicht, die nicht er für seine Freunde ausgesucht hatte. Durch den Briefwechsel mit Marie, hauptsächlich aber durch seine Geschenke hatte er versucht, Wokkos Eigenmächtigkeit auszutilgen, indem er sie nachträglich sanktionierte. Im Grunde verschaffte er sich auf diese Weise auch seinen Anteil an Marie, dieser Marie, die er niemals zu Gesicht bekam.

Im ganzen betrachtet, ist Erwein von Raidt aus grobem Material gemacht und es gibt eine Menge Dinge, die er nicht versteht, womit nicht etwa Dinge der Wissenschaft und des Geistes gemeint sind.

Innerhalb seiner eigensten Domäne, der Liebe, ahnt er zuweilen unerforschtes Gebiet. Das sind unbehagliche Augenblicke, die er hauptsächlich der Affäre mit Cecile Löwenstein verdankt. Vielleicht ist dies eine der Ursachen des Bannes, dem sie mit Haut und Haar, ja mitsamt ihrem Namen bei ihm verfallen ist. Aber als Dame mit dem Turban steht sie bisweilen vor der Tür. Er spürt es. Es ängstigt ihn. Sie hat ihm ein unwillkommenes Geschenk zurückgelassen, Ahnungen, Beunruhigungen, Mahnungen an eine nicht ganz sinnliche Welt. Es regt ihn auf. Es verdrießt ihn. Er sieht Gespenster am hellen Tag. Er nimmt sich hinter verriegelten Türen Ferdinands Dichtungen und Aufsätze der Reihe nach vor. An dem ‚Novembertagebuch' bleibt er hängen wie der Vogel an der Leimrute. Was geht vor? Er vergleicht dieses Tagebuch mit den ‚Wasserfällen in den Alpen Österreichs'. Es ist dieselbe reine Hingegebenheit an die Natur, gewiß. Aber wie denn, was ist denn da hineineskamotiert in dieses Tagebuch? Am Schluß redet er die Marie an, schön, das steht ja da, darüber ist weiter nichts zu sagen. Aber wenn man das Ganze gleichsam von hinten nach vorne liest, da ist einem doch, als lese man etwas ganz anderes, als was da geschrieben steht. Es ist wie ein Chiffrebrief. Jawohl, das Ganze ist wie eine chiffrierte Unterhaltung, nicht mit dem Leser, sondern mit der mystisch dahinterstehenden Marie. Der Leser, also Erwein, kümmert den Autor gar nicht. Das alles ist ein Gedicht für Marie. Ein Gedicht in Geheimschrift. Und Erweins Einsicht reicht nur bis zu der Erkenntnis, daß es Geheimschrift ist. Man hält ihn für einen Idioten. Ja, man drückt ihm den Schlüssel zu dieser Sprache in die Hand: „Diese Aufzeichnungen ... sind dir darum nicht mit Worten zugeeignet, weil alles von dir kommt, Marie." Darin liegt das Verletzendste: „Sieh, wir haben kein Geheimnis vor dir, guter Erwein, weil dus am Ende nie verstehen wirst."

Erwein, der ja so fest von Wokkos Zuneigung überzeugt ist, glaubt nicht, daß ihn der Freund bei ganz gesunden Sinnen so verrät. Er liest das Tagebuch zum drittenmal von vorn und diesmal findet er Anzeichen von beängstigender

Exaltiertheit. Er liest sich in eine kummervolle Aufregung hinein. Was ihn beunruhigt, ist schon umgedeutet. Es quält ihn nicht mehr, daß er selber ausgeschlossen ist, sondern er sieht den Freund in drohender Gefahr. Diese Marie! Ist sie nicht geradezu die Schwester jener Dame mit dem Turban? Und besitzt Ferdinand den zehnten Teil der Kraft, der ihn, Erwein von Raidt, bewahrt? Ihn beschleicht ein Grauen, wenn er an Wokkos Zukunft denkt. Er sieht ihn umstrickt, versponnen in ein ungreifbares Netz. Er schreibt ihm einen kleinen, scheinbar gleichgültigen Brief und bekommt keine Antwort.

Um diese Zeit beherrscht seine Morgenträume hartnäckig eine weibliche Figur. Sie hat keine Ähnlichkeit mit der reizenden Soubrette, die ihn im Augenblick beschäftigt. Sie tritt auf, er weiß, es ist Cecile, er erwacht, schmerzlich von ihr erfüllt, es ist Marie. Eines Morgens begleitet er seine Kleine zum Schuhmacher, Schuhe sind so ungeheuer wichtig, der Meister läßt sich gern mit ihm in weitläufige Gespräche ein, der Herr Baron von Raidt ist gar so ernsthaft bei der Sache. Während die hübsche Operettendame endlos probiert, zieht Raidt den Meister einen Augenblick in einen kleinen Raum hinter dem Laden. Am Nachmittag kommt er wieder, allein, das heißt, Merlitschek trägt ihm ein kleines Paket nach und verschwindet dann. Eingehende Beratung in dem kleinen Hinterraum. Der Meister verspricht, nach diesem vertretenen ledernen Frauenstiefel – Ferdinand hat einmal mit Hilfe dieses Musters starke Schuhe für Marie gekauft – ein Paar delikate kleine schwarze Atlasschuhe herzustellen, am Rand des Ausschnitts ein wenig mit Silber gestickt, ganz nach der Zeichnung des Herrn Barons. Über die Schweifung des Absatzes sprechen sie lange und eingehend. Es ist Abend geworden, als Erwein den Laden verläßt. Er kauft einer Blumenfrau mehrere Veilchensträuße ab und besucht auf dem Kohlmarkt den Juwelier, der ihm die hübschen alten Rautenohrgehänge mit den rosa Turmalinen gezeigt hat.

Eine Woche darauf werden die Atlasschuhe geliefert. Merlitschek verpackt sie in das große englische Reisenecessaire seines Herrn. Die Ohrgehänge trägt Erwein in seiner Brusttasche. Ferdinand hat noch immer nichts von sich hören lassen. Aber Erwein fährt nicht mit der Westbahn zu ihm hinauf, sondern mit der Südbahn nach Graz.

Ferdinand Sillian hat mehrmals versucht, Mariens Äußeres und ihren Charakter zu beschreiben. Allein ihr ganzes Wesen widersetzte sich dem Wort. Sie war nicht schön nach den Begriffen ihrer Zeit; am ehesten glich sie dem Jünglingsengel, der den Knaben Tobias begleitet, langgliedrig, unzugänglich, spröde, strengäugig und blond. In dem nie ablassenden Drang, sich die Geliebte zu vergegenwärtigen, hatte Ferdinand begonnen zu aquarellieren. Es gelang ihm wohl, Züge festzuhalten, jedoch das Ganze entwand sich der Farbe wie dem Wort. Aus dem Unvermögen wurde ein Bedürfnis, Ferdinand malte den Wald, weil er Marie nicht malen konnte, und der Wald bedeutete ihm Marie. Gewisse Farben bedeuteten Marie; gewisse Formen galten ihm als Geheimzeichen: Marie. So lebte er umgeben von Symbolen. Was um ihn vorging, berührte ihn nicht. Niemals empfand er den Wunsch, von Marie zu reden. Er hörte nicht völlig auf, als Gatte mit Adelheid zu leben. Es war ihm gleichgültig. Er liebte seine Kinder; aber wenn sie – bis auf die jüngste Tochter – verschwunden wären, es hätte seine Tage nicht verändert. An die jüngste band ihn ein Geheimnis; wenn er sie berührte, war Marie ihm nah. Er konnte es nicht erklären und er dachte nicht darüber nach. Er suchte sich nicht zu ergründen und erklärte sich darum nie.

Obgleich ich sie in späteren Jahren oft gesehen habe, weiß ich sehr wenig von Marie. Eines aber ist mir klar: es hat einen Moment gegeben, in dem Ferdinands Art zu lieben Mariens Kräfte überstieg. Damals setzte sie sich in einen Eisenbahnzug und fuhr ins Gebirge hinauf, wo er wohnte. Sie fand sein Haus, er wußte nichts von ihrer Nähe. Sie wünschte nicht, ihn zur Rede zu stellen, und noch weniger hatte sie einen Überfall im Sinn. Sie mußte sehen, weiter nichts. Das Haus sehen, in dem sein wirkliches Leben sich erfüllte. Die Frau sehen, die dieses wirkliche Leben teilte. Es war kein Wille mehr, es war nicht Trieb, denn Triebe vermag man zu beherrschen, es widerfuhr ihr, daß sie das alles aufsuchen und sehen mußte. Sie fand einen versteckten Platz, von dem sie Hauseingang und Garten beobachten konnte. Sie harrte so lange aus, bis sie Adelheid mit zwei Kindern in den Garten gehen sah. Später erschien Ferdinand auf einem Balkon und sprach zu der Frau hinunter. Er redete leise und freundlich, nicht anders, als er zu Marie zu reden pflegte. Später kam er herunter und legte auch einmal die Hand auf die Schulter der Frau. Die Kinder sprangen an ihm empor und alle gehörten zusammen, unzählige Tage der Vergangenheit hüllten sie miteinander in einen zarten Hauch und zahllose kleine Zukunftspläne gewährten Fortdauer und Bestand.

Die bittersten Leiden der Seele entspringen, wie wir alle wissen, dem Gefühl des Ausgeschlossenseins. Einsamkeit erzeugt eine milde oder sehnsüchtige immer aber schöpferische Trauer, Ausgeschlossensein bringt um. Sie liebte, sie hatte ihr Leben hingegeben an einen verheirateten Mann. Ferdinand, der so wenig redete, sprach von seiner Familie fast nie. Marie wußte nicht mehr, als daß Kinder da waren, daß Adelheid existierte. Ferdinands Leidenschaft, die Leidenschaft eines Knaben, ausgerüstet mit der Kraft eines erwachsenen Mannes, konnte sie nichts anderes vermuten lassen, als daß diese Frau, diese Kinder einen ganz geringen Teil seines Lebens in Anspruch nähmen. Ihre Phantasie war für Qualen noch nicht geweckt, in Unerbittlichkeit noch nicht geschult. Sie wußte nichts von Ehe, ihre alten Eltern zog sie nicht zum Vergleich heran, Eltern sind für Kinder kein Ehepaar. Hier sah sie plötzlich ein Ehepaar und den Mann, der ganz ihr zu gehören schien, als Teil eines Ganzen, mehr noch, eines todfeindlichen Ganzen. Nicht der Lauscher, sondern ein ahnungslos belauschter Freund ist beinahe immer ein Verräter. Es ist schrecklich, in das wirkliche Leben eines Menschen hineinzusehen, dessen Gedanken angeblich uns gehören. Mit jedem Lächeln, das er unbeschwerten Herzens einem anderen schenkt, hat er uns schon verraten. Ja selbst die Intimität des Raumes, in dem er sich vertraut und seiner selbst gewiß herumbewegt, kann in dem ungeahnten Beobachter jenen Schmerz des Ausgeschlossenseins hervorrufen, der tödlich ist. Gefeit sind nur jene, die schon durch die Hölle der Phantasie getrieben wurden. Sie haben alle Martern vorausgekostet, für sie hat die Wirklichkeit keinen Stachel mehr. Alle Reife entsteht durch solche Höllenwanderung der Phantasie. Marie aber war einundzwanzig Jahre alt. Es ist ganz gleichgültig, daß an jenem Abend im Garten keine noch so flüchtige Zärtlichkeit zwischen Ferdinand und seiner finsteren, plumpen Gattin ausgetauscht wurde, es ist auch gleichgültig, daß sie plump und finster aussah, während Marie ihrer körperlichen Vorzüge sicher war. Tatsachen sind in wahren Schicksalsaugenblicken ohne Gewicht. Gerade daß jene Frau so plump und selbstverständlich, ohne Aufwand irgendeines Reizes neben Ferdinand herwandeln durfte, daß Kinder um sie herum sprangen, die sie von ihm empfangen hatte, all dieses Grausige des Unvermuteten fuhr mit derselben Schärfe durch Mariens Herz, mit der eine reife Frau verwundet wird, die ihren Geliebten plötzlich Brust an Brust mit einer Siebzehnjährigen erblickt. Viel schlimmer noch: es ist denkbar, den Kampf aufzunehmen gegen den

Zauber eines siebzehnjährigen Körpers. Es ist undenkbar, zu kämpfen gegen eine Wirklichkeit, die immer da war hinter dem Schimmer eines nun zersprungenen Traums.

Marie fuhr heim und in der Einsamkeit ihres strengen Lebens hatte das Gesehene Raum und Zeit sich auszubilden. Als sie Ferdinand wiedersah, muß es zum Bruch gekommen sein zwischen ihr und ihm, und das ‚Novembertagebuch' deutet darauf hin, daß die Trennung der beiden beinahe ein Jahr gedauert hat. Ich weiß nicht sicher, wie und wann sie einander wiederum begegneten. Marie scheint während der ganzen Zeit gekränkelt zu haben. Eine Bekanntschaft mit einem Arzt spann sich an, die nahe zur Verlobung führte. Aber Marie wurde immer elender. Nach einer sonderbaren Notiz, die sich später unter Ferdinands Papieren fand, wandte sich Mariens Vater an Ferdinand, den er für einen hochzuverehrenden Freund und Berater seiner Tochter hielt. Der alte Schrader, pensionierter Schreiber der Gemeinde, hatte sich dem Bäurischen merkwürdig nahe gehalten und war ein immer noch schöner Mensch von eigentümlicher Freiheit und Kraft. Er schrieb Ferdinand ohne Umschweife, er möge Marie doch dazu bewegen, einen Mann zu nehmen, „denn die Natur in ihr verlangts". Möglich, daß dieses väterliche Begehren ein Zusammentreffen äußerlich wieder herbeiführte, wesentlich ist nur, daß es stattgefunden hat. Als ihre Augen einander zum erstenmal wieder trafen, wußten beide, daß alles Böse, das sie im Laufe eines Jahres nicht selten voneinander gedacht hatten, zwar vielleicht Wahrheit, gewiß aber Unsinn war. Auch gewisse Wahrheiten sind in Schicksalsaugenblicken ohne Gewicht. Es stoße sich niemand daran, daß ich von Ferdinands und Mariens bösen Gedanken rede: je heißer einander zwei Menschen lieben, desto größer ist die Bosheit, die eins dem anderen in manchen Stunden zuzutrauen vermag. Denn die Liebe ist auch darin wenn nicht göttlicher so dämonischer Natur, daß ihr alles zur Nahrung dient, auch das Böse.

Ferdinand hatte bei sich gewußt, daß er nicht aufgehört hatte, Marie zu lieben, obgleich er in rätselhaftem Trotz, auch mit einem Gefühl der Ehrfurcht vor der Wirklichkeit, verkörpert in Adelheid und den Kindern, damals Mariens verzweifelte Aufwallung mit keinem einzigen wahrhaft wirksamen Wort beschwichtigt hatte. Er hatte Marie ja nie betrogen, ihr keine Freiheit bis ans Ende vorgetäuscht. War denn das wirkliche Leben eine Meduse, daß der Anblick sie von ihm reißen und sie krank machen mußte? Hatte er je daran gedacht, seine Ehe zu lösen, so kehrte sich dieser Gedanke vor Mariens Fassungslosigkeit mit Gewalt ins Gegenteil. Er wunderte sich selbst über diese Gewalt. Sie flößte ihm Zweifel ein an der Echtbürtigkeit seiner Leidenschaft, ja er sah diese Leidenschaft plötzlich an als etwas, das überwunden werden muß. Marie, in einer Weise zurückgewiesen, die sie nie für möglich gehalten hätte und doppelt verwundet, weil es eine unausgesprochene Forderung war, die ihr so brutal verweigert wurde, ließ blindlings ihrem mißhandelten Stolz die Zügel schießen. Übrigens wäre beiden nicht geholfen gewesen, wenn sie gütiger oder weiser gehandelt hätten. Niemand vermag die Verwandlungen der Seele aufzuhalten durch Güte oder Weisheit, und das Fieber, mit dem sie sich entwickeln, als Krankheit zu erkennen, geht über die Fähigkeit der Betroffenen.

Wohl aber erkannten sie alles, als sie einander wiedersahen. Freilich wäre es verkehrt zu erwarten, sie würden einander alsbald versöhnt in die Arme sinken. Marie ist jetzt so gut wie verlobt, Ferdinand ließe sich eher erwürgen, als daß er auf die Knie stürzte und ausriefe: „Meine Ehe, meine Wirklichkeit wiegt leichter als eine Feder in diesem einen einzigen Augenblick." Kaum daß ihre Finger sich eine Sekunde lang versteckten. Das Bewußtsein, daß die tote Liebe lebt, begeistert sie noch nicht. Mühselig winden sie sich durch Monate dem Lichte nach. Eben um diese Zeit wird alles um und in Ferdinand Symbol. Marie wieder hat eine sonderbare, gespenstische Leichtigkeit, den Verlobten von sich fernzuhalten. Daß sie eine Liebe gehabt hat, weiß er. Zu gestehen hat sie, streng genommen, gegenwärtig nichts. Daß sie ihn nicht lieben kann, begreift der gute, hilflose Mensch nicht recht. So lebt er von Hoffnungen, die er sich selber macht, und findet sich drein, wenn er sie nur besuchen darf.

So stehen die Dinge, als Erwein samt Leporello-Merlitschek mit Atlasschuhen und Ohrgehängen in Graz eintrifft und im Elefanten absteigt. Don Juan tritt auf den Plan mit dem vollen Anspruch, der Herold der Liebe, ihr Ritter und ihr Held zu sein. Welche Absichten hegt er? Bewußt gewiß nicht die, das Mädchen des geliebten Wokko zu verführen. Dergleichen verstieße gegen die Spielregeln, die allein sein Leben im Zaum halten. Nur Dienstboten stehlen Zigarren aus der Kiste. Was Erwein fordert, ist weiter nichts als ein wenig Herrschaft über die Affäre des Freundes und der erlaubte Anteil an der Süßigkeit seiner Freude. Außerdem ist er in Sorge. Sein Instinkt wittert Unrat. Hier sind Dinge im Wege, die ihm nicht gefallen können. Er wünscht Marie von Angesicht zu Angesicht zu sehen.

Er will dem Mädchen keine Schwierigkeit bereiten, mein Gott, Lehrerin, wohnt bei den Eltern und in Graz. Er schickt Merlitschek auf Kundschaft aus. Unterdessen besucht er etwas unvorsichtig einen Freund in der Statthalterei und verspätet sich bei einem Gespräch über die historischen Denkmäler der Stadt. Plötzlich empfiehlt er sich mit einem zerstreuten Blick ins Leere und rennt auf dem Korridor gegen Ferdinand, der wie immer in Steirertracht einen Amtsweg erledigt.

Der schmale hohe Raum widerhallt von Erweins stürmischer Begrüßung. Er zieht den Freund in eine der schönen tiefen Fensternischen und betrachtet ihn wie ein Bräutigam die Braut. „Wie kommst du denn daher?“ fragt Ferdinand trocken aber freundlich. „Geschäfte“, raunt Erwein. „Du brauchst nicht zu lachen, Wokko, kein Mensch weiß, was ich alles zu tun hab.“ Aber Wokko hat gar nicht gelacht. „Kommst du öfter nach Graz?“ fragte er. „Nein“, antwortet Erwein etwas erstaunt, „sonst hätten wir uns doch auch schon öfter getroffen.“ „Ja, das glaub ich nicht“, meint Ferdinand nachdenklich, „ich bin jetzt zwei Monate nicht herin gewesen.“ „Ah so? Zwei Monate –? Wohnt denn –“ „Ja, die Marie wohnt freilich noch in Graz.“ „Wokko – bist du brouilliert mit ihr? Aus?“ Ferdinand lächelt. Dieses Lächeln ärgert Erwein ungemein. Er findet es dumm-stolz und gänzlich unangebracht. Ferdinand versöhnt ihn jedoch halb und halb, indem er seine dicke silberne Uhr hervorzieht und sagt: „Ich muß heute noch nach Bruck hinauf, aber mein Zug geht nicht so bald. Wenn du eine Stunde Zeit hast, könnten wir uns in eine Weinstube setzen. Ich weiß eine hübsche da herum, der Wirt hat Weinberge unterhalb Cilli.“

Was Erwein in dieser Weinstube zu hören bekam, übertraf seine schwärzesten Befürchtungen. Ferdinand Sillian, Katholik, Staatsbeamter aus bester Familie, Vater von vier Kindern, wollte sich scheiden lassen, um auf irgendeine Weise, irgendwo, irgendwann mit der Schrader Marie eine Ehe eingehen zu können. „Meine Ahnungen! Meine Ahnungen!“ jammerte der opferfähigste aller Freunde erbittert, und: „Wokko, das ist ja Selbstmord, man kann doch nicht zuschauen, wie einem der liebste Mensch ins Verderben rennt! Ins Verderben, jawohl. Das kostet dichs Leben. Stell dir die Adelheid vor. Und du im Unrecht. Vier unschuldige Kinder. Du hast sie ins Leben gesetzt. Schlimm genug. Deswegen soll mans ja eben nicht tun! Und was wird denn der Kaiser zu so einem Unfug sagen? Das ist ja Wahnsinn! Da könnt man ja vor Wut mit dem Schädel gegen die Wand rennen! Und die Marie? Die will das Verbrechen natürlich. Womöglich, weil sie Kinder haben will." Er lachte verzweifelt. „Wenn eine Frau sich das mit den Kindern in den Kopf gesetzt hat, dann verliert sie Anstand und Vernunft. Erschlagen soll man so eine Person. Mit einem nassen Kotzen erschlagen!"

Er schäumte und hatte dabei nasse Augen. Als Ferdinand Erweins Tränen sah, zuckte er leicht zusammen, als habe er unversehens etwas Unerlaubtes erblickt. Während Erwein von neuem händeringend fragte, was der Kaiser zu dieser Schande sagen würde, murmelte Ferdinand: „Mit der Marie, da bist du auf dem Holzweg. Wenn sies nicht von selber weiß, ich hab ihr nie gesagt, daß ich mich scheiden laß."

Erwein hält jäh in seinem Toben ein. „Was soll denn das heißen: wenn sies nicht von selber weiß?"

„Ja, das ist schon so. Wir sehen einander sehr selten, wissen aber immer alles, was passiert."

„Warum seht ihr euch denn so selten?"

Ferdinand dachte nach. Dann sagte er: „Ich kann jetzt nicht mehr in so einem Quartier mit ihr beisammen sein."

„So nimm halt zum Kuckuck ein eleganteres! Das war doch alles so schön und so gut? Warum um Gottes willen kann es denn nicht so weitergehen? Was ist denn das für ein schrecklicher Unsinn? Ist am Ende die Adelheid dahintergekommen?" Und nun verwünschte er sofort die ihm ohnehin verhaßte Adelheid.

„Wenn du so fortschimpfst", sagte Ferdinand nach einer Weile, „muß ich weg. Und eigentlich wollte ich dich um Hilfe bitten. Willst du mich anhören?"

Als Erwein gegen Abend in den Elefanten zurückkehrte, stand Merlitschek seit Stunden zum Rapport bereit. „Das betreffende Fräulein ist verlobt!" meldete er. „Sie nimmt einen Doktor. Ich habe ihn aus- und eingehen sehen in Schlußrock mit großer Tasche. Die Hausmeisterin, eine sehr anständige Frau, sagt, er ist ungemein verliebt."

Erwein geriet in große Aufregung. Er verwendete einen weiteren Tag in Graz darauf, um Merlitscheks Bericht zu verifizieren. Er änderte seine Pläne, suchte Marie nicht auf, vielmehr bestellte er Ferdinand telegraphisch dringend nach Wien und fuhr nach Hause.

Der Eindruck, den seine Enthüllung auf Wokko ausübte, enttäuschte ihn nicht, er schmetterte ihn nieder. „Ja darum läßt du mich kommen?" fragte Ferdinand. „Das weiß ich doch. Für den armen Menschen, den Doktor, wird es schwer werden. Aber er weiß ja, wie es um sie steht. Wenn er ihr Mann wäre, müßt er sich auch dreinfinden."

„Du bist ja wahnsinnig! Vollkommen wahnsinnig!" stieß Erwein hervor.

„Möglich", sagte Ferdinand, „aber ich glaubs nicht recht. Weißt du", fuhr er lebhafter fort, „die wirklichen Dinge sind furchtbar langsam und selten. Das merkt man erst, wenn man sie erlebt. Auch was moralisch möglich ist, muß man durchaus erleben, alles andere ist Geschwätz. Und das seltenste ist, daß man in der Liebe wirklich den andern Menschen meint und nicht die eigene Lust. Ja, nicht einmal Liebe des anderen, oder seine Zärtlichkeit, oder seinen Körper, oder seine Seele, und auch nicht die Summe von alledem soll gemeint sein, sondern der andere Mensch. Das ist ein Mysterium", fügte er zu sich selbst hinzu. Hierauf sagte er nichts mehr.

Wertgeschätztes Fräulein Marie, zwar genieße ich nicht den Vorzug, Sie von Angesicht zu Angesicht gesehen zu haben, aber dennoch kenne ich Sie und habe mir die vorteilhafteste Meinung von Ihren Charaktereigenschaften gebildet. Diese Meinung ermutigt mich zu dem sonderbaren Schritt, den ich hiermit tue, indem ich Sie bitte, unseren gemeinsamen Freund Ferdinand Sillian vor einer absurden Katastrophe zu bewahren. Seiner bürgerlichen Existenz, seiner sittlichen Person, seiner stets gefährdeten, mehr als schwachen Gesundheit – es wird Ihnen nicht unbekannt geblieben sein, daß er herzkrank ist – droht völliger Untergang. Zwar ist er von Freunden umgeben, die das Äußerste nicht geschehen lassen werden. Wer aber ist zu solchem Liebesdienst berufener als Sie, mein Fräulein? Sie waren jahrelang sein Glück, seien Sie es weiter, ich beschwöre Sie. Heften Sie keine Bedingungen an die kostbaren Gaben, die nur Sie ihm schenken können, lassen Sie ab von Zwangsmitteln, Sie gefährden alles! Es ist kein Meisterstück, einem verliebten Mann seinen Willen aufzuzwingen, und der edelmütigen Marie nicht würdig. Sie waren nicht kleindenkend, als Sie sein Glück machten, bleiben Sie sein Engel, noch ist alles zu retten.

Ich lege mich Ihnen zu Füßen als Ihr ganz und gar ergebener

Erwein von Raidt.

Sehr geehrter Herr von Raidt, wenn Sie den Brief, den ich gestern von Ihnen bekam, in der Absicht geschrieben haben, mich um Ferdinands willen zu betrüben und in Aufregung zu versetzen, so ist Ihnen dies gelungen, obgleich Ferdinand mich vor kurzer Zeit in der Wohnung meiner Eltern besuchte und mir vollkommen wohl und ruhiger schien als sonst. Ihr Brief enthält aber auch eine Beleidigung, die schlimmste, die einem weiblichen Wesen zugefügt werden kann, und darum weigere ich mich, obgleich ich Sie für Ferdinands Freund gehalten habe, Ihnen die Erklärung zu geben, aus der Ihr Irrtum hervorgeht, und bitte Sie, mir nie wieder zu schreiben.

Marie Schrader.

Diese beiden Briefe stellen nichts weiter vor als ein Vorpostengefecht. Erwein wurde rot vor Zorn, als er Mariens Antwort erhielt. Da war der gleiche Ton aus dem kristallenen Turm, der ihn an Ferdinand so quälend reizte. Kein Zweifel mehr, diese großartigen Manieren stammten von Marie. Der Schweiß brach ihm aus, wenn er bedachte, in welche Hölle der feine stille Wokko gehetzt werden sollte mit Hilfe des diabolisch ausgedachten Phantoms einer auserlesenen, noch nicht dagewesenen Liebe. Er zerfetzte Mariens Brief und trampelte mit den Füßen darauf herum. Das Gefühl, daß er hier sitzen und dem heillosen Unfug seinen Lauf lassen mußte, kostete ihn die Selbstbeherrschung.

Tief in seiner todesfürchtigen Seele lebt die Vorstellung von der Liebe als Laster. Die Männer sind dem Laster unterworfen, die Weiber sind dessen Werkzeug. Sämtliche Frauen, die er besessen hatte, respektierten unausgesprochenermaßen diese Spielregel. Cecile hatte sie nicht begriffen, das wußte er jetzt. Es gibt Taube, die mit dem Gehirn hören. So hatte Cecile mit der Seele geliebt. Man kann das gar nicht wörtlich genug nehmen, Erwein wußte sehr wohl, daß sie nicht etwa nur in Gefühlen geschwelgt hatte. Aber es war nicht möglich, dieses Schauspiel zu vergessen. Es geisterte durch seine Abenteuer und es konnte geschehen, daß ihn die vollkommenste Schönheit enttäuschte, trotzdem er Beweise dafür erhielt, daß sie die Spielregeln des Lasters anerkannte. Er haßte Cecile dafür, daß sie ihm eine Welt gezeigt hatte, seiner Natur so wenig erreichbar wie die Welt eines anderen Planeten. Dies war das sinnliche Geheimnis, unter dem er gestanden war, und während er vorgab, es zu verachten, halbierte es seine Freuden und erfüllte ihn mit Wut. In Ferdinand und Marie trat es ihm aufs höchste gesteigert entgegen. Darum hatte ihn diese Liebschaft von Anfang an beunruhigt wie eine Unwahrheit, die ihm als bare Münze verkauft werden sollte. Darum war sie nicht eines anderen Mannes Angelegenheit, sondern auf offene und auf versteckte Weise auch die seinige. Auf offene, denn er fühlt sich nicht ohne Recht als Hüter des Bestehenden, als Wahrer der Ordnung. Zur Ordnung gehört, daß Liebe versteckt geübt wird, weil sie ein Laster ist und von der geistlichen Obrigkeit zu den Tributrechten des Todes gezählt wird. Wohin geraten die Kirche und der Kaiser, wenn ein Mann und ein Weib aufstehen und sprechen: wir sind aller Sünde los, kraft des Mysteriums, das uns verbindet! Hatte nicht der unselige Wokko von einem Mysterium gefaselt? Gab es gefährlicheren Wahnwitz als dieses Gefühl von Unschuld, in dem er und seine Geliebte zu wandeln vorgaben?

Soweit fühlt sich Erwein offen herausgefordert, im geheimen aber durch die Halbierung seiner Freuden. Sie werden nicht wieder ganz, ehe nicht die Macht, die Cecile, die Ferdinand und Marie zu unbegreiflichen Entzückungen verwandelt, niedergerungen und entlarvt ist. Der Mann des Lebens, wie es ist, kann nicht zur Ruhe kommen, ehe er bewiesen hat, daß es Verwandlungen nicht gibt, mit Ausnahme des Theaters, und dafür eben ist das Theater da. Don Juan glaubt nicht an Verwandlung, sonst würde er den steinernen Komtur nicht zu Gaste laden. Don Juan ist der gesetzte Todfeind und Widersacher des Gottes, den wir Eros nennen. Freilich weiß er es nicht. Erwein fühlt sich dumpf getrieben, so wie er sich dumpf getrieben fühlte, Marie zu beschenken und jene reizenden Atlasschuhe anfertigen zu lassen, deren linker vielleicht doch bestimmt war, sich in seine Sammlung linker Schuhe zu verirren. Diese hübschen Zeugnisse weiblicher Lasterhaftigkeit scheinen ihm nun entwertet, da er zu Mariens linkem Schuh auch den rechten werfen kann. Übrigens steht es ihm frei, sämtliche Beweise seines erlesenen Geschmackes, die er Marie verehrt hat, aufs neue zu verteilen. Denn Marie hat sie jetzt mit größter Genauigkeit zusammengepackt und ihm zurückgeschickt. Das verdrießt ihn kaum mehr. Sein Gehirn ist erfüllt von dem einen Gedanken: Ferdinand muß gerettet werden. Ihm obliegt es, diesen kostbaren Menschen vor dem Untergang zu bewahren, wenn es sein muß auch gegen seinen Willen. Daß er dabei verfährt wie die Kirche mit dem Ketzer, dessen Seelenheil ihr am Herzen liegt, wird niemand mehr wundernehmen und niemand mehr dazu verführen, seinen unbeugsamen Charakter ränkesüchtig oder gar gemein zu finden.

Zunächst schreibt er Stöße eindringlicher Briefe an Ferdinands Amtsadresse, in denen er die Beredsamkeit eines berühmten Kanzelredners aufbringt, um dem Gefährdeten das Sündhafte, ja Verbrecherische des offenen Ehebruches darzutun.

So vergehen einige Monate. Erwein beginnt im stillen zu hoffen. Da erscheint eines Tages, mitten im Winter, Adelheid Sillian in seiner Wohnung.

5

Kleine Kinder sind weise wie König Salomo, sie verstehen ohne Unterweisung alle Sprachen, insonderheit jene, die sie nicht verstehen sollen. Wenn meine Eltern etwas vor mir verbergen wollten, besprachen sie es bei Tisch auf englisch. Ich verstand sie ausgezeichnet, hütete mich aber wohl, sie davon in Kenntnis zu setzen; auch hatte ich ein freundliches Instinktchen bereit, das mir weismachte, ich erspare auf diese Weise meinen Eltern Beschämung und Unbequemlichkeit. Mit sechs oder sieben Jahren wußte ich abscheulich viel von den Bekannten und Freunden meiner Eltern, und was ich damals wußte, sitzt mir so fest im Gehirn, daß keine einzige Schattierung davon verblaßt ist. So erinnere ich mich mit größter Deutlichkeit eines kalten klaren Wintervormittags, an dem ich mit meiner Mutter in die Stadt ging statt mit dem Kindermädchen in den Volksgarten (letzteres bildete eine der Qualen meiner Kindheit. Man muß an die Luft, und im Stadtpark oder im Volksgarten war sie angeblich besser als auf der Ringstraße, wo es herrliche Bilder in den Auslagen gab: Traum einer Braut, Elfenreigen, Odaliske, Loin du bal, His Majesty the Baby, und die ersten grünen und lilafarbenen Damen der ‚Secession'). In die Stadt gehen bedeutet in Wien geographisch weiter nichts als den Bezirk ‚innere Stadt' aufsuchen; wenn man, wie wir, auf der Wieden wohnte, eine Angelegenheit von zehn bis fünfzehn Minuten. Moralisch aber hieß es mancherlei mehr: für Erwachsene und unter diesen besonders für die Frauen Zugehörigkeit zur breiten, wohlhabenden oder wenigstens auskömmlich situierten Bürgerschicht. Diese bürgerlichen Damen benutzten ihren Vormittag dazu, in die Stadt zu gehen. Was taten sie dort? Sie machten Kommissionen. So lautete der Kunstausdruck. Ich konnte ihn schon als Kind nicht leiden, wahrscheinlich, weil das häßlich klang, Kommissionen, und wohl auch infolge einer wilden, angeborenen Abneigung gegen alles, was nur von fern an kommerzielles oder amtliches Wesen und seine Sprache erinnerte. Diese Abneigung war Erbteil des Vaters, unvernünftig und unüberwindlich. Der Ausdruck also erregte meinen Haß, die Sache selbst aber gefiel mir ebenso gut wie den erwachsenen Damen, welche die Hälfte ihres Lebens darauf verwendeten. Nur mit der Wahl der Geschäfte, in die ich meine Mutter begleiten durfte, war ich fast niemals einverstanden. Weder in die Bilderhandlungen noch zu den Leuten, die Bronzefiguren und sogenannte Nippes in den Schaufenstern hatten, führte sie ihr Weg, auch nicht in die Buchladen und sehr selten in das Warenhaus, das ich wegen seiner Gruppen von angekleideten Wachsfiguren liebte. Über alles aber ging mir der Bilderkram, die Bronzefiguren und die Nippes. Der kindliche Gestalthunger kümmert sich nicht um ästhetische Werte.

An jenem Wintervormittag überquerten wir also den Ring und suchten in der Nähe der Oper einen winzigen Laden auf, in dem es köstlich nach Kaffee duftete, und trafen dort die Hofrätin Löwenstein, wie stets begleitet von der schiefgewachsenen zwergenhaften Tant‘ Melanie. Diese stand in demütiger Entfernung hinter ihr und hielt die rotgeränderten Äuglein fest auf den schlankgeschnürten kerzengeraden Rücken der Schwester geheftet. Beide trugen Kapotthüte, den der Hofrätin schmückte ein aufrechtstehender schwarzer Pinsel aus Reiherfedern, auf dem der Melanie baumelte ein schmutziges Pensée aus violettem Samt. Die Hofrätin trug eine olivgrüne, scharf in die Taille gearbeitete Schoßjacke mit schwarzer Perlenstickerei, Persiankragen und Persianbesatz. Die Melanie huschelte sich formlos in einen alten Kragenmantel von unbestimmter dunkler Farbe.

Die Hofrätin beantwortete den Gruß meiner Mutter mit ihrer präzisen, ungroßmütterlichen Stimme. Ich kannte und mißbilligte sie als Großmutter der kleinen Perglasmädchen, die ich besuchen und einladen mußte, obwohl sie jünger waren als ich. Immer hatten sie eine gräßliche Mademoiselle bei sich, meist jeden Monat eine andere, und waren trotzdem, besonders Mädi, die Kleinere, so wild und zügellos, daß ich mich vor ihnen fürchtete. Die Hofrätin kritisierte ohne den Schimmer eines Lächelns meinen Knix, der ihr nicht tief genug schien, und begann sofort, ohne ihr Organ zu dämpfen, Häusliches aus der Menage ihrer Tochter zu erzählen. „Heut früh haben wir die Köchin hinausgeworfen!" berichtete sie. „Die Person hat Wanzen gehabt. Der Cecile ihre Küchentücher hat sie sich um die Füße gewickelt, wegen ihrer Krampfadern. Das Extramädl ist vorige Woche geflogen, warum, kann ich", mit Blick auf mich, „nicht deutlich sagen." Eine unbeschreiblich rohe Geste ihrer kleinen Hand regte mich aber so heftig auf, daß mir Tränen in die Augen schossen: ich wußte schon! „Sie können sich vorstellen, wies wieder einmal zugeht bei der Cecile. Die Desi hat sich den Magen verdorben, überhaupt ein käsiges, ungesundes Mädl, diese Desi. Wenn ich mir Ihre Martha anschau – die Cecile hat neulich geweint, wie die Kinder miteinander gespielt haben. So ein Unterschied! Ich hab den Gustav drauf aufmerksam gemacht. Man muß ihn auf alles aufmerksam machen. Er findet seine Kinder großartig. Gott, so ein Deutscher. Merkt eben nichts. Nichts, sage ich Ihnen, meine liebe Frau Karlweis. Da könnt ich Ihnen ein Detail erzählen – Sie sind eine gescheite Frau, aber Sie würden es nicht für möglich halten. Na. – Ich möcht wirklich wissen, was die Cecile anfangen würde ohne mich. Nicht wahr, Melanie? Ich kümmere mich um alles. Heute früh war der Kaffee miserabel. Ich in die Küche, die Kaffeebüchse umgeleert: Dienstbotenkaffee, verkümmerte graue

Bohnen. Wo ist der her? frage ich. Stellt sich heraus, die Bedienerin bringt ihn vom Greißler. Ich bitte Sie: die Bedienerin! Das soll eine Wirtschaft sein? Die Cecile liegt natürlich noch im Bett, sie hat doch immer was. Der Gustav steht da im Pelz, will ins Büro. Ich erscheine mit dem Kaffee und berichte. Kaffee, meine liebe Cecile, sage ich, Kaffee kauft man bei Lott in der Teinfaltstraße. Die Melanie ist meine Zeugin: meine Tochter weiß das nicht. Jetzt liegt sie zu Hause mit Migräne und wir sind für sie in die Stadt gegangen, Kommissionen machen. Melanie! Du gehst zum Hofbauer und bestellst Karpfen. Aber ich nehm nur Milchner, mittelgroße Fische, die kleinen haben mir zuviel Gräten, die großen zu wenig zartes Fleisch. Also vorwärts. Mit Ihnen würde ich gern einmal reden, Frau Karlweis. Ich könnte Ihnen Geschichten erzählen –"

Sie strammte, durch den Persianermuff hindurchgreifend, den Schlepprock um das Gesäß und segelte mit einem süffisanten Lächeln zur Tür hinaus.

Ich wußte genau, daß meine Mutter kein Verlangen hegte, sich von der Großmama Löwenstein Geschichten über deren eigene Tochter erzählen zu lassen. Meine Mutter hatte Tante Cecile, so nannte ich sie nach damaligem Brauch, sehr ins Herz geschlossen, obgleich sie nicht zum eingeschworenen Bund der Pensionsfreundinnen gehörte, sie bewunderte Cecile sogar, aus einem nicht zu fassenden Grunde, obgleich sie ihr an Lebenstüchtigkeit und an jenen Fähigkeiten, die damals fast einzig an einer bürgerlichen Frau geschätzt wurden, bei weitem überlegen war. Cecile war in den Kreis ihrer, nämlich meiner Mutter, Beziehungen getreten durch die Kollegenschaft und Sympathie der Gatten. Unter den Frauen, die man zu sehen gewohnt war, Gattinnen von Staatsbeamten, Schriftstellern, Bankiers, wohlanständigen Berühmtheiten aller Art, Männern, die einfach von ihrem Gelde lebten, unter all diesen Mittelmäßigkeiten fiel Cecile natürlich auf. Sie mischte sich nicht, sie war keiner ähnlich. Sie wäre überall aufgefallen, die Natur war zu reich, zu fordernd in ihrer majestätischen Erscheinung, als daß sie hätte übersehen werden können. Es gab in der mittleren Wiener Welt nicht wenige Leute, die sich ablehnend gegen sie verhielten, eben wegen dieses fordernden Elementes, das sich niemals dämpfen ließ. Diese Welt ist zerstoben, aber ich weiß nicht, ob jene, die an ihre Stelle getreten ist, mit weiterem Maße mißt. Lockerer ist dieses Maß gewiß, aber daß einer sich hervortue, wird wohl auch heute nicht freundlicher angesehen als dazumal.

Man könnte mich fragen: womit tat sich diese Cecile denn nun hervor? Bis jetzt haben wir nichts von ihr gehört, als daß sie einem beinahe gewerbsmäßigen Verführer zum Opfer fiel und sich hernach von einem redlichen und ahnungslosen Ehrenmann zum Weibe nehmen ließ. Dies in einer Epoche, in der das Geständnis ihrer Vergangenheit ungefähr dem moralischen Selbstmord gleichgekommen wäre und, wenn man ihre Lage im mütterlichen Haus bedenkt, mit der Zeit wohl so gut wie sicher auch dem physischen Selbstmord. Nun, sie hat nicht gestanden, keine hätte gestanden, aber in der Sakristei, zwei Minuten vor der Trauung, fiel sie in Ohnmacht. Gut, daß ihr die Mutter gerade den Brautkranz zurechtrückte und die Sinkende auffing. Sonst wäre sie wie ein Stück Holz auf die Fliesen hingeschlagen. Sie erwachte in den Armen des Bräutigams. Ihre Augen stotterten vor Angst. Er drückte sie an sich und schloß eine Sekunde überwältigt die Lider: nichts in der Welt war wichtig, es sei denn, dieses Geschöpf zu schirmen und zu behüten. Aber er kannte die Gefahr nicht und nicht den Feind.

Was hatte die Mutter der Tochter in den Kranz gebunden? Nichts als eine kleine schelmisch-mütterliche Warnung: Meine Liebe, du wirst schlau sein müssen heute nacht! Was hatte die Person da gleich in Ohnmacht zu fallen. Glaubte sie am Ende, man wisse nicht, daß sie ganz andere Dinge überstanden hatte? Mit Hilfe der Babette von dem Busch, der alten Kupplerin? War sie damals, um auf dem angeblichen Gut der angeblichen Gräfin in Slavonien eine Stelle anzutreten, nicht erstaunlich üppig abgereist und erstaunlich mager heimgekommen? Die Hofrätin stammte aus dem Torbogen eines Kommunalschulhauses; in Dingen des niedrigen Lebens war sie nicht zu täuschen. Sie hatte geschwiegen, sie hatte sichs aufgespart, zumal der rechte Bewerber damals beinahe zu gleicher Zeit erschienen war. Aber für dumm durfte das Mädl sie nicht halten. Und auch nicht glauben, nun entschlüpfe sie allein in die Wohlhabenheit des neuen Hausstandes. Man mußte ihr das zu verstehen geben. Als Perglas ihr Cecile aus den Armen nahm, sagte die Hofrätin: „Überspanntheit."

Also, wie gesagt: hervorgetan hat sie sich nicht. Zwei Kinder wurden nacheinander geboren, Mädchen, beide mit Strömen von Tränen begrüßt. Als das zweite zur Welt kam, bat sie Perglas in halb verrückten Worten um Verzeihung. Perglas ärgerte sich über sie. Ihm waren auch Mädchen recht. Er war ein begeisterter Vater. Trug im Portefeuille eine Tabelle herum, auf der die Gewichtszunahmen der Säuglinge verzeichnet standen, redete fachkundig über ihre Verdauung und wußte über den kleinsten Fortschritt in ihrer Entwicklung Bescheid. Meine Mutter fand Cecile in diesem Punkt beneidenswert und sagte es ihr auch. Cecile antwortete: „Du bist so wunderbar normal. Ich kämpfe dagegen an mit aller Gewalt, aber mir graust, wenn er so eingeweiht mit der Amme redet."

Bei Tisch sagte meine Mutter traurig zu meinem Vater: „I am afraid, she does not love him really!" Mir wurde einen Augenblick übel. Gab es das? Gab es das in der Welt? Daß eine Frau ihren Mann nicht wirklich liebte? Irgendeine Ahnung von der entsetzlichen Vielschichtigkeit des Lebens muß mich damals gestreift haben. Tante Cecile wurde mir interessanter als alle Damen, von denen ich ungestört voraussetzen konnte, daß sie ihre Gatten really liebten. Sie allein war gezeichnet. Als sie sich das Bein so unglücklich brach, daß ihr ein leises Hinken verblieb, übte ich im Belvederegarten heimlich das Hinken. Als ich es richtig konnte, holte man erschrocken den Arzt. Der fand natürlich nichts, redete aber im Herrenzimmer lange mit meinen Eltern.

Nein, auch durch einen Beinbruch tat man sich nicht hervor. Vielleicht bestand Ceciles Magie nur darin, daß sie gezeichnet war oder sich für gezeichnet hielt, mit derselben Kraft der Überzeugung, mit der Verzückte Wundmale erzwingen. Sie speiste den Glauben an unversöhnliche Mächte aus tiefen Quellen ihres Blutes. Die christliche Lehre von der Aufhebbarkeit des Bösen war spurlos an ihr vorbeigegangen. Bis ins tausendste Glied erbte sich göttliche Rachsucht fort und sie selber stand in der Kette. Auch ihre Töchter mußte es treffen. Emsig suchte sie die kleinen Körper nach Zeichen von Entartung und Krankheit ab. Wer suchet, der findet. Desi und Mädi, so hießen die Kleinen, befanden sich von Geburt auf in den Händen von Ärzten.

Perglas war dagegen machtlos. Wenn ich es heut bedenke, muß ich sagen, daß er im ganzen überraschend wenig Macht besaß. Überraschend deshalb, weil er in Amt und Familie seiner barschen Art und seiner eisernen Stirn wegen als Autokrat, wenn nicht als Tyrann verschrien war. Es kann nicht sein, daß nur sein reichsdeutsches Wesen so sehr gegen unsere lässigeren Sitten abstach; seine kleinen Töchter zum Beispiel hätten dergleichen nicht empfunden. Aber auch darin wurde für mich das Haus Perglas eine Stätte beunruhigender Erfahrung: man freute sich dort nicht, wenn der ‚Pa' einmal unvermutet Ferien machte und einen Nachmittag zu Hause blieb. Nein, man freute sich nicht. In dem teppichbelegten Vorraum kam mir Desi dann mit verzogenen Lippen entgegen, einen Ausdruck von List und Verdruß in dem gescheiten kleinen Wieselgesicht. Sie klemmte die Knie aneinander, bohrte die feine Fußspitze in den dicken Perser und sagte leise: „Merkst du was? Er ist zu Hause." Die Stubenmädchen, meist neue von Mal zu Mal, tuschelten in den Ecken. Im Kinderzimmer steckten die mit den eingeladenen Kindern gekommenen Gouvernanten die Köpfe mit der jeweiligen Mademoiselle zusammen. Wie Fledermäuse, die man in einen Winkel zusammengekehrt hat, bildeten sie einen geheimnisvoll-beunruhigenden Haufen, aus dem hier und da eine gereizte Stimme klang wie ein Pfiff:

„Fifi, je vous défends de faire ces bêtises-là." „Mon dieu, cette Trudi, quel monstre que cette enfant! Ah bien, quand nous serons de retour à la maison, tu vas voir ce que je ferai!" „Desi, veux tu bien finir avec tes grimaces? Je vais chercher Papa." „Sie wird sich hüten", flüsterte Desi, „er packt sie am Kragen und wirft sie hinaus!" Aber sie zitterte dennoch ein bißchen. Trudi weinte, weil sie sich hier vor den häuslichen Ohrfeigen ihrer Peinigerin fürchtete. Plötzlich schrie Mädi, Desis Schwester, laut auf. Mademoiselle hatte sie gekniffen. „Voyez-moi cette petite sotte!" rief die bösartige Person mit dem riesigen, zwirnschwarzen falschen Haarbeutel, aber sie verstummte mit einer verschwörerischen Gebärde gegen den Haufen der Gouvernanten, denn die Glastür gegen den Vorraum flog auf und herein trat scharf erhobenen Hauptes die Großmama Löwenstein, ohne Lächeln unseren Tribut an Knicksen einfordernd. Sie war in heftigem Gespräch mit der hinter ihr säuselnden und tänzelnden Melanie begriffen, die zwei aufgeschlagene

Eier in einer Schale vor sich hertrug und uns durch Winke und Schmatzen zu verstehen gab, daß nun die Herrlichkeit des ‚Kocherlspielens' beginne. Die Hofrätin zeterte unterdessen gegen einen Kohlenmann, mit dem man offenbar einen Disput gehabt hatte und Ausdrücke wie Betrüger, Gauner, Halsabschneider, Lump sausten durch die Luft wie Brummfliegen. Mir klopfte das Herz in den Ohren. Mein Schrecken steigerte sich noch, als Desi mir zuflüsterte: „Der ist nur wohl, wenn sie toben kann."

Ich konnte das nicht begreifen, obgleich es mir nach wenigen Minuten überaus erwachsen und elegant erschien, daß kleine Mädchen ihre Großmutter kritisierten. Ich war Desi und Mädi an Jahren zwar überlegen, an Weltkenntnis, Mißtrauen und Skepsis aber so wenig gewachsen wie ein blödes Dorfkind gewitzten Städterinnen. Die beiden wußten zum Beispiel auch, daß ihre Mutter die Tant' Melanie nicht leiden konnte, wie eben Kinder alles wissen, die hauptsächlich bezahlten Aufsichtspersonen überlassen sind. Desi und Mädi sahen die Welt mit Bedientenaugen und litten mit der Sensitivität von Prinzessinnen; ihre eigentümlich schiefgestellten braunen Samtaugen blickten uralt wissend aus früh verschatteten Höhlen. Ihre kleinen mageren Körper waren beinahe lasterhaft gepflegt und dufteten zu jeder Zeit nach frischgekochtem Reis. Aber der moralische Nestgeruch, den sie wie alle Kinder mit sich herumtrugen, erinnerte an die niedrigen und entherzten Personen, die ihre Seelen um den zarten Reif geistiger Unschuld gebracht hatten. Es ist monströs, wenn kleine Kinder Individuen zu sehen vermögen, wo geheiligte Begriffe allein ihre Welt umklammern sollten. Desi und Mädi kannten Individuen: der Pa, die Ma, Großmama Löwenstein, Tant' Melanie, durchaus nicht Glieder eines Ganzen, sondern jeder für sich, ohne Beziehung des Herzens, Teile eines permanenten Zerfalls. Die Frechheit, die Geringschätzung, mit der sie die unvermeidliche Kreatur Tant' Melanie behandelten, bereitete mir entzücktes Gruseln. Diese, ein flitterbenähtes Mäntelchen ab und zu mit vogelartigen Rucken von rechts nach links verschiebend, saß jetzt vor dem ebenso teuren wie unpraktischen heizbaren Puppenkochherd, rührte Eigelb mit Staubzucker ab und redete ungefähr folgendermaßen:

„Also jetzt tun wir kocherlspielen, meine süßen Kinderln, das ist lustig, nicht wahr, da freuts ihr euch alle. Geh, Goldfroscherl, Desi, schieb mir das Topferl her, daß ich das Eierl hineinrühren kann, oder vielleicht du, Truderl, bist auch ein zuckeriges Pinkerl, darfst der alten Tant' Melanie ein bisserl helfen. Also was sagts ihr? Ist die Creme nicht großartig? Ja, da freuen sich die Engelsfratzerln halt, weil die Tant' Melanie so schön mit ihnen kocherlspielen tut."

Ich vermag nicht zu sagen, in welchem Augenblick dieses eklen Geplärrs es geschah: jedenfalls aber schlug ihr die kleine, immer rabiate Mädi plötzlich die Eierschüssel ins Gesicht. Das Eigelb tropfte ihr von der Nase auf die Flitter der Mantille und erstarrte dort. Sie jammerte prustend. Einige fremde Kinder lachten. Mademoiselle stürzte herbei, die Gouvernanten flatterten auf, Großmama Löwenstein rief schneidend: „Wichs den Fratzen!" Desi stand abseits und nagte an der Unterlippe. Ihre Augen strahlten vor Haß und Befriedigung. Mitten in den Tumult und Spektakel scholl plötzlich eine tiefe Männerstimme und fragte mit einem Unterton ohne Behagen: „Na, was ist hier los? Desi, Mädi, habt ihr was angestellt?"

Stille. Dann erzählte die Großmama den Hergang exakt wie bei Gericht. In der Gruppe der Gouvernanten rauschte etwas von mériter le fouet. Perglas sah die Schwiegermutter nicht an, während sie sprach. Die Spitzen seines damals schon gefärbten steifen Schnurrbartes bewegten sich nicht. Weiß Gott warum mir einfiel, daß er bei Tisch die französische Sprache eingeführt hatte, weil, wie Desi, freilich in anderen Worten, behauptete, die Hofrätin ihre höchst mangelhaften Kenntnisse des Französischen dann in grollendem Schweigen begrub. Aber als die Großmutter beendet hatte, ging er auf Mädi zu. Die Kleine quiekte schrill. Jetzt erst sah ich, daß er einen Stock hinter dem Rücken hielt. Er faßte die zeternde Mädi an der Hand und zog sie hinaus. Man hörte sie dann von weitem schreien.

Er schlug seine kleinen Mädchen mit dem Stock, wie er sie mit eigenen Händen badete und über ihre intimsten körperlichen Funktionen unterrichtet werden mußte. Er hatte Urbegriffe von Besitzrecht und väterlicher Gewalt. Während wir uns gequält im Kinderzimmer herumdrückten – einige weinten – und überdies die rachsüchtig entzückten Ausrufe der Gouvernanten über uns ergehen lassen mußten, hörten wir Lärm im Vorraum, Großmama Löwenstein öffnete die Glastür, da stand Tante Cecile in Hut und Pelzjacke, sie hustete erschöpft, drückte die Hand auf die arbeitende Brust und horchte blaß, mit aufgerissenen Augen auf die Schreie ihrer Bevorzugten. Die Tür des sogenannten Herrenzimmers ging auf und Perglas schob die schwitzende aufgelöste Mädi, die vom Weinen den Schluckauf hatte, vor sich her. „Gustav!" sagte Cecile. Es war ein eigentümliches Zurückweichen in dem Zucken seiner Schultern. Schon hatte Mädi ihren Vorteil erspäht und flog mit tragischem Aufschrei der Mutter an die Knie. Gequält beugte sich Cecile zu ihr nieder. „Pas de scène, ma chère", murmelte Perglas sehr steif. Sonderbar, selbst ich empfand in verworrener Art, daß seine Handlungsweise vor einer Sekunde unschuldiger gewesen war als jetzt. Nicht er, sondern was er getan hatte, erschien auf einmal so verzerrt wie manche Bilder in der Laterna magica, die er uns alljährlich am zweiten Weihnachtsfeiertage vorführte. (Auch dabei setzte es fast immer Tränen und nicht selten am

Ende Prügel.) Zu meiner Verblüffung sagte die Großmama Löwenstein jetzt deutlich: „Er glaubt nur an den Stecken." Ich sah mich schnell nach Desi um. Sie starrte die Großmutter an und wurde grün. Zum erstenmal in meinem Leben hätte ich sie gern an mich gezogen und tröstend geküßt.

Da ließ sich eine grobe Stimme von der Eingangstür her vernehmen. Ein blaunasiger Dienstmann, der offenbar mit Tante Cecile erschienen war, begehrte zu wissen, wo er die unzähligen Päckchen und Pakete ablegen dürfe, mit denen er beladen war. Cecile fuhr auf, ließ Mädi los, rief ungeduldig klagend nach dem Mädchen, zwei schwarz uniformierte Wesen mit gestärkten Riesenmaschen eilten herbei und die Welt der Dinge zog ihren dicken Belag über das Offenkundige und Nackte. Der Dienstmann mit den unzähligen Paketen gehörte zum Requisitenfundus der Familie Perglas. Denn auch Tante Cecile machte ‚Kommissionen'. Die Welt, der sie jetzt angehörte, hatte sie das gelehrt. Aber das eingeborene Übermaß, Unmaß ihrer Natur, erwies sich auch hierin: der kostspielige, als Pflicht verkleidete Müßiggang weiblicher Bürgerwelt artete bei ihr zur fressenden Krankheit aus. Ja alle Lächerlichkeiten, alle Untugenden, alle Sünden ihrer Epoche, ihrer Umwelt arteten bei ihr zur fressenden Krankheit aus, wie wir sehen werden. Darin tat sie sich ernstlich vor allen anderen hervor. Waren jene geistig kalt, so war sie gottlos und erdenlos zugleich. Waren jene begehrlich, so war sie gierig bis zur Selbstzerfleischung. Klebten sie am Besitz, so raffte Cecile bis zur Erschöpfung Beweise ihres Reichtums rund um sich, einziger Damm und Wall gegen die Qual, die Gefährlichkeit, die Niedertracht einer Welt, die nun die einzige geworden war, da ja die Welt der Liebe sich als ein ungeheures Trugbild erwiesen hatte, in der Don Juan herrschte, der Mann des Lebens, wie es ist, Todfeind der Liebe.

Der Mann des Lebens, wie es ist, hatte sie mancherlei gelehrt, auch Binsenwahrheiten, die sie, Geschöpf der Leidenschaft und der Phantasie, zu stolz gewesen war zu kennen. Zum Beispiel jene, daß jedermann sich selbst der Nächste sei. Ihr war der Nächste gewesen, den sie liebte. Sie war nicht selbstlos, damals, sie fand nur überhaupt ihr Selbst in dem Geliebten. Bezeichnungen wie Egoistin oder Altruistin konnten darum auf sie keine Anwendung finden. Sie lebte im Element der Liebe wie der Salamander der Fabel in der Glut. Darum war sie die Unbürgerin durch und durch und in keiner Weise Tochter des Lebens, wie es ist. Sie hatte recht: ihr war ein schwarzes Los geworfen, daß sie dem Erwein Raidt verfallen mußte, dem Mann der Spielregeln, dem Liebhaber der Frauen, die an das Laster glauben, dem Liebhaber ihrer Mutter. Er hatte sie gelehrt, daß der flammfeste Salamander in die Fabel gehört. Versuchs einmal! hatte er zum Salamander gesagt und ihn ins Feuer geworfen. Der Salamander verkohlte an der Realität.

Er hatte sie auch gelehrt, daß es darauf ankam, eine Position zu haben, über andere zu herrschen und die Mittel zu besitzen, um die Dienste möglichst vieler Personen bezahlen zu können und zu kaufen. Alles das nannte Cecile jetzt ihr eigen. Und sie kaufte unermüdlich: Dinge, Dienstboten, Ärzte, Lehrer, Länder – sie reiste das halbe Jahr – Anerkennung, Lob, gesellschaftliche Ehren. Schon während ihrer Brautzeit hatte sie eine geheimnisvolle Macht der Dinge erkannt: sie legten sich wie Öl zwischen menschliche Beziehungen. Während sie Batist und Spitzen oder glattes Leinen anrührte, vergaß sie, daß der fremde Mann sie darin sehen sollte. Sie nannte ihn den fremden Mann, oft auch den braven fremden Mann mit der Verzweiflung ihres schlechten Gewissens. Wie ungroßmütig sie handelte gegen den braven fremden Mann! Aber jeder ist sich selbst der Nächste und Großmut kann sich leisten, wer eine

Position hat in der Welt. Schwere Seidenstoffe und prunkende Renaissancemöbel beschäftigten die Sinne, ölten das Gespräch. Zuweilen redete sie sich ein, jetzt werde alles gut, jetzt werde alles so wunderbar wirklich. Die Perlenschnur, die ihr der Bräutigam verehrte, und die Brillantenohrgehänge seiner Mutter hielt sie für ‚wirklich', weil sie greifbar da waren, weil sie Geld, viel Geld kosteten, und zum Ceremoniell gehörten. Denn da sie jetzt eingetreten war in das Leben, wie es ist, bedurfte sie sogleich des Ceremoniells zum Schutz gegen unbotmäßige Gewalten. Das Ceremoniell des Brautstandes, bekräftigt durch Geschenke, durch einen Regen von Geschenken, wirkte seinerseits wie aromatisches Öl. Wenn jeder Freund und jede Freundin, wenn der Bräutigam und seine Mutter, wenn selbst die Hofrätin Löwenstein soviel Geld dafür ausgab – die Hofrätin war allerdings durch Perglas, der sich Einsicht in die Verhältnisse verschaffte, dazu gezwungen worden –, dann mußten Brautstand und Ehe in der Tat etwas Wirkliches, Wichtiges und Erfreuliches sein. Die Wonne war doch so groß bei allen Beteiligten bis zur Hausmeisterin herunter. Die unsäglich dumme, stereotype Begeisterung, mit der jede Braut von ihren Geschlechtsgenossinnen umtanzt wird, benahm Cecile den letzten Rest von Klarheit. Bis zu dem vielbesprochenen Zwischenfall in der Sakristei. Das grausame Wort der Mutter warf sie in Erweins Arme zurück. Und diese Wirklichkeit sprengte den gnädigen Bann der Dinge.

Aber er zog sich sachte wieder zusammen und Cecile griff gierig nach seiner Wohltat. Sie erfuhr, daß es ihre Pflicht war, täglich in die Stadt zu gehen und Kommissionen zu machen. Sie ging also bei jedem Wetter und in jeder Verfassung morgens und oft auch nachmittags in die Stadt und oblag dem Einkauf, der Bestellung. Als die Kinder größer wurden, nahm sie mich zuweilen samt ihnen mit zur

Schneiderin, zur Modistin, zur Miedermacherin, zur Gobelinstickerin, in den Wäschesalon, zum Pelzhändler, zum teuren Stadtschuster. Was wurde da alles angefertigt: für sie und die Kinder alles mindestens dreimal über Gebrauch, denn im Grunde wußte sie nie, was sie wollte, wußte nur, was andere besaßen, die eine Position hatten, also mußte auch sie es haben und die Kinder, das war man der Welt schuldig, und es sollte womöglich besser und gediegener sein, als was die anderen hatten, das war man dem pedantischen Gatten schuldig, dem Deutschen, dem braven Mann. So wurden Faschingskostüme angefertigt für Desi und Mädi aus schwerem Atlas, wo wir alle in Tarlatan herumhüpften und vergnügter waren als die armen Kinder in ihrer lästigen Pracht. Jedes dieser Kostüme kostete dreißig Gulden, ich erinnere mich genau, weil meine Mutter sich so sehr darüber entsetzte. Das sei schließlich Gustavs Sache, meinte mein Vater etwas ungeduldig. „Ja, schön", fuhr meine Mutter fort, „wenn ihm das aber nichts ausmacht, dann soll er auch nicht heimlich mit Kreuzeln versehene Silberkronen in der Wohnung herumstreuen, um festzustellen, wer im Hause stiehlt." „Ja, das kommt davon, weil er nichts anderes liest als Kriminalromane", sagte mein Vater lachend. Aber meine Mutter ärgerte sich. „Er haßt seine Schwiegermutter wie das Gift, aber darin ist er ein Herz und eine Seele mit der alten Löwenstein: aus lauter Mißtrauen und Verfolgungswut möchten sie am liebsten ein Inquisitionsgericht für Dienstboten einrichten in ihrer Häuslichkeit. Wer wird aber am Ende dort gefoltert und verbrannt? Niemand anderer als die arme Cecile."

Es versteht sich von selbst, daß diese Unterhaltung englisch geführt wurde.

Ein Herz und eine Seele mit der alten Löwenstein, das hatte auch tiefere Gründe. Er haßte sie wirklich. Er war sogleich in Fehde mit ihr geraten wegen einer Geldsumme, die Ceciles Vater bei der Geburt der Tochter für ihre Aussteuer angelegt hatte. Nur das Unrecht, das Cecile zugefügt worden wäre, hätte man ihr das versagt, reizte ihn hier, um den Schaden war es ihm in keiner Weise zu tun, denn in Geldsachen erwies er sich in der Folge als generös und großzügig. In dem Streit, aus dem er rasch als Sieger hervorging, verteidigte Cecile ihre Mutter. Er fand das in der Ordnung; es entsprach seinem Familiensinn, seiner traditionsgemäßen Vorliebe für die Wahrung der ‚Dehors'. Es wäre ihm sogar unangenehm aufgefallen, wenn Cecile sich anders, aufrichtiger also, verhalten hätte. Man wußte um die Wende des Jahrhunderts im allgemeinen noch sehr wenig von Psychologie, und am weitesten waren Männer vom Schlage Gustav Perglas von solchen Erkenntnissen entfernt. Er ahnte nicht im entferntesten, daß Cecile ihn einfach zu wenig liebte, um ihm Einblick in ihr wahres Verhältnis zur Mutter zu gestatten. Die sonderbare Manier, mit der Cecile seine Werbung angenommen hatte, diese tragische Kälte voller Vorbehalt, diese Bedingungen: keinerlei Zärtlichkeit vor der Hochzeit, abgemessene Besuche, Einschränkung da, Einschränkung dort, dieses ungewöhnliche Betragen hatte ihn zuweilen beunruhigt, wie einen im Traum wohl etwas sinnlos unruhig machte, aber er hatte ihr Jawort, und ‚das Weitere findet sich'. Er hegte diesen komischen Mannsglauben, der vielleicht noch immer nicht ganz ausgestorben ist. Gewiß, es findet sich was, nämlich der andere, der wahre Herr und Meister, dem eine phantastische absurde Treue in der Untreue gehalten wird, durch Jahre hindurch, ohne Wirklichkeit, von Blut und Traum allein genährt, das schreckliche Privileg der Weiber.

Gustav Perglas hielt sich nicht lange mit Grübeleien auf. Ein jungfräuliches Wesen betrug sich eben so. Das war in der Ordnung. Eine Tochter liebte ihre Mutter auf alle Fälle, der Schwiegersohn aber hatte ihr fraglos mit Mißtrauen und Abneigung gegenüberzustehen, das war gleichfalls in Ordnung. Er schätzte Ordnung über alles. Es war Ordnung, daß er bis jetzt nur mit Weibern niedrigster Sorte zu tun gehabt hatte und darum einer Frau wie Cecile vollständig hilflos begegnete. Er war sich darin nicht des leisesten Mangels bewußt. Er verehrte und liebte sie. Und als sie seine Frau geworden war, verlangte er von ihr natürlich Ordnung.

Cecile zog von der Hochzeitsreise heimkehrend in eine schöne und stattliche Wohnung ein, deren Ausstattung die Hofrätin mit löblicher Pünktlichkeit überwacht hatte. Köchin und Stubenmädchen waren von ihr aufgenommen worden und warteten adrett auf die Befehle der jungen Frau. Cecile fühlte sich nicht wohl. Daß sie von Melancholien überschattet war, schob Perglas auf ihren Zustand, denn so war es überliefert und in der Ordnung. Ein männliches Urgefühl gebot ihm, die Frau zu schonen, sein zäher Sinn für Tradition flüsterte ihm ein, nun habe die Mutter der jungen Frau dieser mit Rat und Tat zur Seite zu stehen. Schon in den Volksmärchen ist ja zu lesen: „Und als die Königin guter Hoffnung wurde, kam die Stiefmutter" – o prophetisches Märchen, für Cecile prophetisch – „mit der bösen Schwester und wartete die Königin und pflegte ihrer –" am Ende ersticken die beiden die junge Wöchnerin regelmäßig im Bade. Aber das kommt erst später. Zunächst wird die junge Frau von der alten gepflegt und niemand merkt, daß sie eine böse Hexe ist. Die Hofrätin erschien im Anfang nur, wenn sie ausdrücklich gebeten wurde. Dann sah sie aber auch sogleich nach dem Rechten, und es dauerte nicht lange, so hatte sie Mißbrauch und Übelstand an allen Ecken und Enden entdeckt. Sie ließ es sich die Mühe nicht verdrießen, Ceciles umfangreichen Besitz an Wäsche so lange zu zählen, bis ein Batisttaschentüchlein fehlte. „Das Sacktuch muß her“, sagte die Hofrätin. Cecile lag im Bett und fürchtete sich vor der Mutter, vor dem gewitzten und tüchtigen Stubenmädchen, vor ihrem Mann, der das Recht hatte, Ordnung zu verlangen, vor der Last in ihrem Leib, und vor dem winzigen Tüchlein aus Batist. „Das Sacktuch muß her!“ sagte die Hofrätin so lange, bis der wildgemachte Perglas das Stubenmädchen eine Diebin hieß und den Polizeimann rief. Cecile lag im Bett, sie hörte das Geschrei von weitem, bohrte sich die Finger in die Ohren, und als Perglas erhitzt vom Kampf zu ihr eintrat, sah er nur ihren feuchten Nacken unter dem geteilten schweren Haar. Sie weinte über die Schande. „Unser Haus ist gebrandmarkt“, schluchzte sie in das nasse Kissen. Das Batisttüchlein fand sich im Nachttisch. „Das hat die Person schnell noch hineingesteckt“, sagte die Hofrätin verächtlich. Perglas fing an zu besorgen, daß Cecile nicht imstande sein werde, Ordnung zu halten.

Nach dem Skandal sagte die Köchin den Dienst auf, aber die Hofrätin war ohnedies von ihr nicht erbaut gewesen. Es folgten schnell nacheinander drei oder vier andere, von jeder erklärte die unerbittliche Hofrätin, sie besitze keineswegs den Habitus einer guten Köchin. Was mit dieser Geheimformel ausgedrückt werden soll, wäre klar, hätte die Hofrätin nicht behauptet, diesen Habitus erkenne sie, wenn die ‚Person‘ zur Tür hereintrete. Übrigens kochten sie tatsächlich alle miteinander nicht gut, die Hofrätin behielt recht, sie behielt ja immer recht in den niedrigen Regionen, und das eben machte sie furchtbar.

Als die letzte Köchin dieser Gruppe abgezogen, ein neues Vermittlungsbüro in Anspruch genommen war und eine neue Lieferung erst erwartet wurde, erschien die Hofrätin eines frühen Morgens in Begleitung der Melanie, die einen gewaltigen Marktkorb schleppte, stürzte sich in eine blaugestreifte Küchenschürze und machte sich ans Kochen.

Diese Kunst verstand sie, wie die böse Zauberin im ‚Zwerg Nase'. Sie kochte drei Tage, und während dieser Zeit hätte Perglas ihre wundervollen Bouillons und Saucen geschluckt, auch wenn er gewußt hätte, daß er darüber zum Zwerg zusammenschrumpfen würde. Denn er hätte es ja unbeschadet seines Wissens nicht geglaubt! Nicht ihren Lieblingen verleiht die Natur die unfruchtbare Kraft, zu glauben, was sie wissen.

In ihrem Korb hatte die Hofrätin die erlesensten Zutaten mitgebracht. Sie erläuterte dem Schwiegersohn, wie wichtig es sei, sich auf den Einkauf zu verstehen. Nur die Frau Mies auf dem Judenplatz verkaufe Spargel, so dick und weich bis zum Ende wie diese hier, und die Frau Mies wiederum ihr von solchen köstlichen Spargeln die köstlichsten. Warum bezieht Cecile das Rindfleisch nicht von Neumayer, das Obst nicht aus dem kleinen Gassel hinter dem Stephansdom? Warum nicht Eier von Medak, datiert und numeriert? (Kaffee kauft man bei Lott.) Sie redete über Rindfleisch ausführlich, fachgerecht und saftig. Perglas hörte ihr nicht ganz unlustig zu. Er hatte ein gewisses Gefühl für Echtheit; was die Frau da redete, war echt. Es stimmte aus Tradition. Die Stadt, in der er seit Jahren lebte, mißvergnügter Fremdling eigentlich bis jetzt, offenbarte ihm daraus so etwas wie einen Teil ihrer Intimität. Das gefiel ihm. Gassen und Gäßchen öffneten sich mit ihren jahrhundertealten Besonderheiten. Die Himmelpfortgasse bekam einen Duft von italienischem Öl und südlichen Gewürzen. Eine Vorstellung von Kälte, Marmor, Kacheln, Blutgeruch und Fleisch verknüpfte sich mit dem berühmten alten Fleischerladen in dem Haus am Hof. Perglas hielt große Stücke auf Dinge und Kenntnisse, die dem Körper dienten. Die Hofrätin besaß solche Kenntnisse, besaß den Schlüssel, der die erlaubten Genüsse dieser Stadt verschloß. Daß sie dazu verwerfliche Charaktereigenschaften besaß, wußte Perglas freilich auch; aber vielleicht glaubte er es nicht völlig fest, während sie ein Huhn à la grand-mère auftragen ließ, das nach den französischen Zaubereien seiner elsässischen Mutter, nach Kindheit und Sonntagsglück schmeckte.

Einer älteren Dame, die sich für einen in der Küche abgeschuftet, kann man nicht gut ein Nachtlager verweigern, wenn gleich zwei Zimmer in der sogenannten herrschaftlichen Wohnung leer stehen. Die Hofrätin war abends zu müde, um heimzugehen, sie schlief daher in der Perglasschen Wohnung. Es hatte sich so gemacht, daß er selbst die Einladung aussprechen mußte. Schon ein halbes Jahr später wäre es selbst der stählernen Energie der Hofrätin nicht gelungen, Perglas zu einem solchen Anerbieten zu zwingen. Aber Josefine Löwenstein, bei der es seit dem ersten Besuch des reichen Freiers beschlossene Sache gewesen war, daß sie nunmehr der Enge ihres Witwengehaltes entfliehen und so viel Vorteil aus Ceciles Heirat ziehen würde, als sich nur ersinnen ließ, Josefine Löwenstein hatte den Moment ihres Einzugs mit der Weisheit jener Stiefmütter im Märchen gewählt. Da war sie nun, und da blieb sie. Cecile sah ihren Gatten mit weitgeöffneten Augen an, als er ihr, etwas steif und geniert mit seiner goldenen Uhrkette spielend, die Mitteilung machte, die ‚Maman', er sprach das immer halb französisch aus, werde ein paar Tage bei ihnen wohnen. „Ein paar Tage?" wiederholte Cecile. Dann nickte sie starren Blickes etliche Male mit dem Kopf. „Ich dachte, du brauchst sie?" fuhr Perglas fort, „ist es dir nicht recht?" „Oh, sehr recht!" „Sie geht ja dann auch wieder." Cecile schwieg eine lange Sekunde. Dann antwortete sie, ohne den Gatten anzusehen: „Oh, Gustav, sie geht nur, wenn sie will."

Er dachte wohl, sie würde gehen, wenn er es wollte. Aber darin täuschte er sich. Und sein erster Zusammenstoß mit der Schwiegermutter erregte einen solchen Verzweiflungsausbruch bei seiner jungen Frau, daß er von einer Wiederholung zunächst absehen mußte. Dann kamen Geburt und Wochenbett, Ammenwechsel, Krankheit und Gefährdung des Säuglings, dazu das wachsende Mißgeschick in allem Häuslichen. Cecile als Mutter erregte sein Befremden. Er hätte es nicht auszudrücken vermocht, aber ihm war, als rühre sie das Kind gleichsam mit toten Händen an. Bildete er sich nur ein, daß Ceciles Gesicht gerann, wenn sie ihr Erstgeborenes aufnahm? Es war mehr ein Fehlen als eine sichtbare Besonderheit, was seinen naiven aber scharfen Blick beunruhigte. Es trieb ihn in die Kinderstube, so oft er heimkam, es trieb ihn überhaupt herum und es mag ihm öfters der Gedanke gekommen sein, die ‚Maman' zu befragen. Allein vom Denken zum Wort dehnte sich bei Gustav Perglas ein weiter Weg und ein verschlungenerer, als irgend jemand ahnte. Er schwieg also und machte sich nur viel an seinem schwarzgefaßten Kneifer, der an einem breiten schwarzen Bändchen hing, zu schaffen. Cecile aber fühlte sich sehr bald von diesen dunkel gerundeten, sehr stark spiegelnden Gläsern wie aus vielen Augen bewacht. Sie verdoppelte ihre Obsorge bei der Kleinen, die schlecht gedieh. Sie berief Ärzte. Sie quälte sich ab. Jedwedes Ding widersetzte sich ihrem aufgepeitschten Willen. Ihr eigenes Fleisch und Blut widersetzte sich ihrem Willen.

Einige Jahre nach Desis Geburt erzählte Cecile meiner Mutter, ihr Gatte habe sie einmal, während sie das Kind erwartete, in schreckliche Aufregung versetzt. Sonst mit fast frommem Ernst in dieser Zeit auf ihre Schonung bedacht, habe er sie eines Nachts geweckt und nach einigem Hin und Her sei er darauf verfallen, ihr die Geschichte eines französischen Adeligen zu erzählen, eines Jugendfreundes seiner Mutter. Diese Geschichte habe in nichts anderem bestanden, als daß jener Adelige seine Frau verlassen habe, weil ihr erster Sprößling ein Siebenmonatskind gewesen sei.

Und nach einer Weile hatte er sie lachend gefragt: „Du verspürst doch keine Anzeichen, daß wir eine verfrühte Geburt zu erwarten haben?“

„Und das hat dich aufgeregt?“ fragte meine Mutter verwundert. Sie hat mir oft beschrieben, wie Cecile sie eine Sekunde starr angeblickt und dann auf beide Wangen geküßt habe. Übrigens wurde Desi im zehnten Monat nach der Eheschließung geboren.

Ich erinnere mich nicht, daß die Großmama Löwenstein im Hause Perglas je gekocht oder sich sonstwie nützlich gemacht hätte. Sie saß bei Tisch wie eine Kerze, eingeschnürt in ihre hochgeschlossene, meist mit Posamenterie etwas zu reich verzierte Taille, die Ponyfransen unter der hochgesteckten Frisur noch nicht ergraut und mit sechzig Jahren so schlank, daß man ihr die Herzlosigkeit an den Hüften ablesen konnte. Die französische Sprache, von der sie nicht viel verstand, war obligat; Perglas, obenan an der Tafel, den schwarzgeränderten Kneifer auf halber Nasenhöhe, weil er darüber hinwegzuschaun gewohnt war, lauerte hinter seiner Portwein- oder Rheinweinflasche auf das kleinste deutsche Wort. Tagsüber richtete er nie eine Silbe an die Schwiegermutter; bei Tisch verfehlte er nie, sie mehrmals anzureden. Ihr Atem war Zorn, ihre Augen sprühten Rachsucht. Niemand aß mit Lust. Häufig kam fast alles verdorben aus der Küche. In keinem Hause wurde so viel Porzellan zerbrochen. In keinem Hause fehlte so häufig Silber. Niemals gedieh eine Pflanze in einem der überreich staffierten Zimmer. Die teppichbelegten Sofas waren so wenig zum Liegen eingerichtet wie die hochlehnigen Stühle zum Sitzen. An den Wänden hingen nicht freundliche Bilder, sondern hauptsächlich Waffen, Dolche, Flinten und Pistolen. Selbst der Baldachin über einem sogenannten Diwan war an zwei eisernen Lanzen aufgespießt.

Wir haben gesehen, daß Cecile als Mädchen keinen Ehrgeiz besaß, weder gesellschaftlichen noch den der persönlichen Leistung. Als Weib ruhte sie im Stofflichen, gewiß, aber ihrer Seele war Macht darüber verliehen und sie durchglühte, ohne es zu ahnen, das Armselige zu höherem Leben. Aber als sie Zuflucht nahm in der Bürgerwelt, wurde Cecile ehrgeizig. Und in dem Grade, in dem sie ehrgeizig wurde, kehrte sich die Welt des Stoffes gegen sie. Freilich hatte sie als Mädchen strenggenommen in derselben Schicht gelebt, nur in weniger dumpfen, weniger von der eingeredeten Pflicht des Tages beherrschten Kreisen. Nun aber gab es kein Gebot, das sie nicht begierig aufgesucht hätte, um sich ein Joch daraus zu hämmern. Die klaren, geschriebenen Gesetze genügten ihr nicht, es gab keine überlieferte Regel, keine Konvention, ja keine noch so persönliche Gepflogenheit, in die sie nicht zumindest versuchte, sich selber und die Ihren einzuzwängen. War es in einer Familie Sitte, die Kinder morgens kalt zu übergießen, so wurden Desi und Mädi alsbald früh um acht ins kalte Bad gesteckt. Als meine Eltern die Speisestunde einen Winter lang auf fünf Uhr verlegen mußten, wurde ein gleiches ohne Not bei Perglas eingeführt. Reisten Komarowskis in ein Seebad, so fuhr Cecile der Kinder wegen ans Meer, priesen Lanias das Hochgebirge, so wurde schleunigst in die Schweiz gereist. Als Schönbergers bei irgendeinem Anlaß einen Modeprofessor zu Rate zogen, wurde dieser Mann alsbald gerufen und fortan neben zwei Hausärzten in Sold gehalten. Als ich turnen geschickt wurde, trieb Cecile einen Schweden auf, damals das Neueste und fast überall unbekannt, der dreimal wöchentlich Desi und Mädi in seinen Künsten unterweisen mußte. Kaum hatten die Kinder das zureichende Alter, als Lehrer gemietet wurden, halbdutzendweis, jeder in seiner Art eine Koryphäe. Cecile war von der Krankheit des Superlativs befallen, es mußte alles und jedes das Beste, das Teuerste, das Neueste sein. Atemlos jagte sie nach Pflichten und nach Forderungen. Nie war alles ganz erfüllt, nie war Genüge geschehen, immer klaffte da ein Riß, ein finsterer, dämonischer Abgrund über einer nicht geleisteten Pflicht, die abgebüßt werden mußte. Man war sich schuldig, immerfort war man sich schuldig – welchem Menschen, welchem Verhängnis? Vermochte denn Perglas nicht, sie von diesem Wahn zu befreien? Perglas, der Mann, der sie liebte?

Es scheint unbegreiflich, wie er Cecile neben sich, nach Atem ringend, ihres Weges keuchen ließ. Verborgene Rache für Zerstörung, die in seinem Leben nicht minder hauste als in ihrem? Oder verschwiegener noch, Rache für geheimnisvolleres Ungenügen? Bloßes Versagen seiner starren unbiegsamen Natur? Verbissenes: trag du dein Teil! das sich aus unergründlicher Enttäuschung nährte? Ihr Anblick war ihm ins Blut gefallen, als er sie zum erstenmal sah. Auf jenem Ball schon hatte er ihr allen Ernstes die Ehe angetragen und war abgewiesen worden. Hierauf ließ er sich für unbestimmte Zeit ‚auf die Strecke' versetzen, kehrte nach etwa einem Jahr zurück, fand Cecile noch frei und, trotz aller wunderlicher Vorbehalte, gefügig. Was war unterdessen geschehen? Er mag es später tausendmal in seinem Kopf gewälzt haben. Aber er fragte nicht. Es war ihm nicht gegeben zu fragen, oder man könnte auch sagen, er war im höchsten Grade mißtrauisch, denn eines ist Ursache und Wirkung des anderen. An Cecile aber durfte Mißtrauen nicht heran. Dies gerade war der Kern seines Begriffes von Liebe, von ehelicher Liebe, der höchsten und teuersten überhaupt. Einen Punkt muß der Mißtrauische haben, in dem er ruht. Es entsprach seinem Begriff von Manneswert, daß die Gewinnung dieses Punktes ein Akt der Wahl sein mußte. Er glaubte, Cecile gewählt zu haben. Nichts lag ihm ferner, als an die unterirdische Gewalt des Blutes zu denken. Das kam von den Begriffen, die seine Kaste und seine Epoche von körperlicher Liebe hegten.

Nein, er fragte nicht, er fragte niemals. Er kratzte Kreuzchen in Silbermünzen und befahl Cecile, ihm das Kleingeld zu zeigen, das die Köchin oder die Jungfer nach Einkäufen als Verrechnungsgeld herausgaben. Er ging spielenden kleinen Mädchen nach und spürte sie in Schränken auf, in denen sie sich eingeschlossen hatten. Er hegte eine finstere und schon verdächtigende Abneigung gegen Ceciles Freundinnen, mehr noch gegen ihre Vorliebe für Frauen überhaupt. In seiner Bibliothek befanden sich mehrere vollständige Ausgaben des alten und des neuen Pitavals, meist zerlesene Bände mit vielen Anmerkungen und Einlagen. Er soll in seinem Fach ganz außergewöhnlich tüchtig sein; das Bauen und Konstruieren, das technische Lösen von Problemen entsprach so recht dem Bewegungstrieb in seiner schweigsamen, niemals fragwürdigen Welt. Männer schätzten ihn hoch. Frauen schenkte er keine Beachtung, seit er ein eigenes Weib besaß, dazu mußte er sich keine besondere Gewalt antun. Aus ihm heraus entwickelte sich alles von selbst. Darum glaube ich nicht, daß er Cecile aus bloßem Unverstand nicht von ihrem verderblichen Pflicht- und Ehrgeizwahn erlösen konnte. Das Schicksal dieser beiden Menschen lief ab wie eine Uhr. Erst als es genug war, hob da einer die Hand und gebot: es ist genug.

Man fragt sich, wie es möglich war, daß Cecile, deren ganzes Sein sich aus Mitteilung und Kommunikation nährte, in solcher Weise schweigend und verheimlichend, neben einem Gatten lebte. Ich glaube, daß sie, geradezu befragt, auf keinen Fall gelogen hätte. Aber Perglas hatte sich nicht einmal erkundigt, ob sie vor ihm einen anderen Mann auch nur mit freundlichen Augen angesehen habe. Teils glaubte er, ihr das schuldig zu sein, teils mag seelischer Mut sich oft in umgekehrtem Verhältnis zu körperlicher Tapferkeit befinden. Perglas war körperlich vollkommen furchtlos, nicht nur was seine eigene Existenz betraf, sondern er stand mit allen Formen, mit allen Bedrohungen der physischen Welt auf du und du. Das Seelische aber machte ihn unsicher, beklommen, es weckte sein Mißtrauen im höchsten Grade, er konnte es nicht anfassen mit seinen schwarzüberflaumten Händen, da witterte er Schwindel und Unrat. ‚Nicht anrühren' wird wohl seiner Weisheit letzter Schluß gewesen sein, und so allein erklärt sich seine haßerfüllte Nachgiebigkeit gegen die Hofrätin. Sein Instinkt warnte ihn davor, hier mit dem Stock dazwischenzufahren. So spielte er den umgekehrten Blaubart: es gab eine Kammer in seinem Hause, die ihm die Weiber wehrten zu betreten.

Cecile wäre des unheilvollen Versteckspiels ihrer Ehe nicht fähig gewesen ohne ihre Freundinnen. Mit den Freundinnen durfte sie reden. Jede kannte jedes Haus, jeden Bauer in dem Dorf, in dem sie bei Madame Wagner eines wohlgebildeten Knaben war entbunden worden. Jede hatte den Geruch des finsteren kleinen Gewölbes gespürt, in dem Madame Wagner Bindfaden, Mehl, Powidl, saure Gurken, Petroleum und Kandiszucker verkaufte. In der Hinterstube lag Cecile. Die Geburt dauerte drei Tage. Kein Arzt wurde zugezogen. Immerfort ging die Ladenglocke. Als der Knabe dalag, bekam die Madame Angst. Der Tod streifte dicht an Cecile vorbei. Dennoch stillte sie den Sohn zehn Tage lang. Sie nährte ihn mit bitteren Tränen so gut wie mit süßer Milch. Am elften Tag holte ihn die fremde Bauersfrau. Das geschah alles wie durch Zauberei. Die Babette von dem Busch und Sillian leiteten alles aus der Ferne. Sillian hatte gemessene Aufträge, alles ohne Namen, von Erwein Raidt. Cecile wurde nur der Wirkungen gewahr. Wie dankbar sie sein mußte, wie segensreich sie waren, diese Wirkungen! Ausgetilgt die Spur, nichts war geschehen, niemand konnte ihr etwas nachsagen. Wie wunderbar sie sich darauf verstanden, Weltleute wie Erwein und Babette, aus Wirklichkeit Nichtwirklichkeit zu machen, aus Liebe, Blut und Schmerzen, aus Tod und Leben das gleiche wasserklare Nichts! Es war zum Staunen, der allergrößten Bewunderung wert. Wenn Cecile beschrieb, wie die Bäuerin das Bübchen in ihre dicken Tücher schlug, weinten alle Freundinnen mit ihr. Jede Frau, die geboren hat, mußte mit ihr weinen. „Ich konnte ihn gut leiden, den kleinen Mann!" sagte Cecile und starrte vor sich hin. „Ich hätte ihm alles zuliebe getan. Die Bäuerin wickelte ihn ein wie ein Paket."

Unergründlich sind die Wege der Menschen. Wie geht es zu, daß eine Frau ihr Herz nimmt und hinlegt, und eine andere Frau wickelt es in Tücher und trägt es fort! Und in der Brust der anderen ist nichts als eine tiefe glühende Wunde, in der zuckt das Körperleben unbeirrbar fort, bis seine Stunde schlägt. Cecile sprach mit den Freundinnen seit ihrer Heirat nicht mehr viel von Erwein Raidt. Die Achtung, die sie vom ersten Augenblick für ihren Mann empfand, schloß ihr den Mund. Es war auch nicht nötig von ihm zu sprechen, wenn sie von dem verschwundenen Knäblein reden durfte. Der Knabe hieß: Liebe, Muttersein, Glück des Leibes und der Seele, er hieß Leben und er hieß Tod. Er hieß Mensch und kleiner Gott. Sie hatte ihn besessen und sie hatte ihn angebetet. Wenn Cecile von ihm redete, war alles in ihr und alles um sie Element. Er war verschwunden und sie erschuf ihn aus der Phantasie. Immer wieder empfing, trug, gebar und verlor sie den Sohn. Alles um ihn war Liebe, er allein war dem Urgrund des Seins entsprossen. Was bedeutete es dagegen, daß ihr Körper von neuem empfing und wiederum gebar?

Arme Töchter! Arme Desi, arme Mädi! War es ein Wunder, daß sie sich nie ein Herz zum Leben fassen konnten? Sie wollten nicht recht ans Licht, und als sie herausgeholt waren, hätten sie sich gern wieder davongemacht. Und immer war ihnen kalt. Ich habe nie empfindlichere Kinder gekannt, und nie eine gewissenhaftere Mutter als die ihre. Es ist wohl so, daß das Tun überall dort zur Hilfe herbeieilt, wo es am Sein gebricht. Allein Cecile besaß eine zu große Seele, zu viel echte Einbildungskraft und zu viel Unerbittlichkeit gegen sich selbst, um ernstlich an ihre eigene Rettung durch das atemlose Tun zu glauben. Ihr Sinnen und Trachten war Loskauf, aber sie glaubte nicht an Loskauf. Sie glaubte an die Mächte; sie wußte, daß ihr die Mächte nicht gestatteten zu entschlüpfen. Sie wußte es seit jener Nacht, in der sie Erweins Wohnung zum letztenmal verlassen und hinter der Säule die Melanie entdeckt hatte. Das Schicksal ist sparsam in seinen Formen. Ceciles Dämonen behielten viele melaniehafte Züge.

Ceciles Geburtstag fiel in den Mai. Als Cecile zwei oder drei Jahre verheiratet war, schenkte ihr Perglas einen ‚Unnumerierten', das heißt, ein Fiaker ohne Nummer sollte vom zehnten Mai bis zur Sommerreise ihr zur Verfügung stehen, wie eine eigene Equipage. Der Wagen stand unten, als Perglas ihr die Eröffnung machte, er wolle an diesem Tage die Praterfahrt mit ihr machen. Ceciles Aufregung über dieses Geschenk beschäftigte ihn nachher lange. Gewiß, die Benutzung eines solchen eigenen ‚Unnumerierten' gehörte zu einem gewissen Wiener Begriff von Eleganz, er war der Traum aller Damen, die keine Equipage besaßen. Gewiß, Cecile legte einen eigentümlich hohen Wert auf solche Dinge, aber daß sie derart die Farbe wechseln, derart die Fassung verlieren würde, hatte er nicht erwartet. Auch konnte sie nicht fertig werden mit der Toilette zu dieser ersten Praterfahrt. Zweimal wechselte sie das Kleid, ein grünes Schneiderkleid mit schwarzen Tressen behielt sie endlich an, dazu probierte sie drei Hüte, bis ihr ein kleiner grüner mit schwarzen Straußenfedern endlich zusagte. Daß sie einen so dichten schwarzen Schleier vors Gesicht band, verdroß Perglas, denn sie schien ihm sehr schön, ja fürstlich, als sie vor ihn hin trat in der hautartig knappsitzenden Taille und dem hübsch troussierten Rock. Die kleine Schleppe hielt sie in der Hand. Als sie in den Wagen stieg, fiel ihm ihr gesenkter Blick auf. Aber er fragte nicht, was hätte er auch fragen sollen? Cecile drückte ihm die Hand, sie dankte überschwenglich, sie freute sich offenbar wie ein Kind.

Äußerlich bemeisterte sie ihre Furcht sehr schnell. Ihre Vernunft sagte ihr, daß es völlig belanglos war, ob der Mann, der da oben auf dem Kutschbock saß, sie das eine oder andere Mal in der Dämmerung oder nachts in die Salesianergasse gefahren hatte. Denn es war durchaus nicht immer nur der Grafen-Toni nach ihr geschickt worden. Aber während sie fest in ihr Korsett geschnürt sehr gerade dasaß und ihre lebhaften Bemerkungen machte, stürmten Erinnerungen auf sie ein, verderbliche Erinnerungen. Im Prater blühten die Kastanien, der Wagen raste im traditionellen Galopp die Hauptallee hinunter, umfuhr das Lusthaus und kehrte beinahe im Schritt zurück. Während dieser langsamen Fahrt in der Richtung des Pratersterns überholte sie eine Equipage, auf deren Kutschbock neben dem Kutscher in korrekter Haltung der gleichlivrierte Diener saß. Im Wagen befanden sich eine Dame und ein Herr. Der Herr blickte herüber, Perglas rückte noch im Zweifel des Erkennens seinen Kneifer, da war der Blick des Herrn im anderen Wagen schon längst mit einem Ausdruck schwimmender Zerstreutheit in den blauen Sternen auf eine blühende Kastanienkerze abgeirrt. Als sie außer Hörweite waren, fragte Perglas: „Du kennst ihn doch auch, war das nicht Erwein Raidt?“

Cecile nickte. „Hat er uns nicht erkannt?“ fuhr Perglas fort.

Es wäre so leicht gewesen, beiläufig zu erwidern: „Wahrscheinlich nicht, sonst hätte er gegrüßt“, aber die Erinnerungen waren zu heftig angeregt, sie vermochte es nicht. Nicht sie, es antwortete aus ihr mit einem kurzen, mokanten Lachen: „O doch. Aber er war im Wagen bei einer Gräfin Larisch.“

Warum wurden die Bäume nur auf einmal rot? Kein Blatt regte sich und die Luft sauste doch wie Sturm. Der fremde Mann neben ihr brummte geringschätzig: „Dummer Kerl.“

Als die Hofrätin erfuhr, daß Cecile einen Wagen habe, stieß sie die feine Nase in die Luft und sagte: „Na, wenn er sich das leisten kann?“ Sie nannte ihren Schwiegersohn nie mit Namen. ‚Er‘, das war der Mann, der Ehemann schlechthin. Sie kam nicht mehr darauf zurück, aber der ‚Unnumerierte‘ beschäftigte sie fast ohne Unterlaß. Zwei Tage darauf empfand sie das unabweisliche Bedürfnis, eine alte Bekannte zu besuchen, die draußen in Lainz seit fünfzehn Jahren lahm daniederlag. Sie sprach nicht mit Cecile darüber, sondern in Ceciles Gegenwart mit der Melanie. „Weit ist es halt“, sagte sie bitter. „Mit der Tramway kommen wir nur bis Hietzing. Von dort werden wir im Stellwagen fahren, meine Liebe. Wir brauchen gut zwei Stunden hin und zwei Stunden her.“ „Bitte nehmt den Fiaker“, sagte Cecile sehr leise und blaß. Mittags meinte Perglas, Cecile möge ihn um sechs Uhr mit dem Wagen vom Büro abholen, er hätte Lust, den Abend mit ihr im Freien, vielleicht gar beim Stelzer in Rodaun zu verbringen.

„Ich hab den Wagen heut der Mama versprochen“, sagte Cecile und schlug die Augen nieder. Perglas starrte die Hofrätin über den gesenkten Kneifer hin an. „Wie ein Kampfstier“, dachte Cecile. Er sagte kurz: „So?“ Es klang wie Schnauben. Nach Tisch trat er zu Cecile ins Schlafzimmer und wippte steif vor ihr auf durchgedrückten Knien. Die

Hände hatte er im Rücken gefaltet. „Der Wagen gehört dir und nicht ihr. Ich verbiete ihr, damit herumzufahren. Wenn dus ihr nicht sagst, sag ichs. Verstanden?"

Er wartete eine Weile, dann stapfte er zur Tür. „Das wirst du nicht tun!" schrie Cecile hinter ihm auf. Er blieb stehen. „Oho!" sagte er, sonst nichts. Aber es klang ziemlich drohend.

Cecile faltete die Hände. „Gustav, ich bitte dich!" stammelte sie. „Laß ihr das bißchen Vergnügen. Sie wird alt, sie ist meine Mutter –"

„Sie will nur fahren, weil sie es dir nicht gönnt!" antwortete Perglas in einer zornigen Eingebung. „Ihr seid eine sonderbare Familie. Die Alte ist einfach eifersüchtig wie eine Furie! Nicht auf mich, pardon, ich bin nicht verrückt. Aber ich lasse es mir nicht nehmen, sie ist eifersüchtig. Sie neidet dir jeden Fetzen, den du am Leibe hast. Ich habe sie beobachtet. Sie sieht dich nicht an wie eine Mutter, sondern wie ein Weib, das auf eine andere eifersüchtig ist. Das ist ja widerwärtig! Das ist ja gegen alle Natur! Ist das schon immer so gewesen zwischen euch?"

„Aber nein, nein, nein! Du siehst Hirngespinste, Gustav. Du bist so mißtrauisch, du bist so entsetzlich mißtrauisch..."

Cecile brach in Tränen aus. Grübelnd starrte er sie an. Aber die Wut zerfloß ihm im Leib vor ihrem Weinen. Das war immer so. Die Schwiegermutter und die Melanie fuhren mit dem Fiaker nach Lainz, und Perglas nahm sein Abendbrot nicht bei Stelzer, sondern in der Wohnung. Er redete kein Wort und Cecile würgte an ihren Tränen. An diesem Abend faßte er den Plan, die Hofrätin endgültig hinauszuwerfen. Als er ohne Ceciles Wissen damit herausrücken wollte, bekam Desi Scharlach und geriet zwischen Leben und Tod. Das Kind wurde gerettet, die Auftritte wiederholten sich. Die Hofrätin zischte Cecile an: „Wenn er sich noch einmal untersteht, so mit mir umzugehen, dann wehe dir. So ein Hopf braucht sich nicht aufzuspielen.“ Und sie wiederholte, fast verrückt vor Bosheit: „So ein Hopf, der nimmt, was andere übriglassen!“

Ich habe mich oft gefragt, warum Cecile dem Gatten nicht die Wahrheit eingestand. Zeitgeist, soziale Vorurteile reichen da nicht zu. Allein um sich und ihn vom Joch der Mutter zu befreien, hätte sie es tun müssen, und sie war klaren Geistes genug, um dieses einzusehen. Warum also schwieg sie? Warum warf sie sich immer wieder zwischen die unerbittliche Verfolgerin und den Mann, der sie retten wollte? Warum ertrug sie den unstillbaren, heischenden, alles betastenden Neid der Mutter-Nebenbuhlerin und gab ihm sich selbst und alles, was sie hatte, als Opfer hin? Dies ist wörtlich zu nehmen: denn die Hofrätin fuhr in Ceciles Wagen spazieren, die Hofrätin kleidete sich auf Ceciles Rechnung bei Maison Spitzer, die Hofrätin reiste im Sommer mit der Melanie in die böhmischen Bäder und nachher nach Venedig, das Geld wurde durch Machenschaften an allen Ecken und Enden abgezwackt, nirgends dinierte man schlechter als im Hause Perglas. Warum ertrug Cecile dies alles? Sie war nicht familienfromm. Sie jagte meiner Mutter einmal keinen geringen Schrecken ein, als sie ihr auseinandersetzte, die meisten Mütter seien die natürlichen Feindinnen ihrer Töchter. Eine Frau müsse vollkommen glücklich oder ein abgeschiedener Engel sein, um Brautschaft und Vermählung ihrer Tochter ruhig zu ertragen. Warum also, noch einmal, schleppte sie Geheimnis und Sklaverei mit sich fort? Die Freundinnen, soweit sie sich über das Äußerlichste der Konvention erhoben, sagten so: Zunächst kämpft Cecile um ihre ‚Position‘. Sie erträgt den Gedanken an Schutzlosigkeit und Mangel nicht mehr. Kann sie doch nicht genug Beweise des Wohlstandes und der Sicherheit heranschleppen. Sie ist zu schwer getroffen worden durch Ausgeliefertsein, sie ist mit dem Furchtmakel geschlagen, der aus einem elenden und herabgewürdigten Zustand entsteht. Cecile fühlt sich aber auch schuldig vor Perglas, weil sie ihn nicht wirklich liebt. Sie weiß, daß sie ihn nicht glücklich macht, als Weib den Mann nicht. Sie ist nicht geschaffen, sich mit erfüllter, schuldiger Pflicht zufrieden zu geben. Ihrer Unzulänglichkeit, ihres Liebesmangels, klagt sie sich innerlich zu jeder Stunde an. Weil sie nicht liebt, besitzt sie keine Sicherheit. Für die Tragkraft seiner Liebe hat sie kein Maß, weil ja die Waage ungleich steht und ihre eigene allzu leichte Schale immer ruhelos flattert. Aus Ehrlichkeit, aus Selbstqualsucht, aus blutentstammendem Durst nach strafender Gerechtigkeit setzt sie das Maß seiner Liebe tief an, so gering, wie sie es eben verdient. Darum glaubt sie nicht, daß ihr geholfen würde, wenn sie gesteht. Hinstürzen und die Last abwerfen – wer das dürfte! Wer das könnte! Sie maßte sich kein Recht an, das nur Liebe gibt. Sie hatte kein Recht, einem fremden Mann das Fundament seiner Begriffe unter den Füßen wegzureißen. Solcher Frevel heilt nicht, sondern rächt sich. Cecile hatte etwas Starres in sich, Schicksalsverranntheit, Schicksalshochmut. Sie glaubt felsenfest, so wie sie an die Mächte glaubt, daß ihr Geständnis eine Katastrophe herbeiführen muß, die Perglas und die Kinder unter sich begräbt.

So die Freundinnen, und mir scheint die Meinung richtig. Höchstwahrscheinlich stammt sie von der Betroffenen selbst, die es wissen mußte. Wenn ich jedoch mit aller Kraft ihr Antlitz vor mein inneres Auge rufe, den kleinen, aber üppig ausgeschwungenen Mund, dessen Lippenwinkel einander in ganz zart vertieften Winkeln küßten, der Glanz der grauen Augensterne, die in Höhlen voller Schatten schwammen unter dem seidenen Fransenbogen ihrer Wimpern, die dicken kleinen Locken, die sich wie pausbäckige Kinder in ihrem Nacken drängten, wenn ich ihre Stimme in mein Ohr zwinge, diese volle, dunkle aber eigentümlich atemlose Stimme, so reich an Färbungen des Spottes und der Selbstpersiflage – ach, wie sie meine Mutter auf die Schulter klopfte und „brav, brav!“ zu ihr sagte, mit dem hübschen, gurrenden Gaumen-R –, wenn alles dies zusamt mit ihren weißen fleischigen Händen vor mir auftaucht, scheint mir auch dieser Grund noch zu vernünftig, vom Schwerpunkt ihrer Art zu weit entfernt. Nichts, was sie tat, kann aus Mangel kommen, sondern alles aus Fülle, Entartung der Fülle meinetwegen, Entartung, Ausartung, war ja auch ihr tragisches Los. Nicht Perglas galt ihr Schweigen, sondern Erwein Raidt. Nicht dem Ehegatten, sondern dem Geliebten. Nicht dem Vater ihrer legitimen Töchter, sondern jenem, von dem sie zuchtlos den Sohn empfangen hatte, den verstoßenen, verlorenen. Nicht wirkliche, um sie lebendige Wesen, den Gatten und die Kinder schonte sie durch Schweigen, sondern beiden Inbildern hielt sie eine vernunftlose, ganz und gar verrückte Treue. So lange sie um ihretwillen litt, je wüster, desto besser, so lange besaß sie sie. Wenn sie vor der Grausamkeit der Mutter stumm in die Knie ging, demütigte sie sich vor der Nebenbuhlerin und wußte, daß sie sie besiegt hatte. Nur im magischen Kreis des tiefverschwiegenen Unheils lebten ihr ihre Erfüller: Geliebter und Sohn.

In das häusliche Unwesen hatte sich sogleich die Hofrätin hineingemischt. Herrin über alles Niedrige hatte sie den Instinkt des rechthaberischen Mißtrauens in Perglas aufgeweckt. Ihr war einzig darum zu tun gewesen, sich selber in dem Aufruhr festzusetzen. Aber das Übel hatte sich ihrer nur bedient und schritt, von Ceciles leidenschaftlicher Unheilserwartung genährt, über die Anstifterin hinweg.

Ich erinnere mich, daß zur Zeit, als ich zu Desi und Mädi spielen gehen mußte, eine Art Feme über das Haus Perglas verhängt war. Es war die Feme der unteren Gewalten, repräsentiert durch die Hausbesorgerin, die Milchfrau im Souterrain nebenan, die Trafikantin um die Ecke, die Zeitungsträgerin, die Gemüsefrau im Gewölbe des Hauses Numero acht, die Frau des kleinen Kohlenhändlers in der Luisengasse, die Inhaberin der chemischen Putzerei, sämtliche Portiersfrauen, Bedienerinnen und Dienstvermittlerinnen der weitesten Umgebung, sämtliche Hausiererinnen und was sonst an Weiblichkeit in dieser Welt verkehrte und Nachrichten aus der oberen Region empfing und weitergab. Diese Welt hat ihre organische Struktur, wie jede andere, sie ist übrigens die einzige, die heute noch über ihr ungebrochenes Ceremoniell und ihre unverfälschte Sprache verfügt. Fast alle Frauen aller Stände kennen heute noch dieses Ceremoniell und diese Sprache. In letzterer wurde das Haus Perglas als Wechselhaus bezeichnet, das heißt als ein solches, in dem Dienstboten es nicht lange aushielten und daher genötigt waren, zu ‚wechseln'. Die Feme zog eine Art Cordon um ein solches Haus. Dienstwillige, die von nichts wußten, bekamen ihre Winke, oft nur eine einzige Gebärde, ein Heben der Hand, Herabziehen der Mundwinkel, und unbeschreiblich beredtes Heben der Schultern und Brauen. Die Gewarnte wußte dann. Kein anständiges Dienstmädchen wollte sich dort im Haus zuschanden machen lassen. Da helfen keine Versprechungen, kein noch so hoher Lohn. Versagt die Feme ausnahmsweise, so belehrt die Abziehende die Neueintretende, und diese schleppt die Ansteckung mit dem ersten Schritt in die Wohnung. Guter Wille hilft nun nichts mehr; selbst gerechte Einwände darf Cecile nicht mehr machen, offenkundige Faulheit, Unredlichkeit, Unfähigkeit nicht wagen zu bemängeln. Ehe sie die Lippen öffnet, liest sie schon das fertige freche Vorurteil auf der Stirn der nur scheinbar Untergebenen. Es ist so weit gekommen, daß Cecile die Feindin erkennt, wenn sich die Tür auftut und ein neues

Mädchen – Wunder genug – seine Dienste anbietet. Wer zu mir kommt, muß ein Verbrechen auf dem Gewissen haben, denkt sie, freiwillig wagt es keine. Eine Kindesmörderin, eine abgestrafte Betrügerin und viele polizeibekannte Diebinnen sind bei ihr im Dienst gestanden; die Mörderin war eine Perle und hat es vier Wochen ausgehalten. Kranke, tolle, bösartige, schwachsinnige, lügenhafte, verbrecherische Geschöpfe haben der Reihe nach sie und ihre kleinen Töchter bedient. Das Haus widerhallt vom Türenwerfen, Tellerklirren, Schreien und Toben zügelloser Hauskobolde, in der Küche gibt es Tätlichkeiten, im Salon Zank mit der Hofrätin, die von der Zofe beleidigt worden ist. Diese steht, mit untergeschlagenen Armen und gekreuzten Beinen an der Tür, den breiten lasziven Mund höhnisch auseinanderziehend. Cecile kennt jedes Wort, das dieser breite laszive Mund im nächsten Augenblick ausspeien wird. Sie kennt alles, vom hochtrabenden, mit falsch verwendeten Fremdwörtern gespickten Pathos der routinierten Herrschaftsköchin, die „in Fürstenhäusern gedient hat“, bis zur giftigen Entladung des böhmischen Küchenmädchens, das von der Mitdienenden des Diebstahls bezichtigt wird und, überführt, zur Kenntnis bringt, daß die „Französin, diese Schlampen“, jeden Mittwoch mit ihrem Liebhaber schläft. „So was heißt sich Erzieherin!“ Cecile kennt das haßerfüllte, verzweifelte Um-sich-Schlagen armer lichtloser Nachtseelen, sie kennt das unergründliche, mühsam aus Furcht gebändigte Ressentiment. Nicht die Denkformen allein, diese verblüffenden, die scheinbar durch keinerlei Logik ineinander verzahnt sind und dennoch ihren eisern geregelten Ablauf besitzen, sind ihr geläufig, sie spürt diese verkrüppelten Weiberseelen, wie sie die Seelen ihrer Freundinnen gespürt hat, sie riecht förmlich, was ihnen an niedrigen, an schadenstiftenden Instinkten innewohnt. Zuweilen läuft eine durchs Haus, blutjung, mit frechen

Simpelfransen und verschlossenen Hehlerlippen, und Cecile möchte die Hand ausstrecken, ihre weiße fleischige Hand mit den spitzen Fingern, und das verworfene Ding anpacken, wie sie die törichten kleinen Mädchen angepackt hat, die mit ihren törichten Liebesalfanzereien zu ihr kamen und den Schauder von wirklichem Leben mit forttrugen, der ihnen aus der Berührung dieser starken, zärtlichen Hände entquoll. Ja, solch ein Ding möchte Cecile anpacken, vielleicht um es auf die verdammten Knie herunterzudrücken, vielleicht nur, um das Lebendige in den Fäusten zu spüren.

Ich stelle mir vor, daß Cecile etwa in der russischen Steppe eine wundervolle Mutter ihres Gesindes gewesen wäre. In der verhängnisvollen Konstellation der Belvederegasse jedoch werden harmlose Landmädchen zu Trollen, als ruhig anempfohlene Wesen zu Berserkerinnen, friedfertige säen Zwietracht, ehrliche erlernen Hausdiebstahl, anhängliche Geschöpfe entwickeln eine ungeahnte Perfidie des Hasses. Es gibt im Märchen ein verwunschenes Haus, in dem Türen gehen, durch die keiner eintritt, Fenster klirren, durch die keiner hinaussieht, Uhren schlagen, die keine Zeit verkünden, Feuer prasseln, die keine Wärme spenden, ein Haus des Schreckens, wo niemandes Füße in wilder Jagd durch niemandes Stuben rennen. Irgendwo aber rauscht ein Wasserrad, mahlt eine unsichtbare Mühle.

In solchem Hause lebt Cecile und was ihr angehört.

6

An Erwein von Raidt hatte sich während dieser Zeit jene eigentümliche, langsame Transformation vollzogen, die auf sein vermeintliches schweres Leiden folgte und auf die bußfertige Einsamkeit in dem Landhaus, dessen Abbild in einer gewissen alten Schreibmappe in Ceciles Besitz verborgen war. Wir befinden uns in jener Periode, in der weibliche Porträts in erstaunlicher Anzahl ihrem Gewahrsam entschlüpft sind und sich wie üppiges Schlinggewächs aus Erweins Schlafzimmer hinüberranken in weniger private Räumlichkeiten. Erwein verbirgt seine Triumphe nicht mehr; bald wird er sie sogar mit Deutlichkeit ins Licht rücken. Eine Menge Anekdoten sind über ihn im Umlauf, er fährt noch immer mit dem ‚Grafen-Toni' und ist in seiner Art eine populäre Figur. In dieser Zeit taucht er ein paarmal im Sommerhause meiner Eltern in der Hinterbrühl auf. Bukovich bringt ihn mit, der Direktor des Volkstheaters, und um Theater handelt es sich auch, mein Vater soll für die große Wohltätigkeitsaktion etlicher adeliger Damen einen Einakter schreiben. Ob es dazu gekommen ist, bezweifle ich. Sicher ist, daß ich ihn damals ziemlich häufig zu Gesicht bekam und daß seine äußere Erscheinung, da ja mein Vater sich für ihn zu interessieren schien, mir mit allen charakteristischen Merkmalen im Gedächtnis geblieben ist. Ich erinnere mich auch, daß sehr viel über ihn geredet wurde. Ein paar erwachsene Cousinen wollten ihn wenigstens ‚gesehen haben'. Einmal besuchte er meinen Vater auch in Gesellschaft eines sehr beliebten und berühmten Schauspielers. Ich entsinne mich genau seines Betragens gegen diesen Mann. Er titulierte ihn ‚Herr von', obzwar der Schauspieler kein Anrecht darauf besaß, und sah ihn mit verliebt-beglückten Augen von unten herauf an. Im übrigen waren seine Manieren charmant und frei, nur fiel mir auf, daß er unser hübsches Stubenmädchen mit den Augen beinahe verschlang, und meine Mutter machte später eine sarkastische Bemerkung darüber, daß er sich hierin ein wenig hätte moderieren können. Aber Raidt moderierte sich damals überhaupt nicht mehr. Alle Weiblichkeit geriet ins Vibrieren, wenn er sich näherte. Davon blieben auch jene nicht verschont, die ihm aus hundert Gründen nie verfallen wären. Meine hübscheste Cousine, eine gescheite junge Frau, erklärte hingerissen: „Er ist bezaubernd. Unmöglich, in seiner Nähe an etwas Gutes oder Großes auch nur zu denken ..."

Nein, wahrhaftig nicht, denn das ‚Große' erregte seinen Abscheu. Ihm war wohl im Übersichtlichen, mochte es so mannigfaltig und so kraus sein, als es wollte. Seine Kenntnis pikanter Menschlichkeiten hatte ihren Höhepunkt erreicht. Sein Anekdotenschatz umfaßte den gesamten Kontinent, England und den nahen Orient. Eine männliche Scheherezade, entwickelte er in unerschöpflicher Fülle Geschichte aus Geschichte, wenn er sich seiner Zuhörerschaft sicher fühlte, seiner Gabe war er es stets. Nichts konnte reizvoller sein, als wie er mit hübschen Mundbewegungen seine Worte auf dem angenehmen Strom seiner Stimme dahintanzen ließ, Worte einer vollkommen beherrschten Weltsprache, mundartlich getönt und rhythmisiert. Es gibt einen Zauber österreichischen Idioms in klugem Mund, vor dem die bitterste, die schmerzlichste Kritik österreichischer Art verstummt. Es ist etwas von der rhythmischen Präzision des Italienischen und es ist slavische Weichheit und Gedämpftheit der Lautgebung darin. Von Natur neigt österreichische Mundart – wo sie nicht echte Alpensprache von Bauern, Hirten und Jägern ist – zu kraftlosem Zerfließen ohne Form; von Verstand und Temperament gebändigt, ordnet sie sich scheinbar von selbst zum Tanz. Erwein Raidt bedient sich seines Instruments mit Meisterschaft. Während er zu reden scheint, wie ihm der Schnabel gewachsen ist, vernimmt der aufmerksame Zuhörer die reiche Instrumentation, Aristokratensprache, Frauensprache, Dienersprache kunstvoll ineinander verflochten, und wo an passender Stelle eine französische, eine englische, eine italienische Wendung auftaucht, dient ihre reizende Fremdheit nur dazu, der Bescheidenheit des Bodenständigen Wirkung zu verleihen. Erwein geht so weit, daß er die tadellose Reinheit seiner fremden Aussprache mit einer leichten Tönung österreichischer Schlamperei begießt, wie ein Maler alter Zeiten auseinanderstrebende Farben durch Lasur zu binden wußte. Es ist auch nicht ganz elegant, bis auf den Grund zu zeigen, was man kann. In dieser Verwischung der Sprachgrenzen liegt viel österreichische Dissimulation.

Seine Geschichten halten sich in ganz bestimmten Gebieten: Theater, ‚Welt' und hie und da, nach schnellem Blick in alle Winkel – ‚les domestiques ...?' – eine fromme Anekdote aus Hofkreisen. Hauptsächlich aber treten auf: Schauspieler und Schauspielerinnen, alte Diplomaten, Klubgrößen, große Damen und zuweilen halbe. Ferner berühmte Lieferanten, Besitzer und Besitzerinnen altbekannter Lokale, Fiaker, Volkssänger, Theaterkassierer und Logenschließer. Und endlich Bediente, denn die haben eine geschlossene Welt für sich, Spiegelbild der wirklichen, und durch das Medium Merlitschek sammelt sich aller Gesprächsstoff dieser Unterwelt bei Erwein Raidt. Alle Leporellos dienen Don Juan mit Lust, auch die kritischen, die sittlich entrüsteten unter ihnen. Raidt zog allen Vorteil aus dieser verschwörerischen Kompagnie der Männer. Alles, was diente, hing ihm an, wie Soldaten einem populären Hauptmann. Durch ihr Vertrauen kam Erwein allmählich in den Geruch der Allwissenheit. Die kleinste seiner Erzählungen entzückte durch ihre Komplettheit. Nichts fehlte, nichts saß locker oder von ungefähr. Jede Figur erschien durch die Besonderheit ihres Dialektes schon in die ihr zukommende Tracht gekleidet und von den Attributen begleitet, die das Gesetz der Geburt ihr beigibt. Niemals wird sich Erwein von Raidt in der feinsten Unterscheidung dieses Gesetzes irren. Rangordnung und Spielregel der Gesellschaft sind ihm durch Sehnsucht und Willen so tief ins Blut gedrungen, daß er dort innen auch sich selbst aufs schärfste als Figur empfindet. Er weiß genau, daß er das nicht ist, was er inbrünstig zu verkörpern strebt. Er ist der Edelmann nicht, dessen Typus er vergöttert. Er ist auch nicht schön, und weiter nichts als schön, wie jener junge Engländer, dem er in Griechenland zu Füßen lag. Er ist überhaupt nichts ganz, nichts fraglos von Geburt her und kann doch das Fragwürdige nicht abstreifen, weil er nicht lieben, weil er nur begehren kann. Ihn kann nichts Einziges treffen, weil ihm die Einfalt des reinen Blutes fehlt. Der Fanatiker der Kaste ist selber ohne Kaste. Wenn es kein Theater gäbe, müßte man ohne Rettung verzweifeln. Für ihn aber wird alles auf der Welt Theater, und niemand kann ihm da etwas anhaben, denn er kennt alle Stichworte, nicht nur die seinen, sondern alle Stichworte aller Mitspielenden, darum ist er Schauspieler, Regisseur und Requisitenmeister zugleich. Er kennt jeden Schlupfwinkel der Bühne, er kennt alle Geheimnisse der Kulissen, des Schnürbodens, der Versenkung, der Garderoben, der Direktionskanzlei und der Kasse. Auch Inspizient ist er, niemand beherrscht die Reihenfolge der Szenen so wie er. Eine einzige Sache ist da, für die er sich nicht interessiert: das Stück.

Um diese Zeit vernimmt man häufig, er sei launenhaft. Viele wissen nicht, wie sie mit ihm dran sind. Ausbrüche von Zorn, ja tückische Züge werden von ihm erzählt. Zuweilen benimmt er sich wie einer, der keinen Boden unter den Füßen findet. Eine alte Exzellenz, die ihn besucht, um seine Uhrensammlung und seine sonstigen Raritäten zu besichtigen, erzählt verblüfft, er sei unartig gewesen, habe sie sogar unverweilt mit finsterem Gesicht hinauskomplimentiert. Wieder andere beobachten eine maßlose Ausgelassenheit an ihm. Man hat ihn mit Dienstmädchen gesehen oder mit Frauen sehr geringer Art, die nichts für sich haben, als ihre unverhüllte Laszivität. Alles wird lockerer, derber, ungefüger. Er ist nicht mehr recht Meister seines Elements. Eine wilde kleine Person, die er in einer Tanzkneipe aufgelesen hat, durchbricht die Schranken, die sein Leben gezügelt haben, und haust eine Zeitlang mit vielen zweideutigen Herren und Damen ihrer Sphäre ziemlich übel in seiner Existenz. Merlitschek bekommt die ersten Dulderzüge in sein glattes Kammerdienergesicht. Erweins Schwäche gegen das wilde Vorstadtgeschöpf versetzt jedermann in Erstaunen; aber eines Morgens wirft er sie mit ungewöhnlicher Brutalität hinaus. Was er gehaßt hat, sucht er auf einmal auf. Eine Weile bilden seinen Umgang hauptsächlich alte und kranke Leute. Wo irgendeinen alten Fürsten das Podagra erwischt, sitzt Erwein Raidt mit runden Augen an seinem Bett und nickt mit liebevollem Ernst zu seinen Klagen. Die Unlust, die schwarze Galle, schwillt ihm manchmal bis ans Herz. Dann geht er in der Dämmerung davon und niemand weiß, er selber will nicht wissen, wohin der Weg ihn führt. Sein kräftig ausgebildeter Körper federt zwar elastisch auf den schlanken Beinen, wer ihn jedoch von hinten durch die Gassen schleichen sieht, vermutet hinter dem fröstelnd hochgezogenen Rücken einen verdrossenen Greis. Sein Gesicht sieht aus, als habe eine unberufene Hand die feine Zeichnung, die zugrunde lag, mit dicker Farbe gröblich übermalt. Aus einem finsteren und derbsinnlichen Antlitz sticht vergebens eine delikate Nase: aller Duft ist fort, alles Zarte ist verflogen, der Himmel wird nicht mehr recht hell, seit Ferdinand von Sillian gestorben ist.

Die Adelheid war eines Tages zu ihm gekommen, breitspurig, knieschiebend, mit einem imaginären Marktkorb im Arm. Und so, als ruhe dieser schwerbefrachtete Korb auf ihrem Schoß, so saß sie da, Feindin beim Feind, unverwandten Blicks, bereit zu unterhandeln. Die Regungslosigkeit ihres großen, groben Gesichts wirkte aufreizend.

„Ich bin da", sagte sie, „weil das so nicht weitergeht." Nur die Unterlippe fiel dabei von den großen Zähnen herab. Sonst blieb alles, wie es war, spannungslos, schwer wie Lehm.

„Sie sind schließlich sein Freund", sagte sie, „ich glaube nicht, daß Sie einen guten Einfluß haben, aber ich kenne keinen anderen. Ich weiß natürlich, was mit ihm ist. Er hat immer etwas Apartes für sich haben müssen, etwas, was er verstecken kann. Ich habe es zugelassen, mir war es darum nicht zu tun. Aber ich habe vier Kinder und er ist der Vater." Dabei machte sie eine Bewegung, als schöbe sie den Marktkorb fester an ihren Leib.

„Ich habe allerhand gefunden", sagte sie. „Nicht daß Sie glauben, ich spionier. Aber es kostet ihn die Karriere und uns die Existenz. Von meinem Vermögen haben wir das meiste zugesetzt. Was hat denn so ein Staatsbeamter."

Diese handfesten Begriffe machten Eindruck auf Erwein Raidt. Da war keine Verstiegenheit, kein Mysterium, kein kristallener Turm. Er fand, daß er unrecht gehabt hatte, die Person zu hassen, die Person tat ihm geradezu wohl.

„Und was machen die lieben Kinder?" fragte er, beflissen seine Sympathie zu zeigen. „Alles wohlauf, alles gesund? So reizende Köpfe! Ich kenn die Bilder. Der Ferdinand trägt sie doch immer bei sich herum –"

Sie ging überhaupt nicht darauf ein. Breit saß sie da, der Kopf schien ihm beinahe viereckig. Der Hut, der ihr auf der eisengrau durchzogenen Frisur saß, zerrann vor Erweins aufmerksamem Blick. Ihm war, als trüge sie an seiner Statt ein schweres Tuch, wie es die Bäuerinnen im Winter tragen.

„Ich habe Ihnen Zettel mitgebracht, die ich gefunden habe", sagte sie und reichte ein paar Papierstücke dar.

Meist war es Zeichenpapier mit kleinen Landschaftsskizzen, unsäglich sauber und genau gemalte Bäume, hauptsächlich aber Blumen. Wenn man jedoch genauer hinsah, waren es Bäume, Landschaften und Blumen, die es in der Natur nicht gab. Geheimnisvolle Zeichen waren in ihre Linien verwoben, in den Ästen eines Baumes entdeckte Erwein Notenköpfe, eine Rose war mit ihren Wurzeln bloßgelegt, die Wurzeln aber ergaben, richtig betrachtet, den Satz: „Maria ist die jungfräuliche Erde, die die Alchimisten suchen." Auf dem Kopf des Blattes stand pedantisch: Hebbel. Über dem Baum mit den Noten war zu lesen: Schubert. Unter beiden, wie eine Signatur: Dir und mir haben sie gesungen. Auf einem anderen Blatt waren gegeneinandergekehrte Engelsflügel gezeichnet, immer wieder das gleiche Paar, rosig betupft, aber am Ende bildeten sie miteinander eine zart geschwungene Oberlippe über einer scheinbar zufällig hingesetzten rötlichen Schwellung, ein Mädchenmund, so geisterhaft, daß Erweins Hand mit dem Papier zu zittern anfing. Diese Blätter versetzten ihn in die größte Aufregung, vielleicht in die schmerzlichste, die er je empfunden hatte. Er verlor den Kopf und sagte heftig: „Sie hätten nicht so lange zusehen sollen, gnädige Frau. Ich hatte keine Ahnung, ebensowenig wie der Ferdinand selbst, daß sie von dem Verhältnis wissen. Es ist gewiß sehr nobel und sehr großartig gewesen, eine solche jahrelange Untreue schweigend zu ertragen, meinen Respekt, gnädige Frau!" er verbeugte sich wütend, „aber der Wokko hat nicht richtig darauf reagiert. Nein, durchaus nicht richtig darauf reagiert. Seine einzige Entschuldigung ist, daß er nichts gewußt hat von Ihrer Noblesse. Bei Gott!“ er legte beteuernd die Hand auf die Brust, „er hatte keine Ahnung.“

Die Adelheid saß da und schaute ihn an. Nichts rührte sich in dem fahlen, schwarzäugigen Gesicht.

„Aber gerade darauf setze ich jetzt meine ganze Hoffnung!“ fuhr Raidt erregter fort. „Man kann unmöglich eine Frau verlassen, die sich so benommen hat wie Sie! Einer solchen Unritterlichkeit ist er einfach nicht fähig. Gnädige Frau, Sie halten mich für seinen Verführer. Glauben Sie mir, ich bitte, ich beschwöre Sie: an Wokkos Verhältnis mit der Schrader Marie bin ich unschuldig wie ein Kind. Ich bin sogar immer dagegen gewesen. Der Wokko ist zu feinfühlig, zu zart. Zuletzt bin ich sogar nach Graz gefahren, um der Schrader den Kopf zurechtzusetzen. Er war der Person nie gewachsen. Bei der Seele meiner Mutter: ich habe in der letzten Zeit alles Menschenmögliche versucht, um ihm den Wahnsinn aus dem Kopf zu treiben. Er hat Briefe von mir, ah, Briefe! Schlaflose Nächte kostets mich. Gnädige Frau! Dieser Wahnsinn einer Scheidung wird und darf nicht sein. Es kostet ihn ‘s Leben.“

Eine Weile herrschte vollkommene Stille in dem Raum. Die Frau saß immerfort da und sah den Erwein an. Plötzlich wurde sie ihm unheimlich. „Ist Ihnen übel?“ wollte er rufen, denn sie schien auf einmal mit brettgeradem Rücken nach vorn sinken zu wollen. Allein der unsichtbare Marktkorb hielt sie auf; sie stieß sich daran und richtete sich wieder auf.

„Scheidung!“ sagte sie wegwerfend und räusperte sich, weil ihr die Stimme rauh geworden war. „Scheidung! Wir haben ja nicht gelebt wie die Juden! Wir sind ordentlich getraut und eingesegnet. Der Herr Dechant Riemerschmidt hat uns in der Dreifaltigkeitskirche getraut. Geben Sie mir die Papiere zurück.“

Sie steckte die Zeichnungen mit einer herrschsüchtigen Bewegung wieder zu sich, schob dabei das schwere Kinn vor und zog es wieder zurück, als schnappe ein Schloß ein. Dann stand sie auf, den Marktkorb hatte sie sonderbarerweise verloren. Sie nestelte mit beiden Händen an ihrem Mantel. Raidt konnte sich eines gewissen Fröstelns nicht erwehren, als er bemerkte, daß sie dabei mit sich selber sprach. Verstehen konnte er nur die Worte: „Verrückt ist er also nicht." Er bot etwas konfus seine Hilfe an, versicherte aber in einem Atem, nun sei er ganz beruhigt, wenn der Wokko erführe, daß sie alles gewußt habe, werde er bestimmt von seiner Tollheit abstehen. Sie nickte geistesabwesend. Vor der Tür machte sie eine Bewegung, als streiche sie das Haar unter dem unsichtbaren Bauerntuch gehörig in die Falten. Erst als sie gegangen war, begriff Erwein, was sich zugetragen hatte. Dieses Weib war ahnungslos zu ihm gekommen. Sie hatte ihren Mann nur für närrisch gehalten, wegen des Malens und wegen der Schreiberei. Deswegen auch hatte sie ihn aufgesucht und nicht den Schwager Emil, denn das war wohl irgendwie zur Sprache gekommen, daß Erwein Ferdinands Papiere aufbewahrte. Sie hatte nie den geringsten Wert darauf gelegt. Aber in der letzten Zeit mochte ihr der Mann verändert erschienen sein, vielleicht hatte er von irgendeiner Seite versucht, ihre Gedanken aus äußerster Ferne darauf zu bringen, daß er etwas Entscheidendes in seinem Leben ändern wolle. Aber Adelheid war zu stumpf und zu dünkelhaft, um auch die leiseste der Eifersucht verwandte Befürchtung zu empfinden. In ihr wurde nichts geweckt, in ihr sprang nichts von selber auf. Sie geriet viel eher auf den Gedanken, der Ferdinand sei nicht recht just im Kopf. Und dieser Gedanke zog sie nach dem Gesetz der Schwere endlich bis in die Wohnung des Mannes, dessen Abneigung sie wenig schierte. Dort erfuhr sie, ohne danach zu fragen, denn wann hätte sie je eine Frage gestellt, daß Ferdinand seit Jahren mit einer anderen glücklich war.

In der Erbitterung über dieses Glück waren sie einander vollständig gleich, die beiden ungleichen Genossen Adelheid und Erwein Raidt, mochte sich auch das Gefühl bei ihr aus offenen, bei ihm aus tief versteckten Quellen nähren. Ausgeschlossen fühlten sie sich beide, und wie wir wissen, kam auch Erwein sich, wenngleich auf unfaßbare Art, betrogen vor. Rachsüchtig waren sie beide und beide hatten den Schein für sich. Es ist kein Wunder, daß sie beide auf die gleiche Kampfmanier verfielen. Sie war naheliegend und trivial genug.

Als Adelheid von ihrer Wiener Reise, die angeblich einem Verwandtenbesuch gegolten hatte, nach Hause gekommen war, befand sie sich schon wieder im Besitz ihres vollgepackten Marktkorbes. Im Waldhaus angelangt, versammelte sie ihre Kinder um sich und sah ihnen der Reihe nach aufmerksam ins Gesicht. Dann begab sie sich an ihre gewöhnlichen Beschäftigungen.

Allein Ferdinand kam vor der Zeit vom Amt nach Hause, er hatte von Erwein ein Telegramm erhalten, das vierundsechzig Worte enthielt. Vierundsechzig Worte, die alles Mögliche und nichts besagten, ein unerträgliches, die Nerven quälendes Telegramm. Auf diesem Heimweg blieb Ferdinand ein paarmal stehen und griff mit der Hand schwer atmend nach seinem Herzen.

Es kam zu keinem Auftritt. Die Frau besaß nicht den geringsten Sinn für das Dramatische. Aber es gingen gewöhnliche, scheinbar ohne jede Erregung gesprochene Worte hin und her, jedes so schwer wie eine Keule. In seiner bäuerlichen Schlafkammer spielte sich das Ganze ab, in der die getürmten Betten beinahe allen Raum in Anspruch nahmen. Ferdinand starrte die niedrigen, kleinen, kattunverhängten Fenster mit den roten Fensterpolstern an. So hatte er sich sein Leben selbst gebaut. An ehrlicher Befreiung, auf die er gehofft hatte, fing er an zu verzweifeln. Die Frau sagte: „Eher gehst du zugrund, als daß ich mit Willen die Schand laut werden laß ...“ und Ferdinand fühlte dabei, wie gräßlich gesund sie war, trotz ihrer Jahre. Er wußte auch, daß sie alles Recht auf ihrer Seite hatte. Es gab also nur Flucht, und er sann sofort auf Flucht. Man konnte in Amerika leben oder in China ...

Den ersten Herzanfall bekam er erst eine Woche später. Er war ein langsamer Mensch. Es wühlte alles so fort in ihm.

Ich denke mir, daß er niemals völlig klar wurde über die Rolle, die Erwein in der Geschichte seiner, Ferdinands, Beziehung zu Marie gespielt hat. Er vertraute ihm wohl nicht mehr ganz, und von dem Verdacht, Marie an die Frau verraten zu haben, konnte sich Erwein wahrscheinlich nicht mehr reinwaschen. Marie wurde um diese Zeit durch anonyme Drohbriefe von höchst perfider Art erschreckt. Man verkündete ihr den ärgsten Skandal, wenn sie sich nicht rasch entschlösse, den Arzt zu heiraten, der noch immer hoffte, sie zu gewinnen. Marie vermutete sofort, daß die Briefe zumindest inspiriert worden waren durch Erwein Raidt. Ferdinand leugnete die Möglichkeit. Er fühlte sich zur Eile gedrängt. Spürte, daß seine Lebenskraft verging wie eine Kerze, die an beiden Enden brennt. Er saß bei Marie und die Luft zwischen ihnen wurde schwer wie Blei. Sie war sehr blaß, Schulstubenluft hing ihr in den Kleidern, die Augen lagen streng und groß in ihren nah aneinandergerückten Höhlen. Er sah nicht, daß sie gealtert war, lang vor der Zeit, Marie war für ihn alterslos, schicksallos, ewig, einzig. Aber er hatte so lange in der Phantasie mit ihr vereint gelebt, in einer von Erinnerung genährten und darum doppelt gefährlichen Phantasie, daß er nicht begriff, warum und wie er jetzt auf einmal so heftig in der Wirklichkeit nach ihr greifen sollte. Daß er Marie an den Traum von Marie verkauft hatte, wußte er noch nicht, wie gesagt, er war ein langsamer Mensch und sollte auch langsam zugrunde gehen. Er fühlte nur, daß ihm die Glieder zu schwer wurden für den Sprung über die Wirklichkeit hinweg. Die Wirklichkeit, das war und blieb die Adelheid, ihre Kinder, ihre unumstößlichen Rechte, das Haus im Wald, die dumpfigen Bauernstuben. Entfernte er sich von Marie, dann trat der Traum allein in seine Rechte, alles um ihn her war Marie, wie von selbst trat er ein in das himmlische endlose Gespräch mit ihr, das ihn völlig hinnahm und mühelos der Wirklichkeit entrückte. Nie schien ihm die Flucht nach China leichter durchführbar, ja schon vollzogen, deutlicher in Realität verwandelt, als wenn die Adelheid bös brütend ihre Zöpfe für die Nacht aufsteckte. Ja selbst der Schmerz, der in ihm brannte, wenn er die jüngste Tochter an sich zog, deren Berührung ihm so geheimnisvoll die Geliebte nahebrachte, der Schmerz gerade, der innere Aufschrei verbürgte ihm die nahe Wirklichkeit der Flucht. Allein vor Mariens strengen Augen zerrann alles in Sinnlosigkeit. Sie redete nicht, sie klagte ihn nicht an, sie hatte nur diese auffallend geradegestellten, gerade auf ihn gerichteten strengen Augen. Unter der Gewalt ihres Strahls begriff er plötzlich, daß sie leer ausging, während er schwelgte. Es fuhr ihm durch den Kopf: wenn ich jetzt plötzlich sterbe, ist es weniger wichtig für sie, als wenn ihr alter Vater abkratzt, denn der bietet ihr Quartier und Sicherheit. Ja sogar wenn der Doktor sich eine Sepsis zuzieht, ist es schlimmer, denn zu dem kann sie immer hinlaufen, wenn es sein muß, und hat einen Unterschlupf. Diese Gedanken warfen ihn um. Sie packten ihn an dem letzten der qualvollen Nachmittage, die Ferdinand bei Marie in der Wohnung ihres Vaters zubrachte. Marie hatte ihm die anonymen Briefe gezeigt. So weist das wirkliche Leben seine Zähne. Marie sagte: „Das kommt vom Erwein Raidt.“ Sie stand da wie ein zürnender Engel. Ferdinand war nicht imstande, Interesse an der Person des Schreibers zu heucheln. Dazu war er zu ehrlich. Für ihn sind sie nicht fragwürdige Boten, diese Briefe, sondern unumstößliche Zeugnisse einer zu Recht bestehenden Welt. Daß sie einen Geruch von Bosheit um sich verbreiten, berührt ihn gar nicht. Zweifellos muß dieser bestehenden Welt Genüge getan werden und das geschieht durch Tat. Er springt auf von dem Stuhl am Tisch, auf dem die Briefe ausgebreitet liegen, tritt ans geschlossene Fenster, steht sehr gerade dort, um ein paar Striche größer als sonst, und schaut blicklos auf die Straße. Marie wartet. Sie kennt diese Bewegung, diese Haltung, sie ist Ferdinand eigentümlich nur, wenn ihn etwas mitten ins Herz getroffen hat. Dort steht er und bringt gewalttätig Ordnung in das ausgeschüttete Chaos seines Lebens. Er schwört dem ichsüchtigen Traumleben ab, leidenschaftliche Scham bestürmt ihn. Er wendet sich jäh und murmelt: „Ich muß gehen.“ Ein paar kalt zerstreute Abschiedsworte stottern im Raum herum. So erfüllt, so geblendet ist er von dem Entschluß, sein ungeheures Einssein mit Marie fortan der Traumwelt zu entreißen, es in Tat und Wirklichkeit zu verwandeln, daß er, wie ungezählte Male zuvor, Marie in grenzenloser Enttäuschung und Bitternis zurückläßt.

Es wurde erst später bekannt, daß der Bezirkshauptmann Ferdinand von Sillian vor seinem zeitweisen Verschwinden ordnungsgemäß bei der Statthalterei in Graz um Pensionierung aus Gesundheitsrücksichten nachgesucht hatte. Dies war sein letzter bürgerlicher Akt der Sorge für Adelheid und die Kinder und zugleich, paradox genug, der erste Sprung in seine Wirklichkeit. Marie erhielt ein Billet dürftigsten

Inhalts: sie möge sich stillehalten, er bereite jetzt das wirkliche Leben vor. An Adelheid schrieb er zehn Bogen voll. Ich weiß nicht, ob Marie diesen Brief je zu Gesicht bekam. Wenn es geschehen ist, und diese Möglichkeit besteht, denn die beiden Frauen waren später einmal eine Nacht lang miteinander allein, dann muß es ihr das Herz im Leib zerrissen haben. In diesem Brief war ihre eigene Person kaum flüchtig erwähnt. Alles darin war Adelheid und das Leben mit Adelheid voller Schönheiten, von denen die Frau gewiß nie etwas geahnt hatte. Dennoch war sich Ferdinand nicht des leisesten Verrates an Marie bewußt. Verrät einer die Luft, in der er atmet? Männer des Traums sind ihren Geopferten immer treu. Adelheid hatte sich ihre Wirklichkeit zu kaufen vermocht. Mariens Leben aber wurde in eine Chimäre verwandelt.

Ferdinand wohnte in einem kleinen Vorstadthotel und betrieb seine Auswanderung nach China. Er benutzte dabei seine ehemaligen Schulbeziehungen zu Theresianum und Konsularakademie und erschreckte frühere Kollegen und Freunde durch sein krankes Aussehen und durch seine bohrende Beharrlichkeit, die seinem sonstigen Wesen zu widersprechen schien, in Wahrheit aber nur aus seinem Innersten an die Oberfläche gestiegen war. Man bemerkte auch, daß er, um seine Adresse verschweigen zu können, zehn Wege lieber machte als einen und allmählich die Haltung eines Bittstellers annahm, der sich seiner Lästigkeit mit Gleichmut bewußt ist. Erst als er in der Favoritenstraße ohnmächtig zusammenbrach und ins Wiedner Spital gebracht wurde, erfuhr Emil Sillian, der seiner nicht hatte habhaft werden können, Ferdinands Aufenthalt. Emil hing zu sehr an seinem Bruder, um ohneweiters Adelheid an sein Krankenlager zu berufen. Der Arzt, halbwegs durch Emil eingeweiht, verbot es zudem, erklärte Aufregung für Lebensgefahr. Die Brüder sprachen sich, seit fünfundzwanzig Jahren wohl zum ersten Male so weit aus, als Ferdinand dies überhaupt vermochte. Emil litt doppelt, er wußte sich mit dem gleichen körperlichen Defekt geschlagen. Ferdinand dachte nur an Marie, er ließ ihr Rosen schicken und seine einzige Sorge war die, ihr seinen Zustand zu verheimlichen. „Die Angst brächte sie um!" wiederholte er immer wieder und starrte seinen Bruder an. „Mit mir würde sie ja alles verlieren", versicherte er, „ich bin ja ihre einzige Zuversicht, ihr Halt, ihre materielle Zukunft, und das ist keine Kleinigkeit, weißt du, das ist das wirkliche Leben." Sobald er es einigermaßen vermochte, setzte er sich auf und schrieb ihr einen Brief. China sei nun so gut wie sicher. Sie könne zum Sommer getrost ihre Stelle bei der städtischen Schule aufgeben. Daß seine chinesischen Pläne Aufschub erleiden könnten, regte ihn über alle Maßen auf und plötzlich entschloß er sich trotz alles Ungeklärten, das zwischen ihnen schwebte, den vielgewandten Erwein Raidt um Hilfe anzugehen. Erwein, von Emil verständigt, eilte, flog herbei. In der Tür des Spitalzimmers versagten ihm die Knie.

Ferdinand erholte sich zum Erstaunen der Ärzte, er lachte eigentümlich vor sich hin, als er ihre Verwunderung bemerkte und erklärte, er gehe jetzt zu Fuß in die Wohnung seines Bruders, wo er bleiben wollte bis zu seiner Abreise nach China. Emil war gekommen, um ihn abzuholen, und er ging auch wirklich zu Fuß bis auf die Dominikanerbastei, wo Emil wohnte. Auf diesem Wege führte er ein Gespräch mit seinem Bruder, dem dieser wiederholt eine andere Wendung geben wollte. Er scheiterte an Ferdinands Hartnäckigkeit. „Daß du so einsam hinlebst!" sagte Ferdinand. „Also nicht einmal eine Geliebte hast du, die von dir abhängt. Und wenn du sterben mußt? Wenn man schon fort muß, möchte man doch ein Loch in die Wirklichkeit reißen, ein richtiges, tiefes, auseinandergefetztes Loch, das sich nicht gleich wieder schließt – – Kinder! Die verlieren freilich viel. Aber sie wissen es nicht. Was hilft einem das, wenn sie es nicht wissen? Es muß eine da sein, die weiß, weiß, daß sich alles ändern wird, die Wohnung, die Kleider, der Kaffee ... nur kleine Leute können das erleben ... eigentlich bin ich froh, daß mir überall so enge Grenzen gesteckt sind. Hinterlassen kann ich nichts ...“ In der Wohnung hielt er sich dann stille trotz großer innerer Unruhe, ging aber zuweilen in den Stadtpark hinüber, klagte nur über das Stiegensteigen. Seine Unruhe wuchs regelmäßig vor Erwein Raidts täglichem Besuch. Erwein war so fest davon überzeugt, daß Ferdinand sterben müsse, daß er ihm in jedem Punkt den Chinaplan betreffend ganz zu Willen war. Alle die Wege zu Ämtern und Privatpersonen, die Ferdinand mit so ängstlicher Beharrlichkeit gegangen war, machte jetzt Erwein für ihn, in seiner erfinderischen Beziehungskunst eröffnete er sich neue, wirkungsvollere, der Gesandte der Monarchie in Peking wurde für den Auswanderer interessiert und Erwein erschien nie bei Ferdinand ohne eine Nachricht vom Fortschritt seiner Bemühungen. In der Tat opferte Erwein diesen Bemühungen seine Zeit, seine Tatkraft und so gut wie alle seine Gedanken. Er setzte alles hintan, seine Geliebten schmollten und beklagten sich, seine Freunde und Freundinnen hoben seine Treue, seine Güte in aufgeregten Lobsprüchen in den Himmel. Er brachte den Winter damit zu, Ferdinand eine Anstellung in Peking zu verschaffen und zu diesem Zweck eine bis ins kleinste alles vorsehende Übersicht über die dort notwendigen Kenntnisse. Er schleppte Kisten voller Bücher darüber in Emils Wohnung, er kümmerte sich um jede Einzelheit der Reise, Wahl des Ostasiendampfers, Zusammenstellung einer Reiseapotheke und der Lektüre an Bord. Er schrieb Briefe über Briefe an Dutzende von englischen Freunden, erhielt

Dutzende von fachdienlichen Antworten, trug sie Ferdinand zu und handelte danach. Unablässig war er tätig und in Bewegung, um Ferdinands neues Leben zu begründen, lachend verglich er sich mit dem Riesen Atlas, der eine Welt auf seinen Schultern trägt. Selbst Emil Sillian wurde von seinem unerschütterlichen Eifer für dieses neue Leben angesteckt. Alle täuschte er, nur einen nicht, und das war Ferdinand selbst.

Eines Abends im Februar, er hatte einen schlechten Tag gehabt, saß Ferdinand gegen Abend im Lehnstuhl, die abgezehrten Beine in ein Plaid gehüllt. Erwein war soeben gegangen, Emil hatte sich für einen Augenblick aus der Kanzlei entfernt und stand am Fenster. Da hörte er seinen Bruder leise sagen: „Es muß recht schlecht mit mir stehen. Warum strengt sich denn der gar so für mich an?"

Emil erschrak heftig und begriff auch nicht so recht. „Na hörst du", antwortete er vorwurfsvoll, „ist denn der Erwein nicht immer der treueste, der aufopferndste Freund gewesen?" „Wohl, wohl", nickte Ferdinand müde. Aber Emil konnte sich des Eindrucks nicht erwehren, daß jene erste Bemerkung gar nicht für ihn bestimmt gewesen war. Ferdinand starrte mit einem furchtbaren Ausdruck vor sich hin. Denn nach China mußte er gelangen, sonst kam er nur ums Leben, sonst starb er der Marie nicht weg, er mußte für sie gelebt haben, damit sein Tod eine ungeheure Wirklichkeit für sie bekam.

Das Sterben eines österreichischen Menschen wie Ferdinand von Sillians geht recht unpathetisch vor sich und mit Bescheidenheit wie sein Leben. Es ist kein besonderes letztes Wort von ihm überliefert und eigentlich keine herzergreifende Szene. Er sagte: „Ende März geh ich nach China –", einmal kehrte er nach diesem Satz sein Gesicht dem Bruder zu und fuhr fort mit dem großen, kindlichen Nachdruck eines, der nicht verstanden zu werden fürchtet: „Mit ihr, weißt du, mit der Marie.“ Als er dann anfing, mit großen, hängenbleibenden Augen viel nach der Tür zu blicken, fuhr Erwein nach Graz und holte die Marie. „Grüß dich Gott“, sagte er, als sie an sein Bett trat, als sei das weiter nichts Besonderes. Aber was er weiter redete, verstand kein Mensch. Er ergriff nämlich ihre Hand und sprach wieder mit jenem dringenden kindlichen Nachdruck: „Weißt du, ich träume jetzt nie wieder davon, daß du in jedem Baum und in jedem Lichtstrahl bei mir bist. Denn deswegen gehen wir ja jetzt nach China.“ Und er wiederholte diesen Satz vom ersten bis zum letzten Wort. Marie war tapfer. „Ja“, sagte sie, „dazu hat mich auch der Herr von Raidt aus Graz geholt.“ Er starrte sie an. Da wiederholte sie ihrerseits, was sie gesagt hatte. Mit einem leisen, kaum gehauchten Seufzer ließ er ihre Hand los. Später hörte man ihn murmeln: „Ach – der! –“ Und wieder später rannen ihm Tränen erst perlend, dann wie eine schimmernde Nässe unaufhörlich über das eingefallene Gesicht. Marie trocknete sie mit weichen Tüchern, sie flüsterte verzweifelt, sie fragte, aber er antwortete nicht. Als Emil sie ablösen wollte, lehnte sie an der Tür, kalkfarben im Gesicht. Sie hauchte mit aufgerissenen Augen: „Er weiß jetzt auf einmal, daß er sterben muß – –“

An diesem Tag redete er keine Silbe mehr. Aber am späten Abend hörte man ihn wieder von China reden. Sein Geist bereitete sich auf eine große Reise vor. In der Nacht mußten ihm Beruhigungsinjektionen gegeben werden, er wollte durchaus nicht, daß Erwein mit ihm fahre. Am Morgen schien er vollkommen klar im Gemüt, im Geiste aber wirr, denn er erkundigte sich immerfort bei Marie, wie sie es anstellen würden, der kleinen Agathe, so hieß sein jüngstes Kind, die Seereise erträglich zu gestalten. „Wir können unsere Tochter nicht dalassen", sagte er leichthin wie etwas, das sich von selbst versteht. Dann schlief er. Nach Stunden, schwerlos die Lider öffnend, fragte er mit beinahe spitzbübischem Lächeln: „Ich hab sie doch von dir, weißt du das nicht?"

Als Adelheid ankam, es war nicht wohl zu vermeiden gewesen, empfing er sie ebenso freundlich, wie er Marie empfangen hatte. Er widersetzte sich auch nicht im geringsten, als Adelheid mit der brutalen Selbstverständlichkeit des Rechtes Mariens Platz an seinem Bett einnahm. Wartung war dem Hilflosen unentbehrlich, auf die Person kam es nicht mehr an. Es ereignete sich kein Zusammenprall an seinem Sterbebett, denn wenn einer stirbt, geschieht auf einmal alles, was ihm das Leben möglich gemacht hätte. Wäre ihm ein ausgelebtes Dasein beschieden gewesen, so hätte sich sein Geist im Tode gewiß mit dem Anschauen höherer Wahrheiten beschäftigt. So aber, in der Mitte der Menschenjahre, besaß er außer dem Leben, das ihn nun verließ, nichts anderes als das wirkende Geheimnis, von dem er im Novembertagebuch geschrieben hat. Ob es den Träumer betrog, oder ob es in Wahrheit wirkte und seine Seele mit dem geliebten Widerpart unlöslich vermählt hat, wissen wir nicht und dürfen es nicht erdichten.

Am 31. März, halb schon hinüberschlafend, empfing er die letzte Ölung.

Als Marie nach Graz zurückkehrte, wartete ihrer die Entlassung aus der Kommunalschule. In einem Winkelblatt war Skandal entstanden. Der Doktor war getreulich zur Stelle. Aber erst jetzt schlug Marie seine Hand endgültig aus. Vielleicht hätte sie ihn irgendwann genommen, um Ferdinand etwas anzutun. Jetzt hatte auch diese jämmerliche Sache ihren Sinn verloren. Weil sie spürte, daß sie in

Graz langsam verrückt werden mußte, ließ sie nach ein paar Monaten in einigen Wiener Zeitungen Anzeigen erscheinen und bat um eine Stelle als Erzieherin.

Am Morgen nach Ferdinands Bestattung fuhr Erwein um drei Uhr aus einem totenähnlichen Schlaf, schlug wild um sich und wollte schreien. Er konnte es aber nicht, denn es kniete ihm etwas auf der Brust und zog ihm mit einem Strick die Kehle zu. Erwein quälte sich bis zum Tageslicht, Merlitschek stürzte herbei und konnte ihm nicht helfen. Die schreckliche Erscheinung wiederholte sich jeden Morgen in der gefährlichen Stunde zwischen Tag und Nacht, in der die Seele beladen aus der Vergangenheit auftaucht und sich weigert, die Mühsal des Kommenden auf sich zu nehmen. Eine Kapazität, Duzfreund des Leidenden, wurde berufen, Erweins Gesicht sah faserig aus wie graues Holz. In wenigen Tagen war ihm gleichsam das Skelett geschmolzen. Die Kapazität war sehr eitel auf ihre rohe Offenheit und erklärte Erwein für einen Todeskandidaten. „Mein Lieber, wenn einer gelebt hat wie du –" sagte der Professor, gewährte aber dann Galgenfrist, wenn Erwein sich fortan halte wie ein Kapuziner. Erwein machte sein Testament und verkroch sich aufs Land. Wir haben ihn dort, eine dicke Kerze tragend, hinter dem Pfarrer und seinem Baldachin in der Fronleichnamsprozession gesehen. Als er nach einem halben Jahr nach Wien zurückkam, war sein Oberkörper wuchtiger geworden, sein dichtes Haar ergraut, das rötliche Gesicht vergröbert. Die Mönchskutte hatte er weit von sich geworfen. Sein Verlangen nach Genuß war schärfer, unersättlicher als vorher. Denn etwas Finsteres, Unheimliches kreiste ihn enger und enger ein.

7

Cecile wird immer rastloser.

Die Freundinnen meinten, die Krankheit habe sie schon jahrelang zuvor herumgejagt. Aber es kann auch anders gewesen sein.

Wie gesagt, auch ihre Kinder gediehen schlecht. Cecile hört Vorschriften und Ratschläge von Ärzten an und ihre Augen werden plötzlich leer. Die tiefen, schwarzumrahmten Sterne erblassen innerlich. Das schmale lange Antlitz wird oft so farblos, als erbleiche ihr Herz. Und die Blicke flattern umher wie bei abgemüdeten Weltdamen, die immer noch etwas zu versäumen fürchten. Es ergeht Cecile, die eigentlich keine Weltdame ist, aus anderen Gründen ähnlich.

Sie klagt zerstreut über Desis und Mädis körperlichen Zustand. Plötzlich faßt sie die Hand der Freundin, die gerade bei ihr sitzt, und sagt heftig: „Er ist sicher ein starker kräftiger Bub! Bedenk doch! Auf dem Lande ist er aufgewachsen, bei Bauern. Das ist meine einzige Rechtfertigung."

Die Freundin hat es nicht gern, wenn von ‚Ihm' die Rede ist, es ist immer ein bißchen peinlich. Und Cecile bekommt fiebrige Augen. Man kann sie dann nicht recht ansehen. Aber freilich geschieht es ja auch so selten, beinahe nie.

Eine einzige unter ihnen ist klüger. Die sagte später zu meiner Mutter: „Ich habe den Eindruck, daß Cecile in den letzten Jahren ununterbrochen an ihren Sohn gedacht hat."

Cecile wußte nicht, auf welchen Namen man ihn getauft hatte. Das war so in Erwein Raidts System gelegen. Was keinen Namen hat, ist nicht recht da. Aber Cecile hatte ihm für sich einen Namen gegeben. Bei ihr hieß er Franz, wie ihr Vater, genauer gesagt Franzi, weil er jetzt klein war. Ich glaube, ich kann ruhig sagen, es war so, wie die klügere Freundin vermutete: sie dachte unaufhörlich an ihren

Franzi, denn wir haben kein anderes Wort als ‚denken' für diesen Zustand des Seins in einer anderen Existenz.

Natürlich wuchs er nicht in ihrer Vorstellung, sondern blieb immer winzig, lieblich, wie aus Blumensamt gemacht. Sie dachte an ihn wie an eine einzige Liebkosung, und in dieser primitiven Weise sehnte sie sich nach ihm. Um diese Zeit begann Mädi, das jüngere Kind, Zeichen von beängstigender, offenbar krankhafter Wildheit zu zeigen. Sie war von jeher ein schwer zähmbares Temperament gewesen und Perglas hatte sich umsonst bemüht, ihr mit dem Stocke beizukommen. Nun hatte es auch mit dem Prügeln ein Ende, Mädi bekam Schreianfälle auf offener Straße, warf sich zu Boden, rollte sich zusammen wie ein Igel, biß, spie und kratzte und warf zu Hause mit Tintenfässern, wenn sie böse wurde.

Solche Wutanfälle hatte sie zum erstenmal nach einer kurzen, man möchte sagen, tödlichen Krankheit, obgleich das Kind ja mit dem Leben davonkam. Zwar brachte die Bräune auch vor fünfundzwanzig Jahren ein Kind bei uns nicht um, in Sizilien tut sie es aber wahrscheinlich an den meisten Orten noch heut. Auf einer Reise in Sizilien wurde Mädi davon befallen. Der Dorfarzt hielt das fremde Kind für verloren und machte sich schon aus Angst vor dem finsteren Signor, dem Vater, aus dem Staube. Cecile kauerte irgendwo in der Hotelstube, den Kopf in beiden Händen, sie konnte das Pfeifen und Röcheln nicht mehr aushalten. Wenn ich nur hin würde, dachte sie, wenn nur das Pfeifen aufhört; sie hatte die Kleine stundenlang im Arm gehalten. Desi war mit der Französin fortgeschafft worden. Da dringt ein Schrei in ihre Verworrenheit, ein furchtbarer, gurgelnder Schrei. Sie fährt auf und sieht Mädi wie ein Bündel im Arm des Vaters, aus dem Munde Blut speiend und kräftig tobend. „Da hast du sie", sagte Perglas, „laß sie nicht brüllen, da drin ist alles wund." Da erst sah Cecile, daß an seiner hochgehaltenen Rechten Blut, Schleim und Eiterartiges herablief, er war dem Kinde – hin ist hin! mochte er gedacht haben – einer Eingebung folgend, in den Mund gefahren und hatte den tödlichen Belag mit dem gekrümmten Zeigefinger aus dem Halse gerissen. Cecile zitterte so heftig, daß sie das schreiende Kind kaum halten konnte, die Zähne klapperten ihr noch lange im Munde.

Mädi Perglas: ziemlich groß für ihr Alter, aber mager, weich im Fleisch, blasses winziges Gesicht unter zuviel blondem Haar. Lippen dünn, Mund breit, die Oberlippe wellig vorstehend über dem böse eingezogenen kleinen Untergesicht. Die Augen überraschend schwarz, wie zwei Korinthen in einer blassen Semmel. Kopfform und Stirn ebenso wunderbar in Ordnung, wie das kleine Meisterwerk einer Nase, Erbteil der Großmama. Ich sah Mädi niemals ruhig blicken. Unaufhörlich zog sie Grimassen, schielte nach innen, schielte nach außen, schüttelte Strähne über die Augen und blickte finster daraus hervor, verrenkte Arme und Hände, bohrte die großen Zehen einwärts, streckte die Zunge heraus, ein Kobold mehr als ein kleines Mädchen. Sie haßte ihren Vater so inbrünstig wie Desi die Großmutter, und deshalb lagen die beiden Schwestern einander beinahe beständig in den Haaren. Aber Desi war schweigsam, Mädi petzte alles. Bei uns sagte sie: „Ich mag die Großmama, weil sie die Stärkste ist. Die treibt sie alle zu Paaren!“ Diese Wendung hatte sie irgendwo aufgeschnappt. Dabei funkelten ihre Korinthenaugen und ihre winzigen dünnen Finger krabbelten durcheinander wie Schlänglein. Sie sprach oft gebrochen Deutsch, sie war ja von Französinnen aufgezogen. Sie sperrte eine deutsche Erzieherin, die man eigens für sie kommen ließ, im Kinderzimmer ein, warf die Schlüssel in den Hof, rannte mit dem Kopf gegen den Bauch der Person und rief: „Prügeln Sie mich doch!“ Als das fassungslose Wesen auf sie einzureden versuchte, feixte Mädi sie an: „Ich sag Ihnen in die Nase, Sie sind ein feig Mensch!“ Sie rühmte sich der Szene später bei uns und spielte sie in rasendem Tempo vor. Zunächst blieb jedoch dieses Stück ihre letzte Tat. Perglas packte das Kind zusammen und brachte es in eine deutsche Erziehungsanstalt. Die Hofrätin tobte, denn Mädi hatte ein unbezahlbares Talent unschuldig-teuflischer Spionage entwickelt, und Cecile hing an diesem Kinde wie der Märtyrer an der Geißel, die ihn peinigt. In der Nacht, ehe die Kleine reiste, weckte sie Perglas auf und mahnte in dunklen, drohenden Worten. Er solle ihr das Kind nicht nehmen. Zwei Kinder seien ohnedies nichts, eines aber schlimmer als nichts. Und: ob er glaube, sie trage Schuld daran, daß sie keinen Sohn hätten? Mädis Entartung, ja, die käme vielleicht aus ihrem Blut. Aber wenn das Kind ein Knabe wäre – ob er glaube, daß sie keinen Sohn gebären könne? Und sie schilderte ihm die Qualen, die sie bei Mädis Geburt erlitten hat.

Sicher hörte er ihr ungern zu, ein Mann, der nachts aus dem Schlaf geweckt wird, ist keinesfalls geneigt, dergleichen Weiberdinge über sich ergehen zu lassen. Indessen klagte sie nicht etwa, sie baute mit Worten ein Haus der Pein. Sie faßte ihn an der Hand und führte ihn in dieses Haus. In jedem Raum gab es andere, grauenvollere Schmerzen. Die haarige Hand in ihrer Hand wurde klebrig, wurde naß. Cecile redete von der Hoffnung, die sie stark gemacht hatte, achtundzwanzig Stunden lang. Sie zeigte ihm diese Hoffnung wie ein Licht in der Nacht der Marter und der Angst. Dann das warme Blut an den Schenkeln. Und der Zuruf der Hebamme: Ein Mädchen! „So muß einem sein, wenn er nach der Folter erschossen wird.“

Perglas befreite seine Hand. „Du versündigst dich!“

Und sie: „Aber ich habe einen Sohn –“

„Nimm dich in acht, Cecile! Dieses überspannte Wollen macht dich krank. Schlaf jetzt –“

„Mein Sohn, mein Sohn!“ Perglas hörte sie weinen und

flüstern. Er dachte, es sei um Mädi. Alle dachten, es sei um Mädi, als sie tagelang weinte, wie eine Frau um einen Geliebten weint.

Emil Sillian war seinem Bruder nachgestorben, wenige Jahre nach Ferdinands Tod. Cecile erfuhr es, als sie Erkundigungen einzog. Auch die alte Babette von dem Busch war tot.

Wochen gingen hin, Cecile irrte durch die Zeit, gejagt, gehetzt. Es muß damals gewesen sein, daß ein Omnibus sie niederstieß. Sie erlitt eine Verletzung an der Schädeldecke, lag im Hospital, die Hofrätin erschien händeringend bei meiner Mutter und sagte: „Wenn sie stirbt, bin ich ohne Unterstand." Aber Cecile starb nicht, sie genas und raffte sich endlich auf zu tun, was getan werden mußte.

Sie nahm Gabriele mit, ihre Lieblingsfreundin, Frau eines hohen Offiziers, die unter dem Schicksal einer düsteren ehebrecherischen Verbindung stand. Gabriele begleitete sie bis in das Haus – es war noch immer dasselbe, wohlbekannte –, blieb aber im Flur zurück und wartete. Unmöglich konnten zu dieser Unterredung, die sorgfältig vorbereitet war, zwei Frauen statt einer bei Erwein Raidt erscheinen.

Er wußte nicht recht: sollte, durfte, konnte er ihr die Hand küssen, als sie aufgestanden war, nach fünf Minuten schon, so tief verschleiert, daß er ihre tödliche Blässe nur spüren konnte. Er verbeugte sich sehr tief. Aus schrecklicher Zerstreutheit gab sie ihm die Hand. Er ergriff sie und murmelte vollkommen stupid: „Aber sonst sind Sie glücklich?" Vielleicht stürzte genau in diesem Augenblick sein nobleres Ich in einen längst bestimmten Abgrund. Es gibt solchen Engelssturz auch dort, wo längst kein Cherub mehr vermutet wird. Denn sein Gesicht verzog sich zu einem unbeschreiblich gleisnerischen Lächeln, das seine Zähne bloßlegte, und er sagte mit komödiantisch bewegter Stimme: „Mein Opfer war also nicht umsonst gebracht."

Gabriele beschrieb später, daß Cecile die Treppe buchstäblich herabgestürzt war, als würde sie geworfen. Sie packte Gabrielens Arm. „Er ist nur drei Monate alt geworden!" stammelte sie und das Wasser lief ihr über das Gesicht. „Drei Monate alt gestorben an Diphtheritis."

„Er ist erstickt – die Bauern haben ihn ersticken lassen – Gabriele! Erinnerst du dich an Mädis Bräuneanfall? Sie ist gerettet worden – Gustav hat sie gerettet!"

Cecile schlug die Hände vors Gesicht und weinte tiefaufschluchzend. „Komm doch um Gottes willen", zerrte die Freundin, der die Situation über den Kopf wuchs.

Cecile gehorchte endlich. Gabriele schob sie in den Wagen und rief dem Kutscher ihre eigene Adresse zu. In dieser Verfassung konnte man Cecile nicht nach Hause bringen. Aber Cecile legte Mantel und Hut bei der Freundin nicht ab. Mit großen Schritten durchmaß sie deren Wohnzimmer, immer hin und her schreitend. Sie erzählte von Franzi, ihre Träume von Franzi. Wie sie ihn hatte heranwachsen sehen, mit diesen und diesen Anlagen. So und so malte sie sein Bild, seine Vorzüge, seine Kraft, seine oft unheimlichen Fehler. Gabriele saß fasziniert auf dem Sofa, ihr Kopf ging mit Ceciles Bewegung hin und her. Auf einmal blieb Cecile vor Gabriele stehen und schaute sie aus großen Augen an. „Er wäre ein Verbrecher geworden oder ein Genie!" rief sie und Gabriele nickte heftig überzeugt.

Sie schwiegen eine Weile, dann fragte Gabriele schüchtern: „Und Raidt? – Welchen Eindruck hat – ?"

Ceciles Gesicht veränderte sich sofort. Die Braue über dem rechten Auge, beweglicher als die linke, rundete sich mit einem halb spöttischen, halb bitteren Lächeln. „Er hat mich gefragt, er hat mir einreden wollen – aber das ist zu dumm. Und dumm ist er nie gewesen. Aber was er war, ich meine: was er für mich gewesen ist, das hab ich zwar bis vor einer Stunde ganz genau gewußt. Oder hab mir eingebildet, es zu wissen. Aber jetzt auf einmal" – sie schlug sich leicht auf die Stirn und blickte der Freundin erregt und ganz verwundert ins Gesicht – „weiß ich gar nichts mehr. Und hier –" sie deutete auf ihr Herz – „ist alles unbeschreiblich still." Sie machte wieder ein paar Schritte. Am Fenster blieb sie stehen, es schienen ihr von neuem Tränen aufzusteigen, die sie niederkämpfte. Dann hörte Gabriele sie sagen: „Siehst du – der Gustav – der Gustav hätte den Buben nicht umkommen lassen."

Cecile träumt: Sie geht durch die Straßen einer fremden Stadt. Es wird Abend, Unheimliches dunkelt in der Luft wie vor Aufstand und Unheil. Sie sputet sich, in einem Hotelzimmer, das sie erreichen muß, wartet ihr Gatte unruhig auf sie. Während sie ängstlich hastet, fühlt sie auf einmal eine winzige magere Hand in ihrer herabhängenden Hand, sie schaut herunter und sieht ein winziges mageres, unschönes kleines Kindchen neben sich herlaufen, und das Kindchen weint. Ob es ein Knabe oder ein Mädchen ist, vermag sie nicht zu unterscheiden, es trägt einen geflickten, fleckigen, gestreiften Kittel. Und es weint nicht wie andere kleine Kinder aus voller Kehle, sondern die Tränen rinnen ihm lautlos über das winzige dreieckige Gesicht, und der Mund ist zu. Die dürre kleine Hand liegt ganz still in Ceciles Hand, das Kindchen aber läuft so schnell es kann, um mit Cecile gehörig Schritt zu halten, da beugt sie sich nieder und fragt das Kindchen aus. Es antwortet nicht, es weint nur. Ich muß es irgendwo hinbringen, denkt Cecile gequält, aber ich muß auch in das Hotel, denn Gustav wird nervös und ärgert sich. Ein dicker Schutzmann, der einen weißen Lackriemen über der Schulter trägt, sagt ihr, das Kind müsse zur Sammelstelle der Polizeidirektion. Ach, denkt Cecile, ich muß doch ins Hotel! Ja, sagt der Schutzmann, wegen der Diphthonge muß es hin zur Polizei. Cecile begreift, daß das mit den Diphthongen etwas sehr Schreckliches ist und mit dem Unheil zusammenhängt, das über den rascher finster werdenden Straßen droht. Hie und da rotten sich Menschen. Sie findet das Polizeihaus, man sagt ihr, die Sammelstelle befinde sich im ersten Stock ‚verkehrt'. Sie weiß, daß dieses ‚verkehrt' bedeutet: von oben gezählt. Wie in den deutschen Schulen, denkt sie, und bekommt Angst in den Füßen, denn das Haus ist acht Stockwerke hoch. Sie fängt an zu steigen, aber nun ist das Kindchen fort, es ist verschwunden, sie steigt nur immer fort und fort, die Stufen werden immer steiler, immer höher und ach, sie muß doch längst woanders sein, Gustav wird so böse sein, so zornig und so aufgeregt. Auf einmal hören die Stiegen auf, bloß angelehnte Leitern führen lose höher. Sie versucht, sie zu erklimmen, sie vermag es nicht, tief unten braust die ausgebrochene Gefahr, sie kann nicht vorwärts und nicht hinter sich, wo mag das Kindchen sein, sie sieht das Zimmer, in dem Gustav sitzt, weit weg wie einen viereckigen Kasten in der Luft. –

Sie erwacht noch ganz in der Schale ihres Traums, sie kann nicht anders, sie muß den Traum erzählen. Gustav runzelt die Stirn und meint: „Das mit den Schulen bedeutet wohl, daß es sich um Mädi handelt?"

Wie lang und dicht ihre Wimpern sind. Aber auf einmal schlägt sie die Augen auf und sagt: „Vielleicht war es gar kein Mädchen. Vielleicht war es ein kleiner Bub." Dabei sieht sie selbst aus wie ein junges Mädchen. Sie lächelt, wie der Mann sie niemals lächeln sah, und murmelt: „Lieber Gustav, ich wünsche mir so innig einen Sohn."

Ich vermag den Zeitpunkt nicht genau zu bestimmen, an dem sich das nun Folgende zutrug. Jedenfalls war ich kein kleines Mädchen mehr und mochte etwa fünfzehn Jahre zählen, sonst hätte mich meine Mutter, obgleich jetzt verwitwet und im Gefühl darum sehr auf mich angewiesen, noch nicht in das Geschehnis eingeweiht. Freilich regte es sie in so hohem Grade auf, daß auch einem Schulmädchen die wochenlang andauernde Verstörung nicht entgehen konnte. So erfuhr ich es denn.

Cecile war eines Vormittags bei meiner Mutter erschienen, totenbleich, die Hand auf ihre linke Brust gepreßt. „Hier!“ stieß sie heraus und fand keinen Atem. Sie hatte im Bade an dieser Stelle eine Verhärtung entdeckt. Unfähig, allein zu bleiben, war sie hergestürzt, meine Mutter, gleichfalls erblaßt, versuchte zu trösten. „Es gibt doch viel mehr gutartige –“ versicherte sie. Ceciles Mund verzerrte sich zu einem Lächeln. „Gutartig? Bei mir? Weißt du denn nicht, daß mein Vater an Krebs gestorben ist? Und meines Vaters Mutter auch?“

Sie rang die Hände. „Es hätte jetzt gut werden können, es hätte jetzt alles gut werden können.“ Sie packte meine Mutter am Arm. „Die Mächte!“ rief sie mit aufgerissenen Augen. „Siehst du, hab ichs denn nicht immer gewußt? Gutartig – nichts in meinem Leben war gutartig.“

„Du versündigst dich –“ stammelte meine Mutter erschrocken. Aber Cecile hörte nicht mehr. Sie fiel aufs Sofa und schluchzte um ihr Leben, wie einer rennt um sein Leben, als vermöchte sie es auf Strömen von Tränen zu retten vor dem Verhängnis.

Es war nicht möglich, ihr weiszumachen, daß eine harmlose Operation an ihr vollzogen worden sei. Als ihr die Bandagen abgenommen wurden, wußte sie schon, was geschehen war. Sie hatte es niemand schwer gemacht, sie darauf vorzubereiten. Ihre ganze Natur war ja erfüllt von Bereitschaft, Böses zu empfangen. Es war, als lechze sie nach dem Vernichtenden als nach einer Bestätigung. Aber als sie mit der Hand hinfuhr, wo ihre linke Brust gewesen war, verlor sie die Besinnung.

Dreiviertel Jahre darauf kam ich eines Mittags früher als

gewöhnlich von der Schule heim, da stand im Vorzimmer unsere kleine alte Therese, etwas vorgeneigt wie immer, wenn sie etwas Wichtiges zu verkünden hatte, und wisperte mit dem Finger auf dem Mund: „Geh nicht zur Mutter hinein." Zur Bekräftigung drückte sie die Augen zu und schüttelte heftig den Kopf. „Der Herr von Perglas ist bei ihr." Ihr Gesicht war rot, ihre Augenwinkel feucht. Sie gehörte ganz zu uns und wußte so gut wie alles. Ich erschrak über ihr Wesen und ging leise in mein Zimmer.

Gleich hinter der Tür blieb ich wie angenagelt stehen. Meine Mutter hatte – im Speisezimmer hantierte eine Aufräumfrau – den Gast nicht im dort anstoßenden ‚grünen Kabinett', sondern, damit die Fremde nichts vernehme, in ihrem Schlafzimmer empfangen. Nun war aber das Gelaß, das ich aus Gewohnheit ‚mein Zimmer' nannte, eigentlich nicht viel mehr als ein mit einem Fenster versehener Alkoven des ihrigen und nur durch einen Teppichvorhang davon getrennt. Es war unvermeidlich, daß ich hörte, was Perglas drinnen sprach.

Indessen schien er im Gehen begriffen, denn ich glaubte an seiner Stimme zu erkennen, daß er stand. Diese tiefe Stimme, wie immer vom Flor einer gewissen Raucherheiserkeit belegt, redete leise, ich hatte die Vorstellung, daß Perglas den Kopf gebeugt hielt und seine Stiefelspitzen anstarrte. „Als ich Mädi fortbringen mußte, wünschte Cecile sich einen Sohn. Damals – begann eine merkwürdige Zeit."

Es wurde ihm wohl sehr schwer. Er konnte eine geraume Weile nicht reden. Ich wollte hinaus. Aber die Klinke gab bei der ersten Berührung einen quietschenden Laut.

„Es war nicht leicht. Ich – wollte schon damals kein Kind mehr. Und Cecile war – ich kann nicht – Cecile war – zum erstenmal! Wie wenn – eine eiserne Faust sie endlich losgelassen hätte. Ich – muß aber das kranke Blut gewittert haben. Um keinen Preis noch ein Kind! Es ist genug

–", ich hörte seine Manschette schnellen. Er mußte eine wild abschneidende Bewegung mit der Hand gemacht haben.

„Und nun – wie ich Ihnen gesagt habe. Sie hustet. Es ist ganz der Husten, den mir die Ärzte beschrieben haben. Wenn der einsetzt – na ja. Wozu noch einmal. Auch der Magen –. Ich sagte Ihnen ja: Cecile zu täuschen, ist in der Tat beinahe menschenunmöglich. Ich – habe aber eigentlich nichts anderes mehr zu tun. Und wie ich hier bei Ihnen gewesen bin – war ich und – werde ich überall sein. So geht es vielleicht."

Sie hatten offenbar näher an dem Vorhang gestanden, als ich dachte, denn plötzlich waren sie da. Meine Mutter verweint. Perglas war in einen Mantel aus schwerem schwarzen Tuch eingeknöpft, steif wie ein Offizier. Ich sehe es genau vor mir: an diesem Mantel war kein Staub, kein Fädchen, Sauberkeit gehörte so zur Natur des Mannes, der ihn trug, wie das Trockene seiner Haut und der Reisgeruch seiner Kinder. Der gestärkte Hemdkragen schnitt schimmernd gegen die Halsmuskel ab, die gedörrten Maiskolben glichen, über die Stirn lief die Scheidelinie von einst, aber verwittert, wie eine alte aufgehobene Grenze. Die rechte Hand hielt er im Rücken, als trüge er dort einen Stock. Meine Mutter rief erschrocken: „Wann bist du gekommen?" Ich antwortete sofort: „In dieser Sekunde." Gut, daß nicht Perglas an ihrer Stelle gefragt hatte. Er war in diesem Augenblick nicht zu belügen.

Allein die Mutter beschämte mich, als er gegangen war, indem sie mir, immer noch unter Tränen, so viel von der Wahrheit berichtete, daß ich Bundesgenossin wurde.

Wie hat der ‚brave Mann' gelebt, bis es soweit gekommen war? Wie waren seine Bedürfnisse geartet und wie befriedigte er sie? Im Anfang seiner Ehe äußerte er sich ja sehr scharf und bestimmt darüber, dies hatte für ihn zu geschehen, und jenes hatte so und so gemacht zu werden, er ordnete an, befahl und kommandierte. Am Sonntag hatte Kalbsbraten mit Reis, Kartoffelsalat und nachher Apfelstrudel auf dem Tisch zu stehen, ein puritanisches Menu, das eisern eingehalten wurde Jahr um Jahr. Luxus trieb er nur mit Weinen. Den Weinkeller versorgte und bediente er in eigener Person, aus Mißtrauen großenteils, weil er den Schlüssel niemand anvertraute, teils aber auch, weil eine Flasche edlen Weins allein die Kraft enthielt, ihn einen Fingerbreit vom Boden aufzuheben. Im Wein war seine einzige Verbindung mit der Überwelt, und wenn er einen Flaschenhals entsiegelte, befreite er wie im Märchen einen Geist. Er war ein Mann der Herrenabende, der Zusammenkünfte in einem bestimmten, verräucherten Lokal, mit Ausschluß der Ehefrauen – was ja bei ihm noch mehr Ausschluß der Hofrätin bedeutete. Durchaus nicht war es ihm dabei etwa um jene Zwanglosigkeit zu tun, die im Anhören und Erzählen eindeutiger Geschichten besteht, in vergnügtem einander Anblinzeln und aufprustendem Gelächter. Gustav Perglas war ein Philister, gewiß. Aber er war ein Philister ohne Jovialität, und die Jovialität ist es, die den Philister abstoßend macht. Auch wenn er trank, glühte Perglas trocken; feucht und behaglich wurde er niemals. Er wußte nichts davon, aber das war seine Stärke, das gab ihm Übergewicht in der Welt der Männer. Eine andere Welt kannte er nicht.

Schon im zweiten Halbjahr ihrer Ehe bemerkte Cecile fast anstößige gynäkologische Kenntnisse an ihrem Mann. Das brachte ihn ihr damals nicht näher. Sie hätte es anders gewünscht. Dafür war Doktor Floderer da, der Frauenarzt. Von ihm, der Gustav von Herrenabenden her kannte, bezog dieser auch die Wissenschaft.

Während Ceciles Schwangerschaft suchte er zuweilen die Gesellschaft des Arztes. Sie saßen beisammen, tranken Wein und rauchten ihre schweren Zigarren. Perglas mochte es gern, wenn Floderer aus seiner Praxis erzählte, klinische Fälle oder medizinisch bemerkenswerte Einzelheiten hier und da. Zuweilen griffen die Berichte auch ins Seelische hinüber, Floderer war ein bedächtiger und wohlwollender Mann. Perglas rauchte, trank und hörte zu. Diese Art, sich der Welt der Weiber zu nähern, ist ihm die liebste. Da erfährt man doch, so und so, Organe, Funktionen, dies und das, auf diese Weise sind sie beschaffen, anders als der Mensch also, natürlich, der Mensch, Adam, das ist der Mann. Nicht, daß Perglas die Weiber geringgeschätzt hätte, wie ein gewöhnlicher Philister, nur für grundanders hält er sie, grundfremd, in keiner Weise auf die Art der Männer, also eine menschliche Art, zu fassen, das Urfremde sind sie ihm, fremder als ein Hund oder ein Pferd. Perglas ist ein verheirateter Junggeselle.

Einmal geschah es, daß Floderer, mit großer Zurückhaltung freilich, an eine tragische Begebenheit herankam, in deren Verlauf ein Mädchen aus gutem Hause einen erbärmlichen Tod gefunden hatte durch innere giftige Zerstörungen, Folgen ihrer verzweifelten Versuche, sich der Leibesfrucht zu erwehren. Das Gespräch geriet auf heikle Gebiete. Perglas sog an seiner Zigarre. „Wie?“ fragte er plötzlich. „Wie sagen Sie? Es gibt Fälle, in denen die physische Jungfräulichkeit – wie soll ich mich ausdrücken – auf unschuldige Weise verloren geht? Wie soll denn das möglich sein? Operativ, natürlich. Auch ohne das? Hm. Sonderbar. Reiten und so. Ja, ja. Möglich.“ Er warf die Zigarre auf die Ofentasse. „Eigentümlich versteckt hat die Natur diese Lebewesen eingerichtet“, sagte er, indem er aufstand und sich noch steifer machte als gewöhnlich. „Also, Sie können mich beruhigen, lieber Doktor, bei Cecile ist alles in Ordnung?“ schloß er abrupt und empfahl sich bald.

Er konnte durchaus nicht einsehen, zu welchem Zwecke Weiber sich männliches Wissen aneignen sollten. „Kochen muß eine können“, sagte er, „tanzen und Französisch reden. Kochen fürs Haus, tanzen für den Mann, Französisch für die Welt.“ Vielleicht äußerte er sich so rückständig, weil ihn das Aufgebot der Lehrer in seinem Haus verdroß. Bei uns Mädchen büßte er dadurch viel von seinem Ansehen ein. Wir wußten uns durch Tante Cecile bestätigt.

Cecile war nicht gebildeter als er, aber wie in den meisten bürgerlichen Ehen war der seelische Fassungsraum der Frau bedeutender als der seine. Außerdem besaß Cecile Phantasie, und wenn jemals das Fehlen einer Gabe einen Menschen charakterisiert hat, so war Perglas bestimmt durch einen absoluten Mangel an Phantasie. Er war der Mann, der ‚sich nichts vormachen läßt‘. Solchen stellen die Mächte gern ein Bein. Nicht etwa, daß er eine Lügnerin zur Frau bekommen hätte. Mit einer Lügnerin wäre er fertiggeworden. Aber Ceciles bildnerische Kraft formte ihm das Leben unter der Nase um. Fuhr er eines Tages aus und fragte, wieso denn die Hofrätin samt ihrem Gespenst, der Melanie, wie ein Geschoß in sein Fleisch gefahren und dort steckengeblieben sei, unheilbare Entzündung erzeugend, dann antwortete Cecile, indem sie ihm das Leben ihrer Mutter beschrieb. Es ist in jeder Existenz Jammer genug, um auch den erbittertsten Ankläger zu beschämen. Perglas sah überall Symptome, nirgends das Ganze. Vermochte ihm jemand ein Ganzes zu enthüllen, so verlor er den Abstand. Freilich gab er nichts zu, aber er verlor sich finster schweigend in sich selbst. Cecile belog ihn nie, und immer fühlte er sich – und darin hatte er recht! – getäuscht. So trieben sie es unheimlich fort, bis zu dem Augenblick, in dem Perglas erkannte: nichts auf der Welt war wichtig, es sei denn, Cecile zu täuschen.

Das war beim Arzt. Der berühmte Chirurg, der Cecile operiert hatte, machte Perglas seine Eröffnung. Der Hausarzt stand bei. Es war Krebs, weit fortgeschritten. Man hatte das Äußerste getan. Als gerettet sei Cecile zu betrachten, wenn sie innerhalb von zwei Jahren keines der im weiteren aufgezählten Symptome zeige. Sie redeten mit aufmunternden Stimmen, Augenbrauen und Schultern voll Unglauben.

Perglas stand ganz steif. Er wußte nur: für Cecile darf es keine Symptome geben.

Sein Plan war einfach, und gefaßt hätte ihn so mancher, ernstlich ausgeführt kaum einer. Denn dazu brauchte er im höchsten Maße, was Gustav Perglas nicht besaß: nämlich Phantasie. Es handelte sich darum, fortan von innen her die Welt zwar nicht minder scharf mit seinen eigenen, von außen aber zugleich sie mit Ceciles Augen anzusehen.

Zunächst mußte er sich selber so bewegen, seinem Gesicht jenen Ausdruck, seiner Stimme eine solche Tönung verleihen, daß Cecile nicht nur sein Wort, sondern sein ganzes Dasein ‚glaubte'. Dies war nicht allzu schwer, denn Cecile wußte, daß er nie Theater spielte. In ihm aber erwuchs ein großer Schauspieler, als er halbblind die Treppe des Spitals hinunterstolperte. Es war nicht genug damit, daß er sich selbst in die Gewalt bekam: er mußte den Umkreis ihres ganzen Lebens fassen. Er mußte den einen Punkt festhalten, in dem Ceciles Mißtrauen tief vergraben saß, von dort aus mußte er sein Blendlicht spielen lassen, wie der Scheinwerfer an der Küste den schwarzen Ozean bestreicht. Er mußte ein Netz spinnen, so fein, daß selbst Ceciles geschmeidige Qualsucht nicht hindurchschlüpfen konnte. Seine Fähigkeit entfaltete sich blitzschnell und nahm stetig zu, von Mal zu Mal wurde es ihm leichter, alles, was geschah, mit Ceciles Augen anzusehen. Natürlich brauchte er Hilfe. Er suchte der Reihe nach ihre Freundinnen auf, die er stets gemieden hatte. Er berief jede an ihren Posten. Als die Symptome sich einstellten, waren die Hilfstruppen gerüstet. Jede brachte den Mut vollkommener Ruhe auf.

Unterdessen hatte Perglas die Runde bei sämtlichen bedeutenden Ärzten Wiens gemacht, denn man konnte nicht wissen, an welchen sich Cecile in irgendeinem Augenblick wird wenden wollen. Dies ist wörtlich zu nehmen. Er machte es sich nicht leicht. Er übersah keinen. Bei manchen galt er für verrückt. Es focht ihn nicht an. Aufrecht stieg er treppauf zu den gelehrten Männern und setzte sie in Kenntnis des verwickelten Systems von Täuschung, in das er seine Frau verstrickt hatte. Es durfte kein lächelndes: „Es fehlt Ihnen nichts!" daraus werden. Es durfte auch nicht der eine ‚Magen' und der andere ‚chronische Bronchitis' sagen. Das hätte sie stutzig gemacht. Übereinstimmend mußten alle Befragten die gleiche Diagnose stellen, das hatte er sich so ausgedacht, darin lag auf die Dauer eine ungeheure Macht der Beruhigung. Ja, Gabriele mußte für einige Zeit an den gleichen Symptomen erkranken und wieder genesen. Ich entsinne mich genau der Wirkung, die diese ‚Erkrankung' auf Cecile ausübte. Sie redete tagelang von nichts anderem.

Sie hustete, sie schmolz von innen verzehrt in sich zusammen. Plötzlich wollte sie reisen. Sie sehnte sich nach einer Landschaft, nach dem Süden. Das war im Februar. Ihre riesengroßen Augen bohrten sich in Gustavs Gesicht. „Ich kann doch reisen?" „Hm. Natürlich kannst du. Aber wir tun nichts ohne den Arzt." Der Arzt kam, stellte sich erst bedenklich, gab schließlich nach. Cecile glühte vor Freude. „Aber mit dir, Gustav! Mit dir –" sie streckte eigentümlich graue Hände nach ihm aus. In ihren schönen Schläfen unter dem braunen Haar hatten sich tiefe Gruben gebildet. Ein paar Tage darauf klagte sie meiner Mutter, Gustav habe gerade jetzt eine unaufschiebbare Dienstreise machen müssen. So träfen sie einander erst in Paris.

Cecile reiste mit einer Pflegerin. In Paris, an der Riviera, in Mailand waren Ärzte durch Perglas aufgesucht und ausführlich verständigt. Cecile konsultierte viele von ihnen.

Alle sagten dasselbe: eine ganz bestimmte schwere Störung eines bestimmten Nervs. Als sie im April nach Wien zurückkehrte, konnte sie sich kaum mehr schleppen. Aber sie schleppte sich zu Ärzten. Oft heimlich, ohne Perglas zu verständigen. Denn sie fürchtete auf einmal unaussprechlich den Tod. Cecile wollte leben. Es war ja jetzt so unaussprechlich wichtig zu leben. Es fing ja alles eben jetzt erst an.

Sie kam zu meiner Mutter, ihr früher so schleppender Gang hatte etwas eigentümlich Schwebendes erhalten. Das schmale, lange, durchgelebte Gesicht war von einer absurden mädchenhaften Schüchternheit verschleiert. Absurd und rührend war alles an ihr: die späte Liebe, die weibische Resignation, da sie ihren Körper doch fast mythisch entstellt wußte, und eine unbestimmte Hoffnung, Kind der Phantasie.

Es stehe zwar offenbar schlimm mit ihr, sagte sie, aber nicht gefährlich. Mehr als ein Dutzend berühmter Ärzte, Deutsche, Franzosen und ein Italiener, sagten doch das gleiche. Und jede neue Kur half eine Weile und gab Mut. Cecile war nie so heiter gewesen, und von Tag zu Tag wurde sie schöner. Stirnbein und Augenhöhlen verbündeten sich unter dem entbluteten Gewebe wie etwas Unvergängliches. Nur in den Augen, sternförmig dunkle am Rande sammetgraue Iris in kinderblauer Reinheit schwimmend, sammelte sich unter den langen schwarzen Wimpern Glanz und Melancholie der üppigen Natur. Je unerbittlicher diese abgetötet wurde, desto höher stieg der Glanz. Er war am Ende kaum mehr zu ertragen.

Im Hause war alles still. Eine der Freundinnen hatte die tüchtige Wirtschafterin mitgebracht, die von nichts wußte und ein unbefangenes Regiment begann. Sie war die Witwe eines vermögenslosen Offiziers und dem Bereich der niedrigen Feme entrückt. Übrigens hatte sich diese vor einiger Zeit gelockert und hörte auf, wie alles im Leben eben einmal aufhört, nicht durch eine dramatische Umwälzung, sondern scheinbar sinnlos, wie von selbst. So endete auch die Macht und die Rache der Hofrätin.

Zwar zunächst fuhr sie wie ein besessener Teufel hin und her, und während Cecile im Sanatorium lag, jagte sie zu ihren sämtlichen Bekannten und beschrieb ihren Jammer, der regelmäßig mit der theatralischen Frage endete, womit denn sie, gerade sie, ein solches Los verdient habe? „Warum reitet denn der Teufel grad auf mir herum? Mein ganzes Leben hab ich mich gerackert. Als Kind für meine Mutter. Melanie! Haben wir nicht Stahlfedern sortieren müssen, jedes Stück ins richtige Kastl, in die Nacht hinein, wenn andere Mädln auf die Gaudee gegangen sind? Und was hab ich denn als Frau gehabt? Gott hab ihn selig, meinen armen Mann, und soll ihm die bösen Stunden nicht heimzahlen. Die Melanie könnt was erzählen. Was hat man denn gehabt vom ganzen Leben? Nichts als am End den Unterschlupf beim eigenen Kind, und teuer bezahlt, weiß Gott, mit Rackerei und Gift und Galle bis in die Nacht. Hat denn ein Mensch eine Ahnung, was das für ein Satan ist, mein sogenannter Schwiegersohn? Wie der die Dienstboten kujoniert und die arme Cecile an den Rand des Grabes gebracht hat? Sag dus, Melanie! Hat das unglückliche Geschöpf eine friedliche Stunde genossen? Machen Sie sich eine Vorstellung, wie der seine Kinder prügelt? Er glaubt nur an den Stecken. Ein Sadist, sag ich Ihnen, ein krankhafter Sadist!“ Ihre Backenknochen flammten violett, sie rollte die trockenen Augen, und rote Flecken verunzierten ihre glatte niedrige Stirn. Sie neigte sich wispernd zu ihrer Hörerin: „Die Mädi – an der war was dran. Ein ganzer Kerl, die Mädi, eine Person von meinem Schrot und Korn. Die hat er ganz auf dem Gewissen. Die geht vor die Hunde – ja, ja, ja, sagen Sie, ich habs gesagt, ich irr mich nie, die geht vor die Hunde. Wie meine Tochter ins Grab und ich in die Versorgung!“ schrie sie plötzlich hysterisch auf und schlug mit den mageren Händen durch die Luft.

Hatte sie sich gefaßt, dann berichtete sie Übeltaten ihres Schwiegersohns. Sie schwor bei Gott im Himmel, daß sie nicht lüge. Und sie schwor nicht falsch, er hatte alles das getan, die gespenstische Melanie konnte mit gutem Gewissen dazu speicheln und nicken. Aber es war, als vollführe ein zügelloser Sturm mit leblosen Fetzen einen unheimlichen Hexentanz. Fünfzehn Jahre geschlucktes vergiftetes Brot brach aus ihr heraus. Vergiftet durch ein System des Nichtwahrnehmens – er sah ihr niemals ins Gesicht –, das Perglas sich zum Schutz zurechtgelegt hatte, vergiftet durch fünfzehn Jahre französisches Tischgespräch, von dem sie ausgeschlossen war. Fünfzehn Jahre hatte sie ein Geheimnis wie ein spitziges Messer bei sich herumgetragen und war am Ende daraufgekommen, daß sie sich selber damit stach, wenn sie es zückte. Mit einer tollen Drehung warf sich ihr ganzer Nebenbuhlerinnenhaß jetzt auf den Gatten der verfolgten Tochter. Er war an allem schuld. Er war es, der sie, die Hofrätin, verschmäht und verachtet hatte. Und nur einer, der so böse, so hochmütig, so erzschlecht war, wie Perglas, konnte Cecile so unglücklich gemacht haben. Er war an allem schuld. Cecile müßte heut nicht so daliegen. Der Mann hatte sie kaputt gemacht! So elend, so geschwächt war sie, daß die Saat des väterlichen Übels in ihr aufgehen konnte. „Denn ich hab mein gesundes, reines Blut, gottlob, ich wasche meine Hände in Unschuld, von mir hat sie kein krankes Judenblut geerbt!“

Bei diesen Worten schlug sich die Hofrätin triumphierend auf den geschnürten Busen, saß aufrecht da und überlebte nicht nur ihre Tochter, sondern einen ganzen Stamm. Am Ende war sie die Stärkere, und durch diese Überzeugung erfrischt, wandelte sie mit der Melanie nach Hause, bis auf der Treppe wieder Zweifel, Mißmut, Angst und Unsicherheit sie befielen. Sie war nicht mehr gewohnt, sich Gedanken über die Zukunft zu machen, aber je mehr sie sich der Perglasschen Wohnung genähert hatte, desto unruhiger wurde sie. Eines Tages wurde sie sich bewußt, daß man sie nicht mehr fürchtete. Es war nicht mehr möglich, Zucker zu stehlen und die Köchin zu verdächtigen. Die neue Wirtschafterin hatte den Schlüssel. Man beachtete die Hofrätin nicht. Als Cecile aus dem Sanatorium kam und die Hofrätin ihr wie gewöhnlich Rechnungen für ihre eigenen Bedürfnisse zur Zahlung auf den Schreibtisch legte, warf Cecile einen flüchtigen Blick darauf und sagte: „Willst du so gut sein und das alles mit dem Gustav ordnen?"

Die Hofrätin begriff nicht, was geschehen war, und es war auch nichts geschehen. Es hatte nur niemand Zeit für sie, niemand nahm Anstoß an ihrer Gegenwart. Die Leute sagten: „Wir haben die Hofrätin Löwenstein doch unterschätzt. Seht, wie sie sich die Krankheit ihrer Tochter zu Herzen nimmt!"

Im Anfang versuchte die Hofrätin, sich über die ‚Faxen' zu erbosen, die man mit ihrer anscheinend genesenen Tochter mache. Perglas ließ sie gewähren, das mit den ‚Faxen' diente seinem Zweck. Als aber Cecile nach der Rivierareise bald das Bett nicht mehr verlassen konnte, wurde der Alten plötzlich angst und bang.

Sie berief die Melanie zu sich. „Melanie", sagte sie, „wir sind hier im Weg."

Die Melanie speichelte und starrte die Schwester an. Dabei bemerkte sie, daß die schöne Josefine unordentlich frisiert war und mit dem Kopfe wackelte. Sie grinste verlegen.

„Ich zieh zurück in meine alte Wohnung!" sagte die Hofrätin und wackelte immerfort ganz wenig mit dem Kopf. Fünfzehn Jahre hatte die Melanie mit einem Untermieter dort gehaust, das heißt genächtigt. „Geh und wirf den Zimmerherrn hinaus!"

Die Melanie grinste stärker. Auf einmal bewegte sie sich mit einem quieksenden Laut nach vorn, streckte die Hand aus und faßte die Schwester mit schrecklich schäkernder Zärtlichkeit an der alten faltigen lockeren Haut, die ihr vom Kinn in den Halskragen hineinhing. „Du – du – du – du – duz!“ schrie sie und hätte mit ihrer Nase die Nase der Hofrätin gerieben, wäre ihr die nicht mit einem brutalen Stoß zuvorgekommen. Zwei Tage segelte die Hofrätin mit der Miene einer verletzten fürstlichen Person herum. Als niemand davon Notiz nahm, fing sie Perglas ab, der aus dem Krankenzimmer kam, und erklärte, sie könne das nicht mehr aushalten, wie jeder andere ihr eigenes Kind pflegen dürfe, nur sie nicht, sie wolle niemand zur Last fallen, sie habe an sich allein genug zu tragen, sie wisse still bei sich, sie habe das Ihrige vollbracht, Gott möge ihr helfen, sie gehe jetzt nach Hause.

Perglas begriff sie nicht gleich. Als sie sich näher erklärt hatte, geschah etwas, worauf sie nicht gefaßt war. Perglas wurde so steif, als stütze er sich hinten mit beiden Händen auf einen Stock. Er antwortete: „Unterstehen Sie sich, eine solche Veränderung vorzunehmen, solange Cecile am Leben ist! Glauben Sie, meine Frau wüßte nicht sofort, daß Sie vor dem Tod davonlaufen? Nichts da!“

Er machte einen Schritt, wandte sich dann halb um, rückte den Kneifer und starrte die Hofrätin über die Gläser an. Er klopfte auf seine Brusttasche, in der er ihre unbezahlten Rechnungen aufbewahrte. „Hierbleiben!“ wiederholte er. „Verstanden?“

Das grelle Licht einer Gaslampe fiel auf sein Gesicht. Die faltig emporgezogene Stirn setzte sich ohne Grenzlinie über den matt glänzenden Schädel fort, denn Perglas hatte alle Haare verloren. Der horngefaßte Kneifer schnitt die Nase ab, im steil einfallenden Licht schienen die drohenden Augenhöhlen hinter den Gläsern schwarz und leer.

Mädi hatte man der Hofrätin genommen, zu Desi führte kein Weg. Selbst wenn die Großmutter früher einen Weg zu Desi gehabt hätte, so wäre er jetzt versperrt gewesen, denn in Desis Leben hatte sich ein großer Umschwung vollzogen, Desi besaß eine Führerin. Ich weiß nicht, wer die schlankfüßige behende Person ins Haus gebracht hatte, die Miß Mary genannt wurde, obwohl sie kein Hehl daraus machte, daß sie Marie Schrader hieß und aus Graz stammte. Sie hatte mit einer Familie, deren Tochter ihr zur Erziehung übergeben worden war, eine Anzahl von Jahren in England verlebt und beherrschte die englische Sprache. Desi am Arm, die ihr fast augenblicklich schwärmerisch anhing, trat mir Marie Schrader zum erstenmal entgegen. Ich war ein halbes Kind und wußte damals nichts von ihr, viel später hat sie mir dann stückweise manches von dem anvertraut, was hier aus ihrem Leben berichtet worden ist. In der Erinnerung erscheint sie mir in jenem Augenblick als ein schön verblühtes Wesen, wie eine Blume etwa, deren stillglühende Krone schon vom nächsten Windhauch alles zu befürchten hat. Hauptsächlich um die etwas streng blickenden, nicht sehr tief gelagerten blauen Augen hatten sich feine Fältchen gesammelt, die Haut war zum Zerreißen dünn, aber luftgefärbt, was viel zu dem Eindruck von Gesundheit und Frische beitrug, den Marie trotz jener Verblühtheit erweckte. Besonders aber muß von ihrem Haar geredet werden. Sie trug es in zwei über den Ohren angeflochtenen Zöpfen um den Kopf gewunden, der Scheitel blieb frei. Dieses Haar war blond, dicht, seidig, und lag doch Faden bei Faden, wie für sich gesponnen, glatt und ohne sich jemals zu verfitzen in trockener Fülle beieinander. In das Gold der Farbe mischte sich ein heller Silberglanz, so daß es dereinst schwer sein würde zu entscheiden, ob Marie noch blond sei oder nun schon weiß. Denn grau wird solches Haar niemals. Es verwandelt sich unversehens in eine Last von reinstem Schnee. Zu beiden Seiten des makellos glänzenden Scheitels bauschte es sich auf, obgleich es von rechts und von links aufs strammste eingeflochten wie geschmiedete Metallketten das schöne Rund des Hauptes umschloß. Mariens Hände sowie ihre Kleider waren stets so reinlich, daß es auffiel. Man meinte den Geruch von vollkommener Sauberkeit und Gesundheit zu verspüren. In ihrem Antlitz, unter dem Halbrahmen dieses reinen blonden Haars, herrschte die Ordnung einer lauteren Natur. Dem schaftgeraden Nacken entsprach die Bestimmtheit ihres Schrittes; nichts an ihr war unsicher oder ging auf Anerkennung aus. Als sie, um sich vorzustellen, zum erstenmal an Ceciles Lager trat, übten beide Frauen eine starke Wirkung aufeinander aus, die Stehende sowie die Liegende, die Aufgelöste wie die herb in sich Geschlossene. Naturgemäß fühlte sich die Gesunde heftiger erschüttert. Aber auch Cecile sann diesen Zügen nach, denen nichts zur Frommheit fehlte als ein wenig Süße. Cecile grübelte viel über Mariens Gesicht. Sie gab ihr Desi erst zögernd, dann aber fast mit freudigem Willen anheim. Es fügte sich auch bald so, daß Marie während Desis Schulzeit Handreichungen am Krankenlager tat und zuweilen eine Stunde lang eine der pflegenden Freundinnen ablöste.

So wurde Marie sehr bald als völlig zum Haus gehörend betrachtet. Sie ging unmerklich aus und ein und niemand zählte die Wochen oder die Monate, die sie nun schon in dieser Gemeinschaft zubrachte. Eines Tages redete Cecile mit Marie über Desi und bekannte offen, daß ihr dieses Kind sehr früh entglitten sei, ja, daß sie es eigentlich nie recht besessen habe. „Sie dürfen sich deswegen keiner Schuld anklagen, gnädige Frau“, kam ihr Marie zuvor, „selbst wenn es Schuld gewesen wäre, war die Schuld verhängt. Denn da Sie unmöglich aus Leichtsinn gehandelt haben können, ist bestimmt ein Sinn in allem, was geschieht.“

„Aus Leichtsinn? Nein, das freilich nicht. Aber halten Sie Leichtsinn für so schlimm?“

„Ich meine jenen Leichtsinn, der den Menschen preisgibt, weil er ihn der Vernunftwürde beraubt. Dieses Wort habe nicht ich gefunden, wer es gefunden hat, weiß ich nicht, aber es steht in einem Brief von Stifter, der mir vor vielen Jahren aus einem Buche vorgelesen worden ist.“

„Es ist ein sehr hohes Wort. Ich erschrecke beinahe, wenn ich bedenke, wie hoch es schwebt über dem Leben, das ich selbst gelebt habe und das im allgemeinen gelebt wird. Nein, leichtsinnig bin ich nie gewesen. Ich habe zu schwer die Gewalt der Mächte empfunden, die mir kein leichtes Los bereitet haben. Aber es geht doch nicht an, dies alles als Verhängnis zu betrachten. Seit ich hier krank liege, habe ich mir oft gedacht: nun sind sie satt, die bösen Mächte. Nun habe ich nichts mehr von ihnen zu befürchten. Ja, aber was nun? Wer regiert mich, wenn jene wie satte Ungeheuer von mir abgefallen sind? Ich fürchte fast, es auszusprechen, aber ich bin in meinem Glauben an die dunklen Mächte wankend geworden.“

„Vielleicht war es ein Aberglauben, gnädige Frau.“

Während Marie und Cecile miteinander sprachen, hatte sich die Spätnachmittagssonne umschleiert und die herabgelassenen Vorhänge erzeugten eine wachsende Dämmerung. Desi hatte einen Schulausflug mitgemacht und wurde spät erwartet. Im Hause war alles ruhig. Mariens einfacher Satz wurde genau in dem Augenblick ausgesprochen, in dem Cecile bereit war, ihn zu empfangen. Sie lag eine Weile vollkommen still und dachte nach. Dann sagte sie: „Im Sinn der Vernunftwürde gewiß. Fräulein Marie, ist dieses Wort auch für Sie eine so außerordentliche Botschaft gewesen?“

Nun war es an Marie zu schweigen. Wäre jemand mit einer Lampe hereingekommen, so hätte Marie wohl fort und fort geschwiegen oder von Desi geredet und vom Wolkenhimmel, der sich zusammenzog. Aber niemand störte das milde Dunkellicht. Aus ihm heraus redete Marie.

„Ich habe es nicht gleich in seiner Höhe aufgefaßt. Vielleicht ist das nicht möglich, wenn man noch alles vom Leben erfürchtet und erhofft. Ich habe ein ganz gewöhnliches weibliches Leben geführt, ich meine also: wenn man noch alles von einem einzigen Menschen erfürchtet und erhofft. Dieser Mensch besaß eine vollkommen reine, unschuldige Seele. Wenn es nicht so lange her wäre, würde ich nicht wagen, darüber zu urteilen, ich habe, da er lebte, denn er ist gestorben, viel zuviel geurteilt. Aber ich war damals sehr ungestüm und wollte nicht begreifen, daß das Leben einen anderen Sinn haben sollte als den des vollkommenen, im Irdischen erfüllten Glückes. Ich dachte dabei viel mehr an ihn als an mich, denn sein Glück war mein Glück, es mußte alles von ihm herkommen. Aber er war verheiratet und es waren Kinder da, und daß er mich in sein Leben hinübergenommen hatte, geschah, weil er die Frau, von der die Kinder waren, wohl in einer gewissen Weise wert hielt, aber er liebte sie nicht. Er hatte nie zuvor geliebt, und darum ergab er sich seiner Liebe, ich möchte sagen wie ein herrliches, unschuldiges Tier Gottes. Wäre er derber geraten und ich weniger aufs Ganze gestellt, so hätten wir wohl neben den seinigen zwei oder drei wunderbare Kinder in die Welt setzen können und die hätten dann unserer Verbindung ich möchte sagen: Naturwürde verliehen. Danach aber war Ferdinand nicht angetan, und ein Weib kann gerade in diesem Kampf nicht allein stehen ohne schweren Schaden. Es war auch so nicht gemeint mit uns. Ohne daß er wußte, stand Ferdinand völlig unter der Macht des Sittengesetzes in seiner Brust. Erst durch die Liebe wurde er damit bekannt – und durch die Liebe zugleich in Kampf damit gestellt."

Marie verstummte. Vielleicht geschah es zum erstenmal,

daß sie sich Rechenschaft gab über die geheimen Vorgänge, die ihr eigenes Leben zu dem gemacht hatten, was es geworden war. Cecile hatte sich aufgerichtet, soweit sie konnte, und blickte unverwandt auf Marie. Nach einem Augenblick der Sammlung fuhr Marie fort: „Er stand vor der härtesten Entscheidung, und die fiel gegen mich, weil diese Entscheidung unendlich schwerer und bitterer gewesen ist, als die für mich. Er war ein Dichter und hatte es nicht gewußt, jetzt wußte er es und er trug eine unendlich hohe Idee von der sittlichen Hoheit und Sendung der Dichtergabe in sich. Damals verstand ich das alles freilich nicht. Ich spürte nur das entsetzliche Weh, und die Bitterkeit meines erwürgten Herzens hat Tag und Nacht in mir geschrien, er wolle sichs bequem machen und sichs mit der Welt nicht verderben. Er ging fort von mir und er kam wieder zu mir zurück. Ich nahm ihn an, aber aus der allzu großen Schwachheit meiner Liebe mehr als aus Stärke. Denn ich begriff seine Wandlung nicht. Nun kommt das Schwerste, darüber mußte ich mich Tag und Nacht zu Tode denken. Was er mir sagte, verstand ich nicht ganz, weil eine Verstocktheit im Grunde meiner Seele war. Er hatte herausgefunden, daß ich ein sehr heiliges Anrecht an ihn besaß, weil er an mir erst zum Dichter und zum sittlichen Menschen geworden sei. Damals las er mit mir den Brief, in dem das Wort von der Vernunftwürde geschrieben steht.

Er sagte: ‚Siehst du, Marie, diese Würde haben wir erst eines vom anderen empfangen. Darum gilt von nun an nur sie, und wir wollen ihr gemäß leben und handeln.‘ Vielleicht habe ich schneller gewußt als er, daß dies nichts anderes bedeutete als Entsagung. Er wußte es noch nicht, er wollte seine Ehe lösen und sich mit mir verbinden. Mein unbändiger Drang nach dem Ganzen war auf ihn übergegangen. Was er erkannt hatte, wollte er ganz verwirklichen, er nahm diese schwerste Aufgabe vom Schicksal willig an, aber sein Herz war zu sanft, er ertrug das Zwiespältige nicht. Da hat er es überwunden durch seinen Tod.“

Es war nun wirklich Dämmerung angebrochen, Marie erhob sich, um ihrer Bewegung Herrin zu werden, trat an die Fenstertür und zog leise die Vorhänge auseinander. Eine perlmutterfarbene Wolkenbank hatte sich von Westen her über den Sommerhimmel geschoben und war im Südosten im Verschwinden begriffen. Dahinter spannte sich hoch und rein das zartblaue Firmament, in dem eine zuversichtliche, goldsilberne Mondessichel hing. Marie atmete tief und befestigte dann die Vorhänge zu beiden Seiten der Tür, damit die erquickende klare Luft recht voll auf die Kranke hereinströmte. In Ceciles Antlitz spiegelte sich eine tiefe Erregung. „Bitte, kommen Sie näher!“ rief sie leise mit angestrengter Stimme, und als Marie gehorchte: „Liebe Marie, erlauben Sie mir, daß ich Sie so nenne, wollen Sie mir nicht sagen, wie Ihr Gemüt aus alledem hervorgegangen ist?“

Marie setzte sich auf den Bettrand und berührte unwillkürlich Ceciles Hand. „Als Ferdinand mir genommen wurde, war ich wohl ganz zerschmettert, denn dieses Schreien nach dem Glücklichsein war nur erstickt und nicht gestillt in mir. Ach, gnädige Frau, weiß denn ein Mensch, ehe er es erlebt hat, wie weit der Weg ist vom Verzicht zur Entsagung? So weit wie der von Knechtschaft zur Freiheit und gewiß noch rauher. Mir war es nicht von Natur bestimmt, diesen Weg zu gehen, aber Ferdinand hat es in mich gelegt, so wie ich den Drang zur Verwirklichung in ihn gelegt habe, der ihm nicht von Natur bestimmt war. Aus diesem Grunde haben wir unsere herrlichen Kinder nicht miteinander haben dürfen, sondern sind aneinander gestorben und ineinander auferstanden zum ewigen Leben. Weil es aber zum ewigen Leben ist, wie ich von ganzem Herzen glaube, darum segne ich alles, was geschehen ist. Auch die

Ehe, die mir das Schwerste und den bittersten Gram zugefügt hat, muß ich segnen. Liebe gnädige Frau, um Gottes willen, weinen Sie nicht. Es ist alles gut und vorüber. Ich habe die bittersten Tränen vergossen, die es gibt, jene, die kein Mensch erraten darf. Aber seit ich diese Auferstehung in mir trage, habe ich nie wieder geweint. Beruhigen Sie sich doch, liebe gnädige Frau. Hier ist ein Tuch und kühles Wasser. Ich glaube, ich höre im Vorzimmer Ihren Gemahl."

„Sagten Sie nicht vorhin ‚überwunden durch den Tod'?" flüsterte Cecile. Dann hob sie die Hand, während Marie ihr die Augen wusch, und berührte sanft Mariens Wangen, die von Tränen völlig überschleiert waren. „Haben Sie nicht gemeint, Sie würden nie wieder weinen?"

„Ja, aber mir ist nicht schmerzlich dabei zumute", antwortete Marie und in diesem Augenblick leuchtete ihr nasses Antlitz so fromm wie das Antlitz eines Engels.

Sie hatte gerade noch Zeit, Licht zu machen und den schwermütig-glanzlosen Haarschleier der Kranken etwas zu entwirren, als Perglas eintrat, der Desi an der Hand führte. Die Gatten blickten einander an, Desis Augen suchten Marie. Aber mit freundlich ausgestrecktem Finger und mit einem Lächeln, das Ehrfurcht und Sehnsucht in Desis Herz erweckte, wies Marie das Kind an seine Eltern.

Als Desi längst zu Bett gegangen war, saß Perglas bei seiner Frau und las ihr aus der Zeitung jene Nachrichten vor, von denen er glaubte, daß sie Cecile zerstreuen könnten. Sie aber lag nicht wie sonst geduldig und zufrieden da, während seine gedämpfte Stimme bedächtig Wort und Sätze formte, sondern sie gab Zeichen von so steigender Erregung, daß Perglas mehrmals über die Blätter zu ihr hinsah und diese schließlich fortlegte. „Gustav", flüsterte Cecile, „da haben wir so viele Jahre miteinander gelebt. Du bist gut gewesen, ach Gott, so unermeßlich gut, und immer besser und gütiger, und ich habe längst einsehen müssen, daß ich es dir in keiner Weise habe gleichtun können."

„Sprich nicht davon", unterbrach sie Perglas fast in befehlendem Ton. „Du sollst durchaus nicht von solchen Dingen sprechen."

„Ich will auch von ganz anderen Sachen reden", antwortete Cecile mit schnellem Atem, „und ich bitte dich innig, laß mich alles sagen, ich kann es vielleicht nie mehr tun und dann wärst du am Ende umsonst so gut zu mir gewesen. Ich kann ja deine verehrungswürdige Güte und Liebe nicht mehr so hinnehmen, ich kann sie gar nicht mehr ertragen, wenn ich mir immer denken muß, daß du nicht weißt, wem du sie schenkst. Denn siehst du, Gustav, meine Liebe wiegt die deine nicht auf, kein Bruchteil der deinigen wiegt sie auf, denn sie kommt zu spät, und wie unaussprechlich groß sie ist, kann ich nicht mehr beweisen. Wie rein und klar und schön dich Gott hingestellt hat, habe ich erst erkannt, als die Natur das Weib an mir vernichtet hat. Bis dahin bin ich wie blind einem Gespenst nachgejagt und hab nebenbei wollen deine Geradheit und deine Tüchtigkeit wettmachen durch eine eitle Streberei, und es ist mir alles mißraten, Gott verzeih mir, wie sehr. Dafür habe ich in meinem Innern nicht mich verantwortlich gemacht, sondern das Schicksal oder die Mächte, und es wird auch schon etwas daran gewesen sein, denn so schrecklich kann ein Mensch allein sein Leben nicht verderben. Das hieße der menschlichen Natur zu viel Schande antun. Ich habe ihr freilich Schande genug angetan, denn hör mich an, Gustav, lieber Gustav, ich habe ein Kind gehabt, ehe wir heirateten, und ich habe das Kind verlassen. Es ist lange tot. Ich habe das Kind verlassen, weil ich einem Mann mehr angehangen habe, und weil ich mit Lust seinem schlechten Willen untertänig war, obgleich er schon über mich weggegangen war und nichts mehr von mir wissen wollte. Mit dieser Untertänigkeit im Herzen habe ich dich geheiratet, Gustav, und habe sie mit mir herumgeschleppt wie ein fremdes Joch. Und bin sie erst losgeworden, als ich erfuhr, daß das Kind schon seit vielen Jahren gestorben war."

Sie quälte sich um das Atemholen. In dieser Pause stieß Gustavs Stimme wie mit Geröll und Erde beschüttet aus einem unterirdischen Stollen: „Wann war das?"

„Kurz ehe die Krankheit anfing."

„Oh – damals –!"

„Gustav."

„Ja?"

„Gustav, weißt du noch –"

„Ja. Du wolltest gerne einen Sohn."

„Von dir."

„Desi und Mädi – die haben dir nicht geholfen?"

Sie schwieg.

Es entstand eine schwere Stille.

Dann fragte Perglas: „Lebt – dieser Mensch noch?"

– – – – –

„Gustav."

„Ja?"

„Gustav, o Gustav, das habe ich nie begriffen: wieso hast du es denn nicht gemerkt –?"

„Ich habe es ja gemerkt."

Sie wollte aufschreien, aber der Mund blieb ihr offen stehen. Sie starrte ihn aus aufgerissenen Augen an. Da schüttelte der Mann den Kopf, als wollte er sagen, das ist alles so, aber es ist ganz anders. Er schöpfte Luft, so tief, daß es ihm den Brustkorb wölbte, und hob zugleich die Hand, atmete laut aus und ließ die Hand schwer auf den Schenkel fallen. „Ach, meine liebe Cecile!" sagte er und schaute kopfschüttelnd vor sich hin. „Und wenn du zehn Männer gehabt hättest und von jedem Mann ein Kind, und hättest jedes Kind verlassen, ich hätte dich doch genommen. Und wie ich dich genommen habe, habe ich dich behalten. Wissen oder Nichtwissen, Ehrlichkeit oder Unehrlichkeit, das alles gibt es nicht mehr dort, wo wir beide stehn."

Er erhob sich rasch und trat gerade aufgerichtet an das Bett. Cecile sah ihm mit fest gefalteten Händen in die Augen. Sie murmelte: „Gustav, o Gustav!" Er umschloß ihre Hände mit den seinen und blickte unverwandt in ihr Antlitz. Wie alle Spannung, alles Schuldgefühl nach und nach daraus verschwanden, löste sich auch die Strenge und der Gram in seinen Zügen, und in beiden Angesichtern erstrahlte langsam die Freude der Verschmelzung wie der Aufgang des Tagesgestirns.

Vierzehn Tage vor Ceciles Tod ließ Perglas die Schneiderin kommen und Maß nehmen für mehrere Toiletten, die auch geliefert wurden. Alles kam darauf an, daß Cecile an ein glückseliges Weiterleben glaubte. Er bestellte ein kostbares Reisenecessaire, und als er mit dem Musterflacon nach Hause kam, wartete der Hausarzt auf ihn, ein kleines Männchen mit stets nach links geneigtem, großäugigem Vogelkopf. Sein Gefühl für das Leiden seiner Patienten war so groß, daß es sehr oft das Mitleid der nächsten Anverwandten übertraf. Diese Erfahrung hatte ihn nicht zynisch, sondern linkisch und schüchtern gemacht. Er stand am Tisch im Vorraum und fingerte an einem Etui. „Hat sie Schmerzen?" fragte Perglas barsch.

Der Doktor duckte bejahend den Kopf und zog zugleich die Schulter bis an das linke Ohr. „Unvermeidlich", hieß das. Zugleich sah er Perglas durchdringend und flehentlich ins Gesicht.

„Spritze?"

„Natürlich. Man kann gar nicht genug." Der Doktor stellte auf seiner Seite das Etui auf den Tisch, der zwischen ihnen stand, Perglas drüben den silbergekapselten Musterflacon.

„Kann man ihr die Schmerzen nicht ganz ersparen?"

Wieder das Schulterheben. „Man kann. Man kann nicht."
„Was heißt das?"
Der Doktor gab dem Etui einen kleinen Stoß in der Richtung zu Perglas hin, halb zog es Perglas an sich heran.
„Sie verstehen – damit umzugehen?"
Perglas nickte. Sie schüttelten einander flüchtig die Hände. Der kleine Doktor schob hinaus.
Perglas steckte die Morphiumspritze ein, nahm den Flacon und ging zu Cecile.

Sie lag auf dem Rücken, den Kopf im Kissen, aber so gewendet, daß sie die Tür im Auge behielt. Denn um diese Zeit mußte er aus dem Amt nach Hause kommen. Man hatte sie schon vor Wochen in den Salon gebettet, weil es dort die hohen Fenster und Balkontüren gab. Sie sah nur Baumwipfel und hohen Himmel, wenn sie den Kopf herumdrehte. Viel mehr konnte sie auch nicht fertigbringen.
Sie hatte keine Wärterin, sondern ihre Freundinnen versahen reihum zu zweit je drei Tage Tag- und Nachtdienst bei ihr. Wenn meine Mutter auf dem Posten war, sah ich Cecile sehr häufig, sie verlangte nach mir und sprach über Desi und Mädi. „Du liebst sie nicht sehr", sagte sie spöttisch. „Du bist ein frühreifes Ding. Du wirst deiner Mutter noch was aufzulösen geben." Sie besprach die Pläne, die sie mit den Kindern hatte. Ich weiß nicht, ob der geradezu übernatürliche Glanz ihrer Augen vom Morphium herrührte. Weil sie aber fast immer lächelte, lag sie mit diesen Augen da wie eine Verklärte. Sie war auch witzig, unterhielt ihre Pflegerinnen, oft hörte man die Frauen bis ins Vorzimmer lachen. Dann liefen die beiden Melanien, die im Haus herumhuschten, bis an die Glastür des Krankenzimmers und horchten auf. Einmal des Tages besuchte die Hofrätin ihr Kind. Aber sie war die einzige, die durch den Geruch von Übelkeit befallen wurde.

Geruch von aromatischem Essig, von Medikamenten, unbeschreiblicher Geruch von Aufbruch, Abschied, Sommerluft der Stadt, verräumten Teppichen. Man hatte umgestellt, verändert in der Perglasschen Wohnung, manche Fenster waren mit braunem Papier gegen die Sonne verklebt. Es war auf eine schroffe Weise alles zum Abmarsch bereit. Perglas besprach sich mit meiner praktischen Mutter. „Die Kinder müssen dann sofort aufs Land." Man entsetzte sich. „Verstehen Sie diesen Gustav?" – Drinnen plauderte Cecile, gebrauchte manchmal unbekümmert eine derbe Wendung. Die Mundart der Mutter, deren sie sich nie bedient hatte, stieg ihr auf einmal wie aus begrabenen Tiefen auf die Lippen. Die kleinen Zähne saßen frisch und unschuldig in dem verfallenden Mund. Alles in allem war es ein lustiges Sterbelager, und in der Tat, mich junges Ding zog es geradezu hin. Niemand begriff, daß ihr die ungeheure Menge Morphium die Kraft nicht brach. Denn schon beim leisesten Verziehen ihrer Stirn, beim ersten Seufzer holten die Freundinnen befohlenermaßen Perglas mit der Spritze herbei. Perglas rückte den Kneifer fest und stach und spritzte unverzagt, und als die zerstörten Eingeweide selbst den letzten Dienst in Aufruhr und schrecklichen Ekel verwandelten, verabreichte er mit einer kalten Raserei, als blende ihn ein niederträchtiger Gegner, auch die doppelte, die dreifache Dosis. Ich sah ihn einmal an einem Türpfosten stehen, beide Hände über Augen und Stirn. Er stampfte mit dem Fuß auf und flüsterte: „Wird denn das nie aufhören, wird denn das nie aufhören ..."

Im Sterbezimmer selbst gab es keine Aufregung. Selbst die pflegenden Frauen verloren sich nicht in Leid und Rührung. Ich glaube nicht, daß sich dergleichen häufig ereignet. Perglas regierte diesen Tod mit der großartigen Nüchternheit eines Staatsmannes. Wenn ihm Cecile auch nicht in jeder Stunde ihres Absterbens die sichere und nahe Genesung geglaubt hat, – denn so verkehrt sich eine Natur selbst in extremis nicht in ihr Gegenteil – so hat Perglas dennoch das vollbracht, worum die Frommen Gott als um eine große Gnade bitten: ihr Tod, der nach dem Willen der Natur entsetzlich schwer war, wurde nach seinem, nach dem Willen des Geistes und der Liebe, sehr leicht und sanft. Gewiß, sie muß manchmal gewußt haben, daß es ans Sterben ging. Gedankenvoll zeigte sie mir einmal eine Lücke in der Bilderreihe an der Wand. Dort hingen Porträts ihres Vaters, ihres Großvaters, Gustavs Eltern, alle tot. „Siehst du, dort zwischen die Väter, dort komme ich hin", sagte sie. Sie wußte es, aber sie glaubte es nicht. In die Hände ihres Mannes befahl sie ihren Geist. Sie nahm es ohne Schrecken hin, daß Desi plötzlich mit Marie zu der in Deutschland lebenden Großmutter Perglas geschickt wurde. Gustav hatte es ihr klargemacht. Gustav tat schon immer das Rechte.

Als der Arzt den Eintritt der Agonie feststellte, erhob sich Perglas von ihrem Bett und ging aus dem Zimmer. In dem fensterlosen Vorraum brannte Licht. Er setzte sich an den Tisch, starrte, gab sich einen Ruck, zog ein Taschenbuch hervor und machte Notizen. Der kleine Doktor kam auf Zehenspitzen aus dem Sterbezimmer, sein Kopf hing noch viel schiefer als gewöhnlich. Eine der pflegenden Freundinnen folgte ihm, sie weinte leise, wohl auch aus Erschöpfung. Der Arzt huschte an Perglas vorbei und lispelte: „Nicht mehr aufwachen lassen." Perglas antwortete fast mit Schärfe: „Selbstverständlich nicht." Vielleicht wollte der Arzt etwas Mitfühlendes sagen, Perglas war aber schon wieder mit seinen Notizen beschäftigt.

„Es ist Verschiedenes zu besorgen –" sagte er nach einer Weile in die Luft hinein. Es war aber in der Tat jemand da, meine Mutter trat aus einer Ecke. „Jemand muß Mädi holen", sagte er. „Ich kann fahren", antwortete meine Mutter sofort, obwohl kaum etwas ihrer Art so sehr zuwiderlief als dergleichen prompte Entschlüsse. Es handelte sich um eine weite, umständliche Reise.

„Danke. – Hier ist ein Telegramm an Miß Mary –" er hielt ein Blatt in die Luft, eine dienstbare Hand nahm es ihm ab.

„Und dann –" fuhr er fort, indem er ein weiteres losgerissenes Blatt seines Taschenbuches überlas und vor sich auf den Tisch legte, „wird die Todesanzeige der Druckerei zu übergeben sein." „Aber Cecile ist noch nicht –" stammelte meine Mutter. Da geschah etwas fast Verrücktes. Weiß vor Wut zischte Perglas sie an: „Danke. Danke ergebenst für die Benachrichtigung!" Dann schien er zu sich zu kommen und murmelte beschämt: „Entschuldigen Sie. Suchen wir Ihren Zug." Er erhob sich und ging mit meiner Mutter in ein anstoßendes Zimmer. Das beschriebene Blatt ließ er auf dem Tisch.

Es ergaben sich Schwierigkeiten, es mußte telephoniert werden, Zeit verstrich. Als Perglas etwa zwanzig Minuten später den Vorraum durchquerte, um an Ceciles Sterbelager zurückzukehren, wo er zwei Freundinnen zurückgelassen hatte, lag das Blatt nicht mehr auf dem Tisch. Perglas nahm dies wahr, als er es wieder zu sich stecken wollte. Er fragte sofort danach, niemand wußte Bescheid. Man wollte die Hofrätin fragen, aber man fand sie nicht, sie mußte soeben fortgegangen sein mitsamt der Melanie. Die Tür, durch welche die beiden sich getrollt hatten, stand noch offen, alles stand offen, da und dort tauchten Menschen auf. So stand auch plötzlich der Telegrammbote da mit einer Depesche von Marie. Perglas riß sie auf. Desi quäle sich furchtbar seit zwei Tagen, ob es nicht besser sei, heimzukehren. Perglas starrte ins Leere. Das Kind spürte den Tod. O Desi, Desi. Darüber entschwand ihm die Sache mit dem beschriebenen Blatt.

Es hatten sich aber zuvor die beiden Melanien spukhaft da herumgetrieben, die eine war an den Tisch geraten, und: „Sie ist tot!“ hatte sie gekreischt. Es wird wohl die richtige Melanie gewesen sein. „Und mir, der Mutter, sagt man nichts!“ zischte die Hofrätin erbittert. Und dann: „Jetzt kann ich fort, Melanie! In unsere alte Wohnung. Heute noch!“ Sie rüsteten sich sofort in Hast und Eile zum Aufbruch. „Aber zum Begräbnis kommen wir doch?“ jammerte die Melanie. „Ich hab noch Sachen da“, keuchte die Hofrätin, „wart, im Schlafzimmer drüben steht das neue Necessaire. Das braucht die arme Cecile, Gott tröst‘ sie, sowieso nicht mehr. Schnell, pack alles hinein.“ So geschah es. Sie schleppten dann die schöne, kostbare Tasche selbst. Im Vorzimmer lag immer noch das beschriebene Blatt. „Wenn ich mich nicht drum kümmere, wird der Partezettel nicht gedruckt!“ sagte die Hofrätin außer Atem zur Melanie, und so nahmen sie das Blatt mit sich.

Wir hatten damals noch kein Telephon. Ich mußte gegen Abend in die Perglassche Wohnung gehen, um verabredetermaßen zu berichten, daß meine Mutter abgereist sei. Auch mußte ich in Erfahrung bringen, wann Desi erwartet würde, ich wollte auf alle Fälle da sein, wenn sie kam.

Es war stickig heiß, im Hausflur bei Perglas stieß ich auf zwei Männer, die einen riesigen Koffer davontrugen. Einen Augenblick wurde mir schlecht. Dann begriff ich, daß hinter ihnen Leute mit Gepäck auf ihre Sommerreise gingen. So war das ganze Haus voll Aufbruch. Atemlos kam ich vor die Perglassche Tür, sie war wieder nur angelehnt, im Vorzimmer standen Menschen, die Tür rechts, die zu Desi, war offen. Die braunverklebten Fenster hatte jemand aufgerissen, eine Sekunde hielt ich das Unmögliche für möglich, nämlich daß Desi schon da sei, und trat mit starkem Herzklopfen ein. Es war aber niemand in dem Zimmer, sondern auf dem Tisch und auf Desis Bett lagen Stöße von schwarzgeränderten unbeschriebenen Briefumschlägen, aus einem war das steife, glänzende Blatt herausgenommen und lag aufgefaltet daneben. Ich konnte deutlich das große, schwarze Kreuz oben in der Mitte sehen und die fettgedruckte Mittelzeile lesen: „Cecile Perglas geb. Löwenstein.“ Tränen schossen mir in die Augen, ich kehrte um und wollte, um eine der Damen zu suchen, die Cecile gepflegt hatten, auf Zehenspitzen durch das plötzlich leergewordene Vorzimmer. Ich wagte keinen Blick auf die Glastür links, plötzlich warf es mich zurück, entsetzt blieb ich wie mit umschnürten Füßen stehen. Denn ich hörte ganz deutlich Tante Ceciles Stimme. Es war gar kein Zweifel möglich, nun antwortete ihr auch die völlig heisere Stimme ihres Gatten. Die Glastür war nur angelehnt. Hinter dieser Glastür redete und lebte Cecile Perglas geb. Löwenstein. Was sie redete, verstand ich nicht. Aber es sollen diese Worte gewesen sein: „Wasser – bitte. Wie spät ist es? Erst sechs? So, danke. Danke, Gustav –“

Sie bekam tatsächlich Wasser. Erst in der Nacht, zu irgendeiner Stunde, hörte ihr Herz zu schlagen auf.

Als die Bahrenträger den Sarg hochhoben, hielt sich Perglas steif in schwarzes Tuch gekleidet an der Spitze der Begräbnisgäste und leitete die Bewegungen der Diener, damit die Glastür nicht beschädigt würde. Nur Desi stand dicht bei ihm und blickte aus dem fest verschlossenen weißen kleinen Gesicht unverwandt auf den Vater. Als der Sarg aus dem Zimmer geschwankt war, wollte er mit dem Kinde folgen. Er hielt aber einen Augenblick inne und man sah, daß er den Kneifer abnahm.

Da erst brach er zusammen, dicht an der scharfen Ecke eines Zierschrankes.

8

Die Autorin dieser Lebensbeschreibungen ist sich bewußt, daß es ihr, eben als Autor, an moralischem Sinn gebricht. Sie weiß, daß das natürliche und unbefangene Gefühl des Lesers – sofern er sich dies zugesteht – nach einer Bestrafung der Hofrätin Löwenstein verlangt, die so übel im Leben ihrer Tochter gehaust hat, und mehr noch wünscht er wohl, daß dem Urheber alles Unglücks Böses widerfahre, dem Erwein Raidt. Ja, ich möchte sogar sagen, wenn dem nicht so ist, dann habe ich meine Sache schlecht gemacht und keine wahre Teilnahme zu erwecken vermocht. Dennoch ist es mir unmöglich, diese exemplarischen Züchtigungen zu erfinden.

Denn in Wahrheit lebte die Hofrätin mitsamt der Melanie noch viele Jahre nach ihrer Vertreibung aus dem Perglasschen Hause – der Schwiegersohn duldete ihre Gegenwart keine Stunde länger, als er mußte – nicht schlechter und nicht unruhiger als Tausende von guten und liebevollen Müttern. Zwar das gestohlene Reisenecessaire hatte sie herausgeben müssen, Perglas schickte einen Amtsdiener in ihre Wohnung mit gemessenem Befehl. Auch entzog sich Desi standhaft ihrem Umgang, und selbst Mädi, wenn sie in den großen Ferien nach Hause kam, hatte ihre alte Komplizenliebe vergessen, seit die Mutter tot war. Übrigens erschien Mädi nicht mehr oft in Wien. Wann die Hofrätin gestorben ist, weiß ich nicht. Die Schrecken des großen Krieges taten ihr jedenfalls nicht sonderlich weh. Aber irgendeiner jener kalten kohlenlosen Winter hat die beiden alten Weiber mitgefegt, unter vielem, kostbarem Menschengut, ganz ohne Ansehung der Person.

Erwein Raidt hat seine beträchtlichen Gaben nicht ungenutzt gelassen. Er hat im Krieg so gut wie alles überstanden. Er war gefeit. Vorübergehend lebte er in großer Angst und freiwilliger Dürftigkeit. Während des Krieges konnte man ihn zuweilen in grünlich abgeschabten, fatal geschnittenen Mänteln und ausgelatschten Schuhen, ein Tirolerhütchen tief in der Stirn, rings im Bezirk des Hotel Sacher huschen sehen. Hie und da erschien er auch, gleichfalls in kläglichem Kostüm, auf einem adeligen Fest für Verwundete. Gänzlich versagte er sich Lust und Genuß des Theaters. Der Untergang des Reichs stand für ihn fest, noch ehe die erste Kugel abgefeuert war. Er raste, wo ihm Zuversicht entgegentrat. Sich kleinmachen, sich schwarzmachen, sich totstellen wie ein Käfer, das schien ihm an der Zeit. „Riecht ihrs denn nicht, ihr Schafsköpfe?“ fuhr er seine Freunde an. „Was Engländer, was Franzosen, was die halbe Welt! Es kommt von anderswo her!“ Er machte die Gebärde des Henkens. „An die Laterne! Das ist das Ende vom Lied!“

Vor seinem Gelächter wurde ihnen angst und bang. „Ich wittere Morgenluft!“ krähte er und grinste wie ein Teufel.

Hierin glich er der Löwenstein: seine Instinkte waren nicht zu täuschen. Seine Uhren und so manches andere schleppte er in die Schweiz. Defaitist wurde er schon am Tag der Kriegserklärung. Es schierte ihn nicht, daß er mit seiner wilden, boshaften Offenheit die ganze ‚Gesellschaft‘ gegen sich hatte. Zur Hölle mit dem geheiligten Ceremoniell. Er verachtete jeden, der sich totschießen ließ, und, tausendmal schlimmer, er gab sich raffiniert wenig Mühe, es zu verstecken.

Gewiß, er weinte an ihren Gräbern. Aber sein Herz war voll Haß, voll kalter Galle. Gierig sammelte er Nachrichten von Niederlagen. Seinen Freunden, Diplomaten und Offizieren, blieb nichts anderes übrig, als ihn für einen Narren zu erklären. Missen mochten sie ihn nicht. Auch hielt die Gesellschaft instinktiv zusammen, und schließlich hatte Erwein soviel Jahre dazugehört, wie jemand Wirklicher. Sonst hätte man ihn, hols der Kuckuck, vor ein Kriegsgericht – –

Niemand begriff diese Orgie des Hasses. Man half sich, indem man lachte. Aber ekelhaft blieb es doch. Man wollte nicht einmal darüber reden. Die Gesellschaft war nicht daran gewöhnt, sich einen Charakter zu erklären. Selbst jene, welche die Fähigkeit dazu besaßen, taten es nicht, vielleicht im Gefühl, man trete einem Menschen auf diese Art zu nahe. Daran hinderte uraltes Erziehungsprinzip. Menschenkenntnis, an und für sich nicht sehr elegant, durfte den Raum des Instinktiven nicht verlassen.

Weil ihm aber beinahe jeder für irgendwas verbunden war, wenn auch oft für nicht mehr als für seine exquisite Kenntnis der Spielregel in einer nicht ganz glatten Situation, schwieg man sein Wüten tot und redete auch später nicht davon, als er im Recht blieb.

Auf dieses Rechtbehalten war er im Augenblick der Katastrophe in einer rabiaten Weise stolz. Merlitschek, der jetzt eine Brille trug und graue Koteletten, kam beinahe um vor Angst, als Raidt an einem der kritischen Tage fortging und erst am nächsten Morgen abgerissen wiederkam. Es war nicht herauszubringen, wo er sich die Nacht herumgetrieben. Merlitschek hatte stöhnend bis zum Frühlicht den roten Brand am Himmel angestarrt. Als sein Herr nach Hause kam, glich er einer abgekämpften Bestie. Sein Anblick entsetzte den Alten noch mehr als der rote Himmel.

Nein, das konnten sie nicht verstehen, weder Grafen noch Lakaien hätten es in Worte fassen können. Diese Sucht, zu vernichten, was zu dicht, zu tief ins Innerste gewachsen war, herauszureißen, was Wurzeln in das Unbekannte grub. Gewiß, Erwein Raidt erschlug Österreich, ehe es tot war. Aber besaß er denn nicht Fähigkeiten des Instinkts, die seelisch Entfaltete nicht haben? War er denn nicht, der

Mann des Lebens, wie es ist, bar aller Illusion? Das Wunder seines schwarzen Wissens ist also nicht so groß, erstaunlicher schon die wütende Energie, mit der er es unter die Leute brachte. Aber freilich leitete ihn ja nicht Liebe, sondern Haß, ihr feurigerer, mächtigerer Zwilling.

Denn Österreich, von aller Welt bedroht, nach Atem ringend, war eine unbequeme Geliebte, die einem dalag auf der nackten Brust, nein, mitten drin im Fleisch, im Eingeweide wie keine je, blutend, keuchend, um Hilfe schreiend, sterbend, wer sollte das aushalten, was halfs, wenn sich die Ochsen draußen schlachten ließen, die Monarchie verreckte ja doch! Wie haßte, wie bespie er die Idioten, die nur krepieren konnten, nicht kapieren! Er hätte ihnen die Augen eindrücken mögen, die blöden, während es in ihm zuckte, schrie, verkam, da packte man am Ende selber zu und schlug zehn Finger um die Gurgel, die da schrie, und würgte, würgte, bis der Hals sich abdrehen ließ. Finis Austriae. Er für sein Teil nahm vorweg, was die Wirklichkeit erst später aus sich herausschleuderte. Ganz allein konnte er diesmal nicht fertig werden mit seinem Mord. Aber niemand begriff, daß sein hochverräterisches Toben nichts war als ein einsames unheimliches Schmerzgeheul. Als Österreich hin war, kam Österreichs Name nie wieder über seine Lippen. Er sagte statt dessen: zu Hause, oder: hier bei uns. Auf diese Art vertilgte er ja das Abgetane vor sich selbst. Jede Kreatur bedient sich der Waffen, die ihr verliehen sind. Der Lauf der Natur sieht vor, daß diese Waffen da und dort versagen. So hält sich das Ganze durch die Unvollkommenheit des Teils im Gang.

Denn, lag es an den Jahren? Es war schon schwer gewesen, Cecile Löwenstein nach allen Regeln umzubringen. Auf ihr jedoch lag eine dicke Schicht von überstandenen Abenteuern und Leidenschaften aller Art wie ein erfrorener Falterschwarm. Allein die tote Monarchie fraß ihm, wie jener Adler dem Prometheus, ständig ein Stück Leber aus dem Leib. Er litt an Gallenergüssen und mußte seiner Leber wegen Heilbäder besuchen. Wir sahen ihn, dort fing ja mein Erinnern an, in Karlsbad. Ein verschlossener, ja versteckter Mensch war er immer gewesen, nun fiel der Schlüssel zu seinen krausen Gängen in einen tiefen Brunnen, wo ihn niemand fand. Als die vermuhrte und zerhagelte Welt an ihrer Oberfläche wiederum zu trocknen schien, trafen die Spielpartner aus aller Herren Länder Herrn von Raidt nicht mehr in Wien. Sein altes Landhaus hatte er längst verkauft. Auch in der Schweiz lebte er nicht, wo er einen großen Teil der Kriegszeit zugebracht hatte. Aber es war nicht schwer, seinen Standort ausfindig zu machen. Er hatte eine sonderbare Kompagnie von Abgewirtschafteten um sich versammelt, deren Hauptbeschäftigung nebst Kegelschieben, Tennisspiel und Billard im Briefschreiben bestand. Große weiße Briefumschläge wurden täglich aus jener Behausung auf die Post getragen, papierene Früchte der geheimnisvollen Zurückgezogenheit jedes einzelnen, der sich mit umwölkter Miene für viele Stunden von der Gemeinschaft empfahl mit den Worten: „Ich geh jetzt schreiben." Im Anfang erfolgte eine Denunziation: auf Erwein Raidts Besitzung spinne sich eine monarchistische Verschwörung an. Der Bezirkshauptmann schlug alles nieder, obwohl er natürlich nicht wissen konnte, wie töricht die Vermutung war. Es kamen nicht sehr häufig Antworten auf diese Stöße von Briefen, das Interesse an ‚Beziehungen' schien draußen in der Welt zu lahmen. Den Abgewirtschafteten jedoch lag nichts so sehr am Herzen als ‚Beziehungen', oder vielleicht erhielt sich dieses wichtige Organ bei ihnen nur durch ‚Beziehungen' am Leben. Es muß wohl so sein, denn mitzuteilen hatten sie rein nichts und selten wurde Briefpapier so um des Schreibens willen aufgebraucht von Männern, denen nichts so schwerfiel wie ein Brief. Aber eben durch die fast unheimliche Illusion jener von aller Illusion entblößten Leute erhielt die Welt Kunde vom Standort Erwein Raidts.

Dem Inflationsgewinner, der das Waldhaus der Witwe Sillian erwarb, war es hauptsächlich um das Grundstück zu tun, das sich ziemlich weit erstreckte. Auf einer ansteigenden Wiese, das bescheidene Holzhaus und die Talwendung hoch überragend, erbaute er sich eine ärgerliche gotische Burg mit mehreren rotgedeckten Spitztürmen.

Die Burg stand da, als der Mann schon lange nicht mehr stand, sondern mit dem bösen Sturm der Stabilisierung abgetanzt war wie ein schmutziges Herbstblatt im April. Die roten Spitztürme, drei oder vier an der Zahl und obendrein von verschiedener Größe, stachen widerwärtig in die Landschaft. Trotzdem kaufte Erwein Raidt den ganzen Plunder, er hatte sich in der Schweiz, als er den Verkauf des Waldhauses erfuhr, buchstäblich die Haare gerauft vor Schmerz und Wut, und zog sogleich, zunächst nur mit ein paar Koffern und dem alten Merlitschek, in Ferdinands verlassene Klause ein.

Er war abstrapaziert und höchst bedürftig einer Stätte. Auf den dickfellig hochgezogenen Schultern lasteten eingestandene sechzig Jahre, in Wahrheit ihrer sehr wahrscheinlich mehr.

Nach und nach ließ er seine Möbel kommen und stattete behutsam ein paar Räume aus. Alles in der sich klein machenden Käferart, die er völlig angenommen hatte, ganz flach auf dem Erdboden hin, fromm dreinschauend, mit einer gewissen finstern Emsigkeit. Wie sollte man denn den Kopf erheben und am Ende gar Figur machen, wenn, bildlich gesprochen, kein Dach über dem Haupt war, das einen vor Wolkenbrüchen schützte, kein festes Gebäude mit soliden, seit alters bestehenden Stockwerken? Nur ein Idiot wird sich so auf freiem Feld nicht vorsehen. Im Grunde übte er in der neuen verhaßten Welt dieselbe Mimikry wie ehemals in der geliebten: nur daß er jetzt statt Geist und Kenntnisse allein die ganze Person mit Schutzfarbe unsichtbar zu machen strebte. Mit den Frauenspersonen im Bezirksort unten pflegte er keinen Umgang. Er hatte die Frau des Steuerbeamten, der in regelmäßigen Abständen über Land fuhr, eine hübsche gedrechselte Puppe mit gebrannten Löckchen und einem frechen Zofengesicht, das immer lachte. Um die Bauernmädchen schien er sich nicht zu kümmern. Aber eine, die sich zufällig nach ihm umsah, als er ihr auf einer Brücke begegnet war und ihr nachschaute, erschrak bis in die Knochen vor seinem Blick, der aus geduckten Höhlen hervorbrach, und rannte spornstreichs davon.

Die Leute im Dorf nannten ihn den narrischen Baron, seit es sich herumgeredet hatte, daß er fremde Kleider trage, fremde alte Kleider, die auf dem Dachboden in einem Spind gehangen hatten. Diese Kleider, hieß es, hatten dem längst verstorbenen Bezirkshauptmann Sillian gehört, der auch schon ‚spinnert' gewesen sei, und waren von dessen Witwe offenbar vergessen worden.

Es waren die Lederhosen, die Lodenröcke und Joppen mit den feuerrot gefütterten Taschen, die Ferdinand getragen hatte, sich absichtlich eng an eine ältere Schnittform haltend. Die verbeulte silberne Taschenuhr war nicht dabei, die hatte der älteste Sohn geerbt. Erwein trieb eine auf, die ihr aufs Haar ähnlich war. Die trug er, als sei sie die vom Ferdinand.

Die Kammer mit dem fichtenen Tisch, an dem Ferdinand gearbeitet hatte, war unberührt geblieben, der Adelheid mochten die plumpen Geräte allzu wertlos erschienen sein. Erwein segnete ihre Pietätlosigkeit, die ihm alles erhalten hatte. Eine verstaubte alte Tintenflasche stand auf einem Fensterbrett, die erhielt ihren Platz auf dem Tisch. Auch ein Federstiel aus Kork mit einer verrosteten R-Feder wurde gefunden, der sich mit Anspruch auf Stilechtheit vor die Tintenflasche legen ließ. Den schweren Lederkoffer mit Ferdinands Manuskripten holte Erwein selbst aus Wien. Ein schönbemalter alter Bauernschrank wurde zweckdienlich eingerichtet, und an vielen Tagen und Abenden ordnete Erwein Ferdinands Schriften in diesen Schrank. In Ferdinands Kleidern, Ferdinands kurze Pfeife im Mund, die ihm seinerzeit schon von Emil Sillian war geschenkt worden, auf Ferdinands Stuhl, an Ferdinands Tisch machte sich Erwein sodann an das erneute Studium von Ferdinands geistigem Vermächtnis.

Er ging die Wege, die Ferdinand gegangen war, er besuchte unter zehn verschiedenen Vorwänden immer wieder den Bezirkshauptmann und saß mit jenem zahnfleischweisenden Lächeln, das ihm gewachsen war, so sehr abirrenden Blickes vor dem Manne, daß dieser fürchten mußte, der Besucher sei in der Tat verrückt. Erwein hingegen folgte nur der Gestalt Ferdinands, die sich hier in Kleidern, die er selbst am Leibe trug, mit jener Pfeife im Mundwinkel, die ihm selbst im Mundwinkel hing, vom Schreibtisch erhoben hatte und vor das Büchergestell getreten war, wo die dicken Gesetzesfolianten standen und die ‚Novelle' vom Jahre achtzehnhundertsoundsoviel und die gesammelten Erlässe des kaiserlich-königlichen Ministeriums und hundert andere gedruckte Bände, die er zur Hand nahm und die noch heute da standen. Vor lauter Sehen und Starren schienen Erweins blaue Augen leer. Sie sogen die Schattengestalt mit allen Einzelheiten in sein Hirn. Er stand auf und trat selber an die Bücher heran, nahm eines heraus und blätterte darin, mit einem Rest von Bewußtsein krampfhaft bemüht, sein angewachsenes Lächeln zu bewahren und seinerseits devot mit dem devoten Staatsbeamten, der ihn für verrückt hielt, zu verkehren. Während er durch den

Wald nach Hause ging, quälte er sich inbrünstig, um Ferdinands Gedanken zu denken. Er quälte sich immer wieder, es schmerzte schon wie eine Wunde im Gehirn. Es war da etwas, was er nicht begriff. Es war da ein Augenblick, durch den er nicht hindurchkonnte: der Augenblick, in dem Ferdinand sein Leben umwarf, weil er mit der Marie nach China gehen wollte. Er konnte sich ausgezeichnet vorstellen, daß man damit spielte. Daß man sich selber Szene für Szene das Ganze aufführen sah, sublimes Theater für den eigenen Gebrauch. Und schließlich war Ferdinand eine Art Dichter. Aber daß ein solcher Mensch hinging und in der groben Wirklichkeit so einen Wahnsinn in Tat umsetzte, das wurmte ihn immer wieder tief. „Daß er mir das angetan hat!“ murmelte er zuweilen kopfschüttelnd vor sich hin. „Daß er imstand war, einem so was anzutun!“

Man kann solche sonderbare Verschiebung der Gewichte, so absurdes Überschätzen von Beziehungen oft bei urwüchsigen Personen aus dem Volk beobachten. Der Chauffeur, der sich steif und fest einbildet, der taube alte Bauer, den er umgefahren hat, sei ihm aus schierer Bosheit in den Wagen gerannt, um ihm ‚etwas anzutun‘, ist aus dem gleichen Holz geschnitten. Die Mütter und Ahninnen aus niederem Stand meldeten sich bei Erwein Raidt jetzt oft zu Wort. Mehr und mehr führte er das Leben eines alten Bauern im Ausgeding. In Ferdinands Waldhaus wohnte er ganz allein. Merlitschek mußte, wie die Köchin und der Junge, der ihm beigegeben war, im Schloß hausen, mit den Abgewirtschafteten. Denn seine Gäste, die er übrigens beim Dorfschneider einkleidete und unter der Hand mit Geldmitteln versah, wenn sie auf ihre tristen Abenteuer in die Stadt fuhren, hatte Erwein zwischen den roten Spitztürmen einquartiert. Er hatte seinen Sinn für Maße noch nicht eingebüßt: mehr stand ihnen nicht zu. Er besuchte sie drüben; ins Waldhaus lud er sie nicht ein.

Mit seinen Grübeleien kam er endlich zu dem Ergebnis, daß die Marie einen unheimlichen sinnlichen Einfluß auf den armen Wokko ausgeübt haben mußte. Als er so weit gekommen war, wandte er sich schaudernd ab. Ein solcher Gedanke, der ihm wie allen grobsinnlichen Menschen als eine ausgemachte Schändlichkeit erschien, nicht gegen die Frauensperson, die ihrer Natur gefolgt, sondern als Verrat an dem Mann, der also einem Kitzel unterlegen war, ein solcher Gedanke konnte mit einer derartigen quälenden Heftigkeit nur auftreten infolge der Aufregung, in die ihn eine Depesche versetzt hatte. Und vierundzwanzig Stunden nach ihrer Depesche kam Pette Bentheim selbst mit Sack und Pack und brachte den Kocko Bentheim mit, ihren Mann. Das hatte aber nicht mehr zu sagen, als daß ja auch Erwein in früheren Jahren nie ohne den Merlitschek auf Reisen gegangen war.

Sie müsse die Folgen einer Blinddarmoperation auskurieren, greinte sie im Ton eines kranken Kindes schon vom Wagen her und fiel sofort darauf mit schallendem Gelächter Erwein um den Hals.

In seiner eigenen Haustür stolperte Erwein. Er war wie blind. Am ganzen Körper spürte er, daß Pette voller geworden war. Damals in Arosa hatte ihn gerade noch ihre Magerkeit gerettet.

Denn Clara Hantschke, die damals nur von ihrer Freundin Mädi Pette genannt wurde, war neunzehnhundertsiebzehn in Arosa dürr wie ein verhungertes Fohlen. Die beiden Geschöpfe waren aus Berlin angewirbelt, die blonde Hantschke mit Spitzenkatarrh, fast krankhaft lebendig, arm, achtzehnjährige Schauspielerin, verhungert; Mädi Perglas dunkelhaarig, älter, volles finsteres Gesicht mit Korinthenaugen, verbissen schweigsam, offenbar die Geldgeberin, ein tolles Paar. Niemand wußte so recht. Lala, die entzückende

Gräfin, mit der Erwein damals lebte, wollte sogleich mit allen beiden schlafen. Mein Gott, Gräfin. Ein Graf hatte ihr einmal in der Zerstreutheit ein Töchterchen und seinen Titel dagelassen. Aber Phö, die Fürstin, – in der Tat, sie war sogar beinah als was Gutes geboren, aber doch bloß Finanz – freundete sich mit Mädi an und stellte mit Hilfe eines Ehepaares fest, daß nur ein Mann die üppige, blasse finstere Person – eigentlich war sie sehr schön – zum Ausbruch ihres furiosen Temperaments bringen konnte. Man trank sehr viel bei Phös befreundetem Ehepaar, Griechen waren es, oder Levantiner. Man mischte dort gefährliche Sachen, wer wollte, bekam auch Drogen. An jenem Abend irrte Pette nach Mitternacht im Haus herum und suchte ihre Freundin Mädi. Sie kannte schon das halbe Hotel und hielt die Leute an: „Huch, Kinder, was wißt denn ihr, die ist ja so verrückt, so ver-rückt ist die –“, dabei rollte sie das R in ihrem riesigen, dünnen Mund, die Backenknochen flammten, die blonden Haare flogen, auf einmal bückte sie sich in ihrem tief ausgeschnittenen Kleid wie eine Frau aus dem Volk, die losheulen will, sie schlug sich oder mit ihren langen immer wie erfrorenen Händen schnell nacheinander auf die Schenkel, die nackt unter der Seide klatschten, und schrie, von Lachen erstickt: „Und Phö, die wollte mal probieren – huch! – sie sagt, sie müsse wissen – denkt euch! –, wie eine Frau erotisch reagiert – huch, du großer Gott! Ich finde das so ra–asend komisch –“

Ihr mageres wildes Gesicht mit den aufgespannten Nasenlöchern sah vor Lachen verweint aus. Niemand konnte widerstehen, alles lachte, obgleich sie nichts Witziges gesagt hatte. Es war unmöglich, klar zu bleiben, wenn sie so schrie und sich auf die Schenkel klopfte. Wo Pette auftrat, brüllte man. Niemand vermochte zu sagen warum. Sie erzählte nie eine pointierte Anekdote. Sie gab niemals eine geistreiche oder schlagfertige Antwort. Ihr Repertoire war winzig.

Es umschloß nichts als Garderobenszenen und Episoden aus dem Leben von Berliner Toilettefrauen. Sie sprach fast immer von Frauen, von Frauen im Hemd, von Frauen, wie sie gerade Schminke probierten und vor dem Spiegel halb stehend das Gesäß hochhoben, von Frauen, die einander nackend kannten und wußten, wer Hängebrüste hat – „Nu, die! – Es soll 'n Negerstamm geben, wo die Weiber ihre Wickelkinder hinten über die Schulter säugen!" – von Komödiantinnen, die kreischend aufeinander losfuhren, von Komödiantinnen, die dasselbe mit Geist und lispelnden Lippen taten. Männer traten nur auf als Jäger, Ausnützer, feinere Zuhälter. Sie selbst figurierte immer als Unschuld vom Lande. Sonderbarerweise hielt dieses Berliner Kind die Fiktion aufrecht, sie sei in einem belgischen Kloster aufgewachsen. Man nahm das ohne weiteres hin. Es war gleichgültig. Wie ja auch der Hergang ihrer Geschichten vergleichsweise fast nichts bedeutete. Die Macht steckte im Zugriff, in der Gebärde, in der rücksichtslosen Roheit, mit der sie dabei mit ihrem eigenen Körper verfuhr. Dieser magere, krankhaft weiße Körper verfügte über den grandiosesten, unerschöpflichsten Ausdruck aller Varianten von physischer Gemeinheit. Pette schwieg grundsätzlich über Einzelheiten aus ihrer noch so nahen Kindheit, aber es gehörte nicht viel Phantasie dazu, sich eine verkleinerte Pette – nicht etwa ein echtes Kind, das konnte es nie gegeben haben – vorzustellen, wie sie in Seitenstraßen der Frankfurter Allee in Hinterhöfen, auf schmutzigen Korridoren oder im Fenster hängend Grimassen und Gebärden Vorübergehender in sich schlang und unter einem Zwang, als wärs ein Veitstanz, immer wieder von sich gab. Wo Weiber keiften, wo Männer aufeinander losgingen, dort drückte sich der Fratz mit den gierigen Augen und dem großen Mund herum und schluckte, was da an innerem Wust in die Atmosphäre verspritzt wurde. Sie füllte ihr Hirn mit Gesten an wie mit Wendungen einer Sprache, der unmittelbarsten, die es gibt, eine Sprache, die selbst ein Pferd und ein Hund versteht, und als sie einmal in einen Wanderzirkus durfte, nahm ihr ausgemergelter Körper auch die Gebärden der Bestien in sich auf. Da sie nie etwas vergessen konnte, was sie durch das Auge in sich aufnahm, war sie gezwungen, sich des Überflusses an Detail durch Darstellung zu entladen. Und immer noch sammelte sich unerlöster Stoff genug in ihr, um sie hysterisch zu machen. Sie litt an Schreikrämpfen, und wer gerade da war, prügelte sie dann halbtot. Schauspielerin wurde sie so buchstäblich durch ihren Körper, daß es ein aufgeklärter Armenarzt war, der sie zum Theater brachte. Damals war sie gerade sechzehn, durch und durch kaltblütig, vertraut mit allen Elendsnuancen eines proletarischen Weiberlebens. Nichts in ihr war gebrochen, sie war von Grund aus wehrhaft und bösartig. Ihr Inneres: eine Walpurgisnacht von durcheinanderstiebenden Figuren und Gewalten. So wie sie wirklich war, im Leben wie auf dem Theater rein unmöglich, pures Ekrasit. Aber die Natur nahm die kleine Ausgeburt tatsächlich ernst, sie verlieh ihr ein Element, in dem Pette ihren furiosen Gestaltungsdrang gleichsam verfleischlichen konnte. Dieses Element war Pettes eigenes Gelächter.

Dieses Gelächter, das sie in hundert Varianten aus sich herausschüttete, war wie Protoplasma. Aus ihm erhob sich vor den Augen des Zuschauers und mitgeschaffen vom Verborgensten in ihm, die Figur wie ein Homunkulus. Nun war Verzerrung Vorzug, die tollste Frechheit nur wie Knochen im Lebendigen. Selbst wenn Pette ernst blieb, schütterte stummes Gelächter um sie her und lieferte das Spektrum, in dem die Kobolde und Trolle ihres Blocksberges von Menschenluft umhüllt erschienen. Wenn Pette lachte, schwoll langsam wie ein Strom Verrücktheit ringsherum in jedem Hirn. Männer bekamen feuchte Hände,

Frauen warfen sich kreischend hintenüber. Pettes Gelächter wirkte pfeilgerade auf das Animalische in Mann und Weib. Aus diesem Punkt riß sie die mitzeugenden Kräfte ihres Publikums herauf. In allen fuhr die Lust und die Begierde hoch. Und wer war nicht ihr Publikum, es sei denn Pette selbst? So lebte sie unaufhörlich in der höchsten Spannung eines ununterbrochenen Zeugungs- und Empfängnisaktes. Darum wurde auch bei kaltem Wasser eine Orgie aus jeder Unterhaltung, in die sie einbrach, meist schon mit einem Gefolge von Bacchanten hinter sich her. Nichts konnte nüchterner sein als Pettes Grundcharakter. Darüber wirbelte wohl manches Irrlicht, aufgeschnappte Phrasen, so von Kunst, von Hingabe an den Beruf. Als Weib war sie, obwohl sie scheinbar einen Brand im Blute trug, so kalt wie eine Sodawasserflasche.

Männer verachtete sie. Sie kannte sie von einer einzigen Seite, und die war nicht glorreich. Alles übrige hielt sie für Quatsch. Aber Männern galt dann auch nie ihr Haß. Selbst nicht den zwinkernden Bourgeois, die sie nun anfing, ganz genau zu kennen. Das waren Schweine, fertig, auch Bankdirektoren wollten am Ohr gekraut und ‚mein Süßes' genannt werden, manchmal, betrunken, auch in Gegenwart ihrer Eheweiber. Aber Frauen. Die haßte sie. Kolleginnen und reiche Damen, kreuz und quer, da hieb sie mit der Hacke in die Leiber. Sie beschrieb Phös Schlafzimmer. „Da rochs doch so nach Medikamenten, wie? Nach Medikamenten, die ich nicht kenne? – Ich wußte doch nichts, als ich da hin kam, nach Arosa, das reine Kind. Ich war an sie empfohlen, durch Trude B., mit der hatte ich gespielt, – ein rührender Mensch, die B. Die is nich für Geld, wissen Sie, die liebt immer ideal, ist auch immer furchtbar reingefallen und ausgenützt worden, bis sie nicht mehr konnte. Ja, also, aber Phö. In der Nacht, in der Mädi nicht heimkam, irrte ich so rum. Bei Lala hörte ich Klavierspielen. Da kannst du auch rein, denke ich, und ich gehe rein. Da liegt Lala, sie hatte einen Saal, in dem sie schlief und alles, mehr zahlte Raidt wohl nicht – da liegt also Lala im Bett in so 'nem schmuddligen Crêpe de Chine-Pyjama, ich ziehe das nicht zweimal an – huch! Aber nun, Gräfin, denke ich, da ist das wohl anders. Im Zimmer waren ein paar Herren, im Frack bei Kognak und Zigarren, Lala hatte das Bett voller Papier. Und Zigarettenasche, und Konfekt, und Photos, und wieder Papier. Es huschte da so ein Dichter herum, aber nun, Raidt gab wohl nichts auf Ausschließlichkeit. Lala, die Wienerin, die sah süß aus, mit Löckchen in die Stirn und so rund überall und das Näschen! Löbel, der fiese alte Jude, Sie wissen doch, der vom Skandal mit Minderjährigen, der hatte ein Album mit Nuditäten aus den achtziger Jahren, richtig so sieht Lala aus. Am Flügel, stand da auch ein Flügel, saß Phö in einer seidenen Combination und spielte. Jawohl, Combie, sonst nichts. Warum? Wegen der Herren? Bewahre. Die warens gewöhnt. Bloß ich sollte wohl gezeigt kriegen, wie sinnlich die richtigen Damen heutzutage seien. Sie spielte Chopin oder sonst was, und mit Gewalt, so!" Pette warf den Kopf zurück, fletschte die Zähne und hob die Hände wie gekrümmte Tatzen. „Und hopst, daß ihr das Höschen hochging, so! Mich verdroß das, mit einem von den Herren da war ich verlobt. Ich guckte immer bloß. Was zeigst du dich denn so, denke ich, es ist doch allerlei, was mir nicht gefallen will? So schlotterich da herum? Da könnte man selber doch mit was Netterem aufwarten, wie? ‚Lesen Sie das einmal', sagt Lala und reicht mir ein Blatt. ‚Sie müssen das ja können.' Ich nehme das Blatt. Aber weil Phö spielt, muß ich schreien. Und schreie also, ich hab mir den Quark gemerkt:

Ich liege hier und sehne mich,
da liege ich und quäle mich
und möcht doch lieber sterben!

Ach fliegen wie die Zeit verfliegt,
derweil nicht Herz am Herzen liegt,
verfliegt wie Staub und Scherben!

Zeit wende dich und schau mich an!
schaff mir den einen teuern Mann,
Zeit! Laß mich nicht verderben!

‚Komisch', sagte Lala, ‚das ist doch ein Liebesgedicht und klingt so wütend.'

Da sagt mein Bräutjam – ich habe dann nicht ihn geheiratet, sondern Kocko – vom Flügel herüber, Phö hatte aufgehört –: ‚Das wird an der Pette liegen, die hat das Wütende so an sich –'

‚So, Pette heißen Sie?' sagt Lala träumerisch und faßt mich ein bißchen tief am Hals. Aber mir kommt man nicht träumerisch, ich haue ihr eins auf die Hand und sage: ‚Schwein!' Mein Bräutjam war grade herangekommen. Aber wie wird mir, die Augen gehen mir über, ich denke, mich laust der Affe, da springt Phö vom Stühlchen auf, schreit: ‚Ich muß jetzt tanzen! Ich muß!' und reißt sich die Combie vom Leibe. Aber so, wissen Sie, mit Schmiß, rrrunter mit der Kledage! Und da steht sie, affennackt, ich sage: ‚Na seht bloß, wie sinnlich die is, denn schön is sie nich', und Lala kreischt und einer haut ins Klavier, und die Gerüche und alles, da ist mir doch jede ehrliche Hure lieber. Mir wird übel. Ich also raus zur Tür und renne im halbhellen Korridor, peng, einem, der rein will, in den Magen. Es wird wohl Raidt gewesen sein, ich weiß nichts mehr davon. Er behauptete nachher, er sei es gewesen. Na schön. In der Nacht war mir lauseelend, morgens um halb zehn kam Mädi an. Im Abendkleid, die schwarzen Atlasschuhe voll Eis und Schnee. So war sie durch die Halle gelatscht, mitten unter den Sportlern. Wenn es sie so hatte, war ihr dann alles egal. Sie war auch noch betrunken. ‚Mädi', sag ich, ‚um

Gottes willen!' Sie gähnt, so mit den Armen noch hinten. ‚Die waren so nett zu mir', gähnt sie. ‚Mit wem ich geschlafen habe, weiß ich nicht. Ist auch egal.' Ich will sie ausziehen, ins Bett stecken. Da wehrt sie sich. ‚Wozu denn', lallt sie, ‚es geht doch gleich weiter.' ‚Deine Brillantohrgehänge sind futsch', sag ich. Sie zuckt die Achseln. ‚Du kommst aufn Hund', sag ich und sie: ‚Klön nicht, wir sind nicht bei der Heilsarmee.' Bei alledem war sie immer noch 'ne Dame, weil sie echt war. Nicht Attrappe wie Phö, das fürstliche Luder. Als Weib hatte sie den Teufel im Leibe, sag ich euch. Schade um sie. Die war mehr wert als ihr alle."

Wie alle sinnlichen und bösartigen Personen lechzte Pette nach weiblicher Güte und Zärtlichkeit. Mädi Perglas, die sich nach ihrem letzten Ausbruch aus einer drakonisch strengen Erziehungsanstalt durch alle Stände durchgeheiratet hatte, immer wankelmütig und immer finster entschlossen, war gerade von einem Maler geschieden, als sie Pette während einer Lungensache beistand. Dem mageren, kranken blonden Tier hatte noch nie jemand geholfen. Männer zuweilen, aber da wußte man ja, und es kam dann auch immer so. Das zählte nicht. Aber Mädi kam, half, pflegte, gab Geld aus in einer Weise, die für Pette neu war. Sie kochte auch, sie wusch, wenn die Aufwartefrau wegblieb, alles ziemlich finster und stumm, aber auch ohne den leisesten Gedanken, daß es nett von ihr sei, das alles zu tun. Wenn Pette imstande gewesen wäre zu weinen, hätte sie geweint. Sie faßte für Mädi eine Art Leidenschaft, die sich mit nichts vergleichen ließ, was sie je empfunden. Der Duft von frisch gekochtem Reis, der Mädis Haut entströmte, schien ihr der Inbegriff von Reinheit und Gepflegtheit. So trug Ceciles verkommenes Kind – denn Mädi ging zugrunde an sich selbst – noch eine Ahnung von höherer Menschlichkeit in eine wilde Existenz. Als der Arzt erklärte, Pette, die keine aufgesparte Mark besaß, müsse einen Winter lang in die

Schweiz, fuhr Mädi ohne Federlesen mit ihr hin. Und so kam es zu jenem Zusammenstoß im halbhellen Korridor vor Lalas Tür zwischen Pette und Erwein Raidt.

Sie wußte wirklich nicht, daß er es war, als sie ihm mit hoch erhobenen Armen und offenen Lippen, klatsch, einen Kuß ins Gesicht warf und mit einem Lachschrei weiterstolperte. Ihr kams nicht darauf an, aber Erwein riß es nach ihr herum, wie sie da auf ihrem Gelächter fortgeschwemmt wurde, sie war achtzehn Jahre alt, das hatte er nie realisiert, und sie parfümierte sich nicht, sie roch unverschämt nach sich selbst.

Ich bin achtzehn, sagte der Anprall ihres Körpers, und als er diesen Körper das nächste Mal sich in Pettes fischweibartigem Gelächter zusammenbiegen sah, erregte ihm der Anblick durch die Zwiespältigkeit des Eindrucks eine stachelnde, verwirrende Empfindung. Die Zunge in diesem großen dünnen depravierten Mund war achtzehn Jahre alt! Es trieb ihn, auf ihre Zunge zu achten, wenn sie sprach. Lala, obzwar bildschön, war sechsunddreißig. Der Hals dort sagte: ich bin achtzehn. Einmal, sehr spät in der Nacht, nach sehr viel Sekt, fuhr Pette ihm mit beiden Händen durch die Haare. Die langen, rot zulaufenden Hände sagten: wir sind achtzehn. „Au, Sie haben kalte Finger“, schalt Erwein, um Haltung zu bewahren. Pette antwortete prompt: „Laß du man die Finger kalt sein, wenn nur die Liebe warm ist.“ Sie kannte keine Angst vor Banalität. Nur immer frisch heran mit dem allernächsten Gemeinplatz. Erwein überliefs oft. Es war schon schauderhaft, wie und was sie redete. Aber aus diesem unablässigen Strom von Gewäsch entstand, Gott mochte wissen wie, Figur um Figur, Grimasse um Grimasse, ein geschwätztes und gespieltes Karikaturenbuch von unheimlicher Prägnanz. Diese perverse Lebensfülle in einer Achtzehnjährigen zog Erwein magisch an. Jedoch ein dumpfer Instinkt warnte ihn. „Sie frißt sich selber auf. Sie ist zu mager", redete er sich zu wie einem Kranken, „Gott sei Dank, sie ist wie ein Drahtgestell, sie wird überhaupt bald sterben." Wenn ihre eckige Gestalt recht dürftig hervortrat, fühlte er sich erleichtert. Dann erinnerte er sich, daß man sie im Hotel Mamzelle la Mort getauft hatte, ging zu Lala und glaubte sich geborgen.

So wäre alles am Ende glimpflich abgelaufen, Erwein war ja nicht mehr zwanzig Jahre alt. Aber er hatte ohne Pette gerechnet. Und Pette nahm ihn aufs Korn. Warum? Weil Phö und Lala soviel von ihm hermachten? Wollte sie wissen, was solche ‚Damen' an ihm hatten? In irgendeiner Art imponierte er ihr auch. Er war eine Gattung Tier, die sie in ihrem Zoo nicht kannte. Feiner, versteckter. Da gings nicht gleich so plump aufs Letzte los. In Pettes Seele gab es eine heimlich geliebte Requisitenkammer. Dort lagen staubige Begriffe herum wie ‚Ritterlichkeit' und ‚einer ist ein Kavalier'. Vielleicht war Raidt ein Kavalier? Ein ältlicher zwar, aber das gehörte wohl dazu. – Es spukte aber auch noch etwas anderes, blutvolleres. Pette hatte nie einen Vater gekannt. Wie alle gerissenen Kinder aus dem Volk aber war sie romantisch und sentimental. Das gab einen sonderbaren Brei, diese Ideen von Väterlichkeit und Kavaliertum. „Ich weiß nicht, ich werde so komisch!" sagte Pette und zupfte sich mit gespreizten Fingern Wimpern aus den Augen. Mit ihm allein verlor sie ihre Sicherheit. Ihn durchschaute sie noch nicht. Auf einmal war sie erbärmliche achtzehn Jahre alt. Ihrem Partner fiel eine Überlegenheit zu, die ihn zu ihrem Sklaven machte, ohne daß sie ihren Vorteil begriff. So schlichen die beiden unerbittlichen Realisten umeinander herum, jeder bis über die Augen eingewickelt in seine eigene Illusion. Es kam sogar zu einem bösen Streit zwischen Pette und Mädi, die Erwein haßte, ohne sagen zu können warum. „Die Sorte kenn ich!" schrie

Mädi wütend, aber sie wußte nicht zu sagen woher. Aber Pette versteifte sich. Sie focht erbittert für ihren Kavalier. „Raidt is ein Edelmann. Jawoll. Wie kannst du dich unterstehn ihn eine Sorte zu heißen!" Plötzlich mußte Erwein abreisen. Es gab lauter zweideutig finstere Abreisen damals in dem Hexenkessel des Hotels. Die Nacht vorher schlich Pette zu ihm. Er war vorbereitet. Pette trauerte ihm so hartnäckig nach, daß man glaubte, sie würde stracks hinter ihm herreisen.

Aber sie reiste nicht. Das Leben ging toll genug weiter. Man fuhr nach Hause, als das Geld alle war, man hungerte, man tanzte, als siede einem das Blut in den Adern, das draußen im Feld vergossen wurde, man fror, man spielte, man wurde berühmt, man liebte Offiziere, man liebte Spartakisten, man rutschte in die Welt der Kavaliere, es gab Männer, die einem Inflationsvermögen anboten, es gab Barone, die einen heiraten wollten, es gab hungrige Männer, durstige Männer, gierige Männer. Einmal sah sie, von der Bühne herunter, Raidts anbetend aufgeschlagene blaue Augen auf sich geheftet. Huch, mein süßer alter Herr ist da, mochte sie denken. Aber als er ein Rendezvous haben wollte, hatte sie keine Zeit. Das gibts. Sie war berühmt, sie spielte wie toll. Ihr erinnerungsbeladener Körper war im Augenblick mehr auf diese Entladung eingerichtet. Als ihr Mädi endgültig an einen Kerl verlorenging, heiratete sie Kocko Bentheim. Kocko, westdeutsches Fabrikantensöhnchen, notorischer Homosexueller, war ein weibischer Junge, der sich auf mancherlei fragwürdige Art durchs Leben geschlagen hatte. Geld besaß er keins. Aber er war fast ebenso und in derselben schweigsamen Weise gut zu Pette wie Mädi. Nur daß Pette zahlte. Aber sie konnte das jetzt und sie heiratete ihn, damit es fester hielt.

Halbtot vor Erschöpfung, ruiniert durch die Aufpulverungsmittel, die niemand so herbeizuschaffen wußte wie Kocko mit seinen langen, von matter Feuchtigkeit durchtränkten Händen, bekam sie in Wien, während sie spielte, eine Blinddarmentzündung. Als sie im Sanatorium lag, beschrieben ihr gemeinsame Bekannte Erweins Landbesitz.

Auf diese Weise hing sie eines Maiabends halb greinend, halb schluckend vor Lachen an Erweins Hals. Hinter ihr im Wagen thronte auf Handtaschen und Plaidrollen Kocko in der Pose eines nachdenklichen Schwärmers. „Ich finde es einfach s-s-süß!" schrie sie, „daß ich hierbleiben darf! Die arme Pette war ja so krank – so krank! – – huch! – den Bauch haben sie ihr aufgeschlitzt, aber nicht zu knapp! – der armen Pette!" –

Als der August anbrach, begriff niemand mehr, daß Erwein sich nicht aufraffte. Er hatte sein Leben lang verstanden, hart vor der Gefahr rechtsum zu schwenken. In keiner Kunst war er so erfahren wie im Brechen einer Situation, vor keiner Härte, keiner Verräterei war er zurückgeschreckt. Die Abgewirtschafteten hatten so sicher damit gerechnet, auch als Pette ohne Kocko ins Waldhaus übersiedelte, ganz offen, ganz ohne die geringste Gène, Erweins vier Pensionäre bauten Häuser gerade auf diese Schamlosigkeit. Laso Jablonski, der Pole, saß in leinenen Pejacsevichhosen mit gekreuzten Beinen im Fenster und blinzelte zu der Sticknadel in seiner Rechten und zu dem braunen Wollfaden in seiner Linken in die Höhe. Der ehemalige Feldmarschalleutnant hatte schon immer am liebsten Lambrequins gestickt. Deswegen trug er auch die leinenen Hosen, um dem Merlitschek das Wollabzupfen zu ersparen. Denn er stickte Gobelinmuster in Wolle auf Stramin. „Jetzt schmeißt er sie bald hinaus", sagte er sanft, „er war doch immer so auf die Dehors." Aber Gyula, das monströse Fleischgebirge von einem Ungarn, dem überall auf der fahlen gelben Haut rötliche und graue Haare wuchsen, nur nicht auf dem Kopf, schüttelte ächzend seine bekümmerten Massen. Ein unordentliches Stoppelgestrüpp, nach seinem berühmten Landsmann Kossuthbart genannt, wucherte ihm bis unter die tatarischen Schlitzäuglein. Gyula fraß wie ein Oger und pflegte nach Tisch in Tränen auszubrechen. Kurz vorher hatte er regelmäßig sein Leben gepriesen, wie er nie das Geringste geleistet, nie einen Kreuzer Geld verdient, eines aber immer hochgehalten habe: Freundschaft. Und so hätte ihn auch die Freundschaft ernährt, nie habe er Sorge oder nur Überlegung gekannt, sein Tisch war stets gedeckt in Schlössern und Palästen. Bei ‚Schlössern und Palästen' schlug die Sache um. Unvermittelt schrie er: „Ich bin ein Schmarotzer, ich bin eine verlorene Existenz!", rollte die Tatarenaugen, und aus ihren Winkeln schmolz Feuchtes wie bei einem Hund. Wer ihm gerade gegenübersaß, bekam sein Geschrei an den Kopf. „Weißt denn du überhaupt, was das ist, eine verlorene Existenz? Um das zu begreifen, muß man eine Seele haben, verstehst du, eine lebendige Seele! Nur die kann absterben in einem und verfaulen und zum Himmel stinken wie die meinige! O Jesus Maria, was bin ich für ein verkommener Mensch."

So weinte er und niemand achtete darauf. Jetzt aber wiegte er sein Haupt, das aussah wie ein nackter Fels, der sich aus wirrem Gehölz erhebt, kaute seine Virginia und sagte: „Was hinausschmeißen. Sie wird höchstens ihn hinausschmeißen. Ich hab euch doch gesagt, die Person hat Vipernaugen. Sie bringt ihn um. Er ist fünfundsechzig, nach meiner Schätzung."

Bubi Tschurtschenthaler und der Logothetti blieben stumm. Der eine, weil er die zofenhafte Frau des Steuerbeamten geerbt hatte, der andere, Logothetti, weil ihn augenblicklich nichts so brennend interessierte wie seine Maultrommel. Er konnte auf dem Piano jeden Schlager sofort auf verdeckter Klaviatur spielen und hatte daher den Ruf einer hohen Musikalität zu verteidigen. Tschurtschenthaler zeichnete sich hingegen dadurch aus, daß er sich nicht auf Erweins, sondern auf eigene Rechnung bäurisch kleidete und daher geckenhafter herausgeputzt war als die anderen und himmelblaue sowie rosenrote Halsschleifen trug. Von Logothetti behauptete Erwein, der sich darauf verstehen mußte, daß er ein besonderer Kenner des achtzehnten Jahrhunderts sei. Er wußte nämlich – kennen Sie die Geschichte? –, daß Mozart als sechsjähriger Knabe der Kaiserin Maria Theresia ein Stück auf verdeckter Klaviatur habe vorspielen müssen. Riesig dix-huitième, finden Sie nicht? Und dabei so wienerisch – die große Kaiserin und freut sich an solchen Spaßettln – –

Tschurtschenthalers Spezialität war zeitgemäßer. Er hatte als Attaché in München mit dem Prinzregenten Luitpold des öfteren Kegel geschoben. „Der Prinzregent war dabei immer in Kurzledernen. Und der Hofmarschall hat einen vorher draußen gefragt: ‚Haben Sie heute etwas Saftiges für Seine Königliche Hoheit?‘ Damit hat er recht gepfefferte Geschichten gemeint. Aber hauptsächlich hat man müssen dem Prinzregenten seine nackten Knie bewundern. Auf die war er sehr stolz. Einmal war auch die Gräfin Lonyay dabei, unsere ehemalige Kronprinzessin. Die hat sich das Lorgnon vor die Nase gehalten beim Schieben. So –“ Er machte es in der gespreizten Art einer hochgeschnürten Dame vor. Das war sein Glanzstück. Am Ende kam er auf die nackten Knie des Regenten zurück und tätschelte dabei seine eigenen. Im übrigen betrank er sich heimlich und hatte eine blaue Nase.

Auf einem Ausflug mit Erwein traf Pette einen Schwarm von Kollegen und Kolleginnen. Jauchzend lud sie alle ein. Auf Pettes tobendem Gelächter kollerten dann die Gäste daher wie losgerissene Holzblöcke auf einem Wildbach. Etliche blieben ihre drei Wochen liegen. Eine kleine, magere Person mit ungeheuren Augen, Schauspielerin, Lottchen genannt, behielt Pette überhaupt im Haus. „Sie ist lungenkrank und ein Genie“, sagte sie, „du mußt etwas für sie tun, mein Süßer.“ Sie hielt Vorträge über Menschlichkeit und über die verfluchte Pflicht und Schuldigkeit des Kapitals. Überhaupt war sie rot angehaucht, träumte von einem bolschewistischen Grafenstaat und wurde sackgrob, wenn man sie nicht ernst nahm. Die Abgewirtschafteten blickten wie wohldressierte Hunde nach ihrem Herrn. Aber Erwein, wenn auch mit tief gesenkten Lidern, hörte sich den wilden Unsinn an, als plappere eine kaiserliche Prinzessin. Wie sehnten sie sich vergeblich nach einem Ausbruch seines sprichwörtlichen Zorns. Pette behängte Lottchen wie einen Fetisch, küßte sie ständig ab und schrie vor Entzücken, wenn Lottchen den Mund auftat. Als Lottchen endlich abzog, blieb sie dennoch Erwein auf der Tasche liegen. Es zeigte sich auch, daß Pette selbst nichts gespart hatte als Schulden. In der Tat verschenkte sie immerzu, was sie verdiente. Sie verdiente Mengen und hatte doch immer bloß das Geld anderer. Sie machte sich nicht etwa einen Plan, Erwein auszunützen. Sie dachte gar nicht daran, ebensowenig wie sie sich etwa vorgesetzt hatte, ihn körperlich zu ruinieren. Dennoch tat sie beides, einfach weil es Spaß machte, sie lachte sich halbtot dabei. Aber auch ihre Späße betrieb sie mit der zwitschernden Schärfe, mit der unerbittlichen Geschwindigkeit einer elektrischen Säge. Am unheimlichsten war sie, wenn sie über Schmerzen klagte, jammerte und Tränen vergoß. Es war, als ob ein doppelseitig geschliffenes Messer schluchzte.

Sie jammerte und greinte sehr viel, besonders seit ihr klar geworden war, daß die unbedeutende junge Person, die in Wien für sie eingesprungen war, einen geradezu lächerlichen Erfolg errungen hatte, sie behauptete, sie könne seit der Operation nichts mehr verdauen, es mußte besonders für sie gekocht werden, meist während einer Mahlzeit noch dies oder das, stets Speisen, die schwer herzustellen waren. Die Köchin kündigte, Merlitschek bekam weiße Haare und dicke Tränensäcke, Erwein, mit unfaßbarer, leidender Geduld, renkte immer wieder von neuem alles ein. Merlitschek klagte: „Unser Herr machts nicht mehr lang. Unser Herr wird sterben. Unser Herr kriegt seine Wut nicht mehr!“ Er konnte stundenlang im Grabeston von früheren zügellosen Zornausbrüchen seines Herrn erzählen.

Abends saß Pette, tief ausgeschnitten, krankhaft weiß am Körper, mit gekrümmten Schultern leise lauernd da. Die Gesellschaft war zahlreich, das heißt, Erwein mußte stets Dauergäste für Pette einladen, unter ihnen hatte sie ihre Affen, ihre Schoßhündchen, oft lausige Gesellen beiderlei Geschlechts, die frech an ihr schmarotzten und die sie verhätschelte. Ihr waren sie recht als Leibgarde gegen das Quartett der Abgewirtschafteten, auf die Pette einen unergründlichen Haß geworfen hatte. Trotzdem jene vier sich von Anfang an eines auserlesen höflichen, ja devoten Tones gegen die Person mit dem Schlangenblick befleißigten, nährte Pette einen sinnlosen Grimm gegen sie in ihrer Brust. Anmerken aber ließ sie sich nichts und es ging mit ‚Haben Gnädigste die Gnad‘ und ‚Aber ich bitte Sie, Exzellenz –‘ so an sechs Wochen scheinbar friedlich fort. Da saß sie nun, man hatte doch da auch heute wieder so einen ekligen Brief aus Berlin, aus der Maria in ‚Was Ihr wollt‘ wurde wieder nichts, der Bonze, der den Malvolio spielte, fürchtete wohl ihre Konkurrenz. Mit bösen platzenden Nerven wartete sie auf Gyulas gewissen Augenblick. Gyula ließ nicht auf sich warten. „Ich bin eine verlorene Seele!“ heulte er. „Ich bin ein Schmarotzer, eine verkommene Existenz –“

„Gewiß sind Sie das, Sie Schwein!“ sagte Pette laut und deutlich. „Wenn keinen anderen hier an diesem Tisch vor Ihnen ekelt, mich ekelt, das mögen Sie wissen. Hör mal,

Erwein!“ Sie erhob ihre Stimme. „Weißt du, was für ein fauler Kunde der da ist? Ins Waldhaus ist er mir gestern abend nachgekrochen, das Bocksgesicht. Ich soll wohl schweigen? Alles hier bei euch, bloß die Wahrheit nich, wie? Ich hatte meinen Stock in der Hand, da winselte er voll Wonne: „Schlagen Sie, schlagen Sie zu, ich habs so gern, wenn fesche Damen streng mit mir sind!“ Nun war ihre Wut schon wieder in Gelächter umgebrochen. Sie schlug sich die Hand vor die Augen und winkte außer Atem mit der anderen. „Wie der aussah, der olle Fresser, gar nicht wie ein Mensch, und dann sagte er, er hätte Erwein auch immer Adressen verschafft von feschen Weibern, und da wären mal welche jewesen, in der Motzstraße – huch“, und sie fuhr mit der Hand durch die Luft, als holte sie zu einer Maulschelle aus, und das helle Wasser lief ihr über das aufgerissene Gesicht. Die Ihrigen brüllten. Pette versuchte immer noch, Gyulas verglaste Tierfratze zu kopieren, indem sie ihr fahles Haar über die Ohren schüttelte und stier daraus hervorglotzte, aber das Lachen warf sie hintenüber – als schon ein unbeschreibliches Getümmel entstanden war. Tschurtschenthaler, der in der Geschwindigkeit abseits eine halbe Flasche Kognak hinuntergeschüttet hatte, war auf Kocko losgestürzt und hatte ihm mit einem unartikulierten Ausruf das weiche seidene Smokinghemd aufgerissen. Auf Kockos blasser Haut war eine lange Schnur nicht sonderlich wertvoller Perlen zu sehen, Pettes Perlen, die er zu tragen pflegte, wenn Pette sie nicht trug. Damit sie den Glanz nicht verlören, sagte er. Kocko war haushälterisch gesinnt und vergeblich bestrebt, Werte zu erhalten. Die Abgewirtschafteten wußten das, Kocko war einmal morgens in halboffenem Schlafrock perlengeschmückt bei Jablonski erschienen. Jetzt schwang Tschurtschenthaler die leere Kognakflasche in der Luft, aber Erwein, hohläugig, aschgrau, fiel ihm in den Arm. Der sinnlos Betrunkene setzte sich zur Wehr, blitzschnell kam es zum Ringkampf, in dem Erwein sofort zu Boden geschlagen wurde. Er fiel so unglücklich, daß er sich die Kniescheibe verletzte. Als er hinausgetragen wurde, schrie Pette außer sich: „Ich habe nie begriffen, wie du auf diesem Müllhaufen deiner verdammten Monarchie hast leben können!"

So begriff ihn ihrerseits auch Pette nicht, seine Freunde hatten ihn schon vorher nicht begriffen. Auch Merlitschek stand vor einem Rätsel, das ihn Lebensjahre kostete. Er war eingeweiht. Er konnte sich auch die Zerstörung der Finanzen an den Fingern abzählen. Von anderem ganz zu schweigen. Alles in allem: was für ein solider Herr war doch sein Herr gewesen. Immer gewußt, wie weit. Euer Gnaden verstehen schon. Und was für ein genauer Rechner! Und jetzt – zwar die Person war augenblicklich fort, in Berlin. Aber das Geld rann noch immer, Verpachtungen da und dort. Pette hatte Schulden in Wien zurückgelassen, Pette telegraphierte, Pette war immer fordernd vorhanden, Tag und Nacht. Pette war krank, Pette war ohne Engagement. Warum um Gottes willen machte Erwein nicht Schluß? Sie hätten sichs zur Not erklären können, wenn sie ihn sahen, wie er Tag für Tag dasaß und, mit einem sonderbar leidenden Lächeln um den Mund, das niemand an ihm kannte, vollkommen faszinierten Blicks an Pettes Lippen hing, aufschrie vor Lachen, wenn sie eines ihrer Opfer schlachtete, und mit Strenge Beifall heischend um sich sah, wenn es der Augenblick erforderte. Seine Hände lagen dann unmerklich zitternd übereinandergefaltet auf den Knien, eine Adorantenhaltung. Gut, dann begriffen sie, obschon mit abgewendeten Augen, denn es ist eine schmerzliche Scham für Männer, zu sehen, wie aus einem Don Juan ein kindischer Weiberknecht geworden ist. Aber nun war sie fort, der unmittelbare, sinnliche Einfluß getilgt. Er lag mit zerschmettertem Knie im Bett. Ging er nicht in sich? Wußte er nicht, was geschehen war?

Er wußte es ebensogut, wie er wußte, daß Logothetti kein Kenner des achtzehnten Jahrhunderts, Tschurtschenthaler ein Esel, Jablonski ein Schafskopf und Gyula ein unsauberer Geselle sei. Er hatte sich keine Stunde über seine Situation getäuscht. Als Pette ihm vom Wagen herunter um den Hals gefallen war, hatte es ihn noch viel deutlicher, viel drohender durchschlagen, als damals in Arosa im Korridor vor Lalas Tür. Er taumelte auf seiner eigenen Schwelle. Eigentlich wußte er schon damals alles.

Aber es gab keine Flucht mehr. Er war wie gelähmt. Pette war eben da. Nicht mehr achtzehnjährig. Das war es nun nicht mehr. Sie machte auch nicht viel Geschichten, sondern gab sofort zu verstehen, daß sie diesmal ‚ernstlich für ihn da sein wolle'. Er hatte bei ihr für die Erinnerung an eine Nacht, an die sie dachte, einzustehen. Nein, achtzehn war sie nicht. Aber was machte es bei ihr aus, daß sie jetzt nicht mehr aus dem Kapital ihrer Instinkte lebte, sondern rationell die Zinsen, ihre Erfahrungen, bewirtschaftete? Mit dreißig wäre er ihr gewachsen gewesen, in seinem Alter überwältigte sie ihn sofort. Oft hatte er das dunkle Gefühl: sie sei der ihm gesetzte Feind. Die Bringerin des Endes. In Arosa hatte man sie Mamzelle La Mort genannt. Vielleicht ringen uns nur die lang Erwarteten zu Boden.

Manchmal grübelte er: warum, warum nur war es die geworden. Der Ausbund aller Eigenschaften, die er haßte an einem Weib. Physisch nicht sein Typ. Keine war ihr je ähnlich gewesen, zumindest keine, deren er sich entsann, und unter den Unzähligen, die er vergessen hatte, konnte erst recht keine solche gewesen sein. Aber wie denn, war er vielleicht zeitlebens auf der Flucht gewesen vor diesem Ausbund aller Eigenschaften, die er haßte? Die unzähligen

Süßen, Runden, Niedlichen nichts anderes als Vorwände, Schutzwall aus Fleisch und Blut? Schrecklich, sich vorzustellen, daß sie dahinter gelauert haben sollte, Pette, Mamzelle La Mort. Urbilder von Lust und Tod bedrängten den Mann des Lebens, wie es ist.

Das Theater war hier nicht der Zauber. Was Pette trieb, war längst nicht mehr Theater, wie er es verstanden und vergöttert hatte. Gerade das Wesen seines Theaters fehlte ja da: das Übertragene, das Übertragende, das Ceremoniell, die Substitution. Hier war alles schauerlich direkt. Hier wurde nicht für ihn gelitten und gestorben. Für ihn, das heißt an seiner Statt. Hier wurde niemand erlöst von schwarzer Jenseitsfurcht, sondern hier wurde man im Genick gepackt und hart auf hart gestoßen, hier fuhr eine rüde Faust ins Nächste und schleuderte das Lebendige herauf, mochte es noch so besudelt sein. Ihr galt nichts als tierisch, oder ihr war nur wohl im Tierischen. Sie war die geborene Zerstörerin, Bandenführerin der Scham- und Zügellosigkeit, Zerstampferin des Ceremoniells. Hatte er nicht Frauen geliebt, die an das Laster glaubten? Wahrhaftig, Pette glaubte nicht an das Laster. Aus Gründen, die nicht sonderlich verborgen waren. Es hatte auch eine andere nicht daran geglaubt. Ein Weltenabstand trennte Pette von jener anderen, ja, richtig, eine ganze, runde Welt.

In jenen trüben Herbsttagen redete er mit Merlitschek so häufig, daß es ihn am Ende selbst erschreckte, von Cecile. Er nannte sie nicht mehr die Dame mit dem Turban. Er gab ihr ihren Namen. „Das Fräulein Cecile“, sagte er, „wissen Sie, Merlitschek, ewig schade, das Fräulein Cecile wär eine herrliche Tragödin geworden. Die Frau Bentheim ist freilich auch eine große Schauspielerin, aber mit Tragödin meint man etwas anderes, wissen Sie? Obzwar beide etwas Schöpferisches an sich haben müssen, aber das verstehen Sie nicht, Merlitschek, trösten Sie sich, ich auch nicht, das ist ein unheimliches Rätsel. Vielleicht ist es das Wahre an den Weibern, und das Wahre ist immer ungemütlich. Erinnern Sie sich noch an das Fräulein Cecile?"

„Aber die ist ja schon lang gestorben", wandte Merlitschek betroffen ein, „die schwarze Dame in Arosa war ihre Tochter. Sie hat, hör ich, nur Töchter gehabt." Erwein nickte.

Aber am darauffolgenden Tag sagte er plötzlich, ohne den Alten anzusehen: „Wissen Sie, Merlitschek, die Cecile hat auch einen Sohn gehabt. Aber von mir –" Merlitschek goß Tee ein. Erst nach einer geraumen Weile fragte er mit verknitterter Stimme: „Und wo ist er denn, der – – unser junger Herr?" –

Im November war es soweit, daß das Haus mit den ärgerlichen Türmen gesperrt werden mußte, die Heizung war nicht mehr zu erschwingen, es wären auch dringende Reparaturen nötig geworden, so wenigstens beschönigte Erwein vor sich selbst die schmähliche Tatsache, daß er die Abgewirtschafteten nicht mehr erhalten konnte. Obzwar Tschurtschenthaler nach dem verhängnisvollen Ringkampf verschwunden und also nur ihrer drei verblieben waren, vermochte er ihren bescheidenen Aufwand nicht mehr zu bestreiten. Er selbst müsse allein hier hausen, behauptete er, aber sogar Merlitschek wußte, daß er nach Berlin fahren würde, sobald es sein krankes Bein erlaubte, und daß er hauptsächlich darum zusammenraffte, was er noch besaß. Nach Berlin, in die Demütigung, in die Schande, in den Skandal vielleicht.

Aber hier? Ihm graute. Als Österreich verloren war, hatte er alles darangesetzt: aber er konnte doch nicht in Ferdinands Existenz hinein. Wenn er jetzt daran zurückdachte, wo er das einzig Anstößige aus Ferdinands Leben haargenau in sein eigenes Leben herübernahm, wo er sich selbst zerstörte wegen einer Frau, gerade jetzt erschien ihm Ferdinands Sein und Trachten wie ein feindselig verschlossenes Rätsel und seine kindliche Bemühung, es zu lösen, wie ein wüster Traum. Klar wurde ihm nur, daß Ferdinand ihn nie geliebt haben konnte. Schaudernd kehrte er sich von seiner einzigen Liebestäuschung ab.

Wie denn, Freundschaft. War er denn nicht selber ein Schuft, der drei alten Freunden die Türe wies? Es war unmöglich, ohne körperliche Qual daran zu denken, und er hatte körperliche Qual genug. Warum hatte es denn nicht gereicht? Er wälzte sich herum und rechnete und sann. Wo war es hingekommen, das viele schöne Geld von einst, die Kronen, die Franken und die Gulden, er hatte nie verschwenderisch gelebt. Die Gulden vor allem, wo waren sie, er hatte ihrer doch soviel geerbt. Auf einmal schien ihm, mit dem Verschwinden der Gulden habe das Unheil schon begonnen. Damals war der Kaiser noch in der Burg gesessen und bei ihm des Kaisers Sohn. Zum Prinzen stahl sich, den sanften Fransenschleier ihres Haares auf der Stirn, die süße Mary Vetsera, die mit ihm starb. Erwein fuhr auf aus einem halben Traum. Drei alte Männer saßen an seinem Bett, sie warteten wohl auf das gemeinsame Abendessen, zum vorletzten- oder zum letztenmal. Sie sahen einander nicht an, sie sahen auch Erwein nicht an, es war lauter Ratlosigkeit, bittere Scham und hoffnungsloses Altsein zwischen ihnen. ‚Ich muß mich rechtfertigen vor euch', sagte Erwein plötzlich und stützte sich auf seinen Kissen auf. „Wenn ich noch mein ganzes väterliches Erbe gehabt hätte, wär das nicht passiert. Aber im Jahr neunundachtzig –"

Schließlich war das was Anständiges, was er ihnen da zu erzählen hatte, das mit den Briefen des Kronprinzen, für die er schweigend einen Teil seines Vermögens aufgeopfert hatte. Und nie mit einem Hauch darüber geredet. Nichts dafür verlangt und nichts bekommen. Im Grunde war er also kein Lump.

Er setzte zu seiner Geschichte an. Aber weder Gyula, noch Logothetti, ja nicht einmal der Laso hob das rote alte Genick. Was kümmerte sie heut seine Guttat am Kaiserhaus?

Erwein stockte, verwirrte seinen Faden. Dann starrte er wortlos vor sich hin.

Nein, das ließ sich nicht erzählen. Warum? Weil das am Ende nicht mehr viel bedeutete?

Da mußten diese alten Tröpfe morgen oder übermorgen wandern. Nun, wenn schon!

Das viele schöne Geld, kein Schwindel, keine Spielmarken, sondern Gulden, Tausende von Gulden – –

Was war es jetzt, hier, in dieser Stunde, daß man geholfen hatte, die Wahrheit zu vertuschen, weil der Mörder, der Tote, die arme Seele vor dem Absterben ein Prinz gewesen war? Aber doch kein beliebiger Prinz? Der Kronprinz, Erbe eines Reiches!

Welches Reich? Verdammte Materialisten. Es gibt doch auch eine Idee, mit der man nobel zugrunde gehen kann.

Der alte Zorn wollte sich in Erwein regen. Er richtete sich mit blitzenden Augen auf, aber das Knie schmerzte ihn sehr, scheltend ließ er sich wieder fallen.

Wenn der Sensenwagen einer künftigen Epoche über unsere Felder rollt, wird er Erwein Raidt und seine Freunde nicht mehr finden. Andere werden an seiner Statt unter den Rädern zermahlen werden, ganz langsam oder furchtbar schnell, je nach den Geschehnissen, Schuldige oder Unschuldige.

Denn in Schuldige und Unschuldige teilt ja ihr Männer die Welt.

E n d e

Rezensionen zum Roman

Rudolf Jeremias Kreutz: *Ein desillusionistischer Roman.*

Es gibt frondierende Werke, die Anerkennung, ja Begeisterung auslösen, wenn es ihrem Dichter gelingt, ein Problem nicht nur mit Kühnheit zu wählen – das treffen Stümper schließlich auch – sondern kühn zu durchdringen. Und vor allem: restlos zu gestalten. Es geschieht uns dann, daß wir, auf das wohligste erschreckt, uns in jenem gespenstischen Zwielicht sehen, in jenem gefährlichen Dämmer, in jenem lauernden Verbundensein mit Gut und Böse, das uns eignet. Das Entzücken der Desillusion ist um so vollkommener, je rückhaltsloser die Entschleierung geheimsten Menschenwesens in einer Dichtung gelingt. [...] Auch Marta Karlweis ist eine Fanatikerin im Bekennen letzter Ehrlichkeiten. Schon in ihrem Buche „Eine Frau reist durch Amerika“ erkannte man die unerbittliche Überprüferin des aus dem „Westen“ gemeiniglich Hergebrachten. Als Analytikerin amerikanischen Gesellschaftstreibens begnügte sie sich nicht, Beiläufiges von seinen Rändern auszusagen, die der Fremde im Pullman Car und im Hotel streift. [...] Sie unternimmt es, einen Don Juan zu zeichnen, wie er in dem an verführerischen Amateuren keineswegs armen, alten Österreich gedieh.

Erwein von Raidt, Dandy und Dilettant der neunziger Jahre, Charmeur, „Mann der fairen Spielregeln und des unfairen Spiels“ hat jene Eigenschaften, von denen Grillparzer meint, daß sie vor Gefahren sichern und zugleich gefährlich machen: ein kaltes, treuloses Herz und eine warme Phantasie. Eine gescheite Frau erklärt, von ihm hingerissen: „Er ist bezaubernd. Unmöglich, in seiner Nähe an etwas Gutes oder Großes auch nur zu denken.“ Dieser geborene Verführer, der um so mehr Glück bei den Frauen hat, als er – seinem großen Vorbilde treu – ohne jede Beteiligung seines Herzens operiert, steinerner Gast des eigenen Liebesspieles und in einem Atem heißer Galan, ja opferfähiger, kindischer Weiberknecht, dieser Urtyp des zwielichtigen, stets unglücklichen Hasardeurs, kann nicht plastischer umrissen, nicht grausig heller gedeutet werden, als dies Marta Karlweis gelingt. Sie führt ihn auf dem Höhepunkt seiner Laufbahn vor, da er Cecile, das menschlich wertvollste seiner Opfer gewinnt, besitzt und verdirbt. Es ist eine erstaunliche Kraft in der Dichterin um die Formgebung des Höllisch-Menschlichen. In das wohltemperierte Inferno einer Häuslichkeit geleitet sie uns und macht Gestalten lebendig, zum Greifen echt. Ceciles egozentrisch verlogene – einst schöne – Mutter, die verwachsene altjüngferliche Tante Melanie, die „ihren Anteil an der Wollust der Kreatur" darin findet, daß sie die Schwester zur Raserei gegen Cecile stachelt. Doch auch lichte Erscheinungen wandeln durch das Buch. Der Bezirkshauptmann Ferdinand von Sillian zum Beispiel, ein feiner, stiller, hilfloser, österreichischer Mensch und Dichter entzückender Tagebücher. Ein reiner Tor als Liebender überdies, der sich vor lauter Zartgefühl und Rücksichtnahme auf legitime Bindungen zur Wahrnehmung seiner Interessen erst aufrafft, als es zum Sterben ist.

In der Schilderung dieses noblen und gütigen Sterbens, in der ungeheuren Intensität, mit der die alles Selbst lähmende Unentrinnbarkeit einer grande passion an Cecile gezeigt wird, in der Feinfühligkeit, die das Weibwesen bis in seine zartesten Wurzelenden bloßlegt, erweist Marta Karlweis wieder ihre scharfsichtige Künstlerschaft.

Ihr eigenwilliger, sorgsam durchdachter Stil ist unverwechselbar, die Einprägsamkeit ihrer Bilder, Vergleiche, Charakteristiken oft außerordentlich. Die mitleidlose, von

Ironie funkelnde Stichhältigkeit ihrer Schlüsse, die fröhliche Grausamkeit ihrer Menschenbeobachtung und -darstellung bezaubert, just weil sie unseren, etwa ein wenig wohlwollenderen guten Glauben gründlich zu widerlegen weiß. Ihre Begriffsformungen gehen den abgegriffenen Banalitäten des Konventionellen weit aus dem Wege, ohne darum verquält oder in fatalem Sinne geistreich zu sein. Wie reizend zum Beispiel das Wort über Geschenke: „Sie können zweierlei bedeuten, Hingebung, die an sich selbst ein Genügen findet, oder Loskauf, ihr ewiges Gegenteil." Oder zur Vorstellung eines nicht unsympathischen Mannes: „... er war ein Philister, gewiß. Aber ein ... Philister ohne Jovialität, und die Jovialität ist es, die den Philister abstoßend macht." Sehr treffend auch dieses: „Je heißer einander zwei Menschen lieben, desto größer ist die Bosheit, die einer dem andern in mancher Stunde zuzutrauen vermag. Denn die Liebe ist auch darin, wenn nicht göttlicher, so dämonischer Natur, daß ihr alles zur Nahrung dient, auch das Böse."

Marta Karlweis hat mit ihrem letzten Werk einen bedeutsamen Ausschnitt aus der Gesellschaft Wiens um das Jahrhundertende gegeben. „Ein österreichischer Don Juan" wird viel gelesen und – was für den Erfolg eines Buches fast wichtiger ist – mehr noch kommentiert werden.
In: *Neue Freie Presse* 22.12.1929, S. 27 (Literaturblatt).

Josef Chapiro: *Marta Karlweis.*

Marta Karlweis ist die Lebensgefährtin eines berühmten deutschen Dichters. Als solche verdient sie, skizziert, den Lesern Jakob Wassermanns näher gebracht zu werden. Aber Marta Karlweis ist auch selbst eine beachtenswerte Erzählerin. In ihre Feder ist ein Diamant gefaßt, der auf manche

Seiten ihres Werkes blendendes Licht wirft, Seiten, die uns packen und erschüttern und uns zwingen, ihnen in unserem Gedächtnis ein dauerndes Asyl zu bieten.

Gattin eines berühmten Dichters zu sein, hat für eine schöpferische Frau etwas Zweischneidiges. Mehr als eine andere Frau kann sie in seinem Glanze leben und auch sein Leben mit hellem Licht füllen (wenn sie es nicht zur Hölle macht), aber als Schriftstellerin wird sie unwillkürlich durch den Ruhm des Gatten in den Schatten gestellt. Es ist, wie wenn hinter einem hohen Baum ein zweiter zu wachsen anfinge und man vor Bewunderung des Großen und bereits Bekannten den Neuheranwachsenden nicht merken oder ihm keine Bedeutung beimessen würde. Im Falle Marta Karlweis ging es den besten Freunden des Ehepaares, wenn auch unbewußt, nicht anders, bis sie eines Tages ein Werk von ihr gelesen hatten.

„Ein österreichischer Don Juan" heißt ihr letztes Buch [...]. Der Titel ist einseitig und gibt nicht das eigentliche Thema wieder, das darin behandelt wird. Das Hauptthema ist Oesterreich, österreichische Menschen, österreichische Männer und Frauen, unpathetische, gemütliche Existenzen, die, unter den gleichen Verhältnissen lebend, bei anderen Nationen einem kochenden Kessel ähneln würden. Wenn Erwein v. Raidt, der Don Juan, die interessanteste Figur dieses Romans ist, so ist die von Cäcilie Löwenstein-Perglas die packendste und unvergeßlichste. Wenn Eigenschaften wie die letzteren der Wertmesser für den Grad einer Dichtung wären, würde ich beinahe glauben, daß die Gestalt der Cäcilie auch die gelungenste ist und somit diejenige, die es am meisten verdient, auf dem Titelblatt angegeben zu werden. Aber zeichnerisch ist auch die des Don Juan eine sehr wertvolle und vollendete.

Wie Marta Karlweis das Buch einleitet, in knappen Seiten diesen Mann vor uns stellt, mit seinen Manieren, seinen Gewohnheiten, Trieben und Ansichten, wie sie sein Herz bloßlegt, dasjenige Herz, von dem Grillparzer sagt, daß es manche Menschen „vor Gefahren sichert und zugleich gefährlich macht“, ist ausgezeichnet. Will die Verfasserin uns mit dem intuitiven, blitzschnell kapierenden Geist des Don Juan bekanntmachen, so braucht sie nur einen kurzen Satz zu schreiben wie diesen: „Er hat den Geruchssinn eines Jagdhundes, das Auge eines Falken, Ohren, die das feinste Zischeln vernehmen, aber von Melodien nur Walzer und Couplets behalten können,“ – und Raidt ist schon für das ganze Buch gekennzeichnet.

Don Juan ist, politisch genommen, kein Demokrat. Deshalb ist er auch in seinen Beziehungen zur Kirche nur als Katholik denkbar. „Protestant kann Don Juan nicht sein ... Auch stieße ihn das ungestufte demokratische Wesen der protestantischen Gemeinschaft ab. Ihn verlangt, wie nach einem irdischen, nach dem himmlischen Kaiserhaus und seinen zahllosen Hofdiensten, Würdenträgern, geheiligten Handlungen, Gnaden und Gnadenmitteln.“

In solchen knappen Sätzen wird Don Juan in seinen Gefühlen, Fähigkeiten und Ansichten festgehalten und steht vor uns wie lebend da. Marta Karlweis ist sparsam in ihren Mitteln. Ein kurzer Satz, ein Pinselstrich, ein Wort, und sie ist mit ihrer Skizze fertig. Hätte sie nur die ersten zwanzig Seiten ihres Buches geschrieben, in denen eigentlich jede Handlung fehlt, der Mensch dagegen in Lebensgröße wiedergegeben ist, so müßten wir sie schon als vorzügliche Porträtmalerin betrachten. Diese ihre Eigenschaft läßt sich überall erkennen. Ganz gleich, ob sie Haupt- oder Nebenfiguren zeichnet – sie stehen immer lebendig da. Ob es Cäcilie Löwenstein ist, zuerst als Backfisch, der sich gierig auf Bücher stürzt und sie verschlingt, ohne daß diese etwas anderes sind als „provisorische Nachrichten über Menschen und menschliche Leidenschaften“, dann als gereiftes Mädchen, das sich von Don Juan verführen läßt; ob es ihr späterer Mann Perglas ist oder ihre furienhafte Mutter oder Erwein v. Raidts Freund Ferdinand oder dessen Geliebte, Marie – alle diese Personen stehen vor uns ausgeführt bis in die Nagelspitzen, bis in die kleinsten Details.

In diesen Menschen ersteht das versunkene Oesterreich wieder, seine Sitten, seine Nonchalance, das liebenswürdige dahinsterbende Dasein der alten Monarchie. Denn solche Menschen sind nur in Oesterreich denkbar, sie sind typisch in ihrem Aussehen und in ihrem Benehmen, in ihrem Fühlen und Handeln.

Wenn ich zu den Vorzügen dieses Romans noch die packende Schicksalsschilderung füge, habe ich all das beisammen, was ein Buch zum wahren Roman macht. Frauenromane sind meistens ein Greuel. Das Metaphysische oder Freudsche; das Sich-Vor-Liebe-Verzehren; das Verführerische; Don Juan; der ungeliebte Gatte; die dem Manne gleichgültige Ehefrau – solche Bücher sind oft unausstehlich, wenn sie ein Mann schreibt, und, ganz unerträglich, wenn sie von einer Frau verfaßt wurden. Bei Marta Karlweis ist es anders. Die von ihr geschilderten Vorgänge sind ihr nur Unterlagen für das geschilderte Leben, nicht das Leben selbst. Sie werden dazu verwendet, um neben der Wirklichkeit das Traumleben hervortreten zu lassen, das – Verborgene, Unbewußte dem Alltag gegenüberzustellen.

Ich liebe auch die Betrachtungen, die Marta Karlweis hie und da einstreut. Ein Gedanke über Oesterreich, eine Bemerkung über Snobismus oder über Don Juan, eine Aeußerung über den Krieg, eine Mitteilung über reife Damen und junge Mädchen – auf jeder Seite spürt man deutlich: hier ist eine Frau, die ihre Eigenart oder was man Talent nennt, auch im Denken bewahrt.

Ich sprach eben von der packenden Schilderungskraft der Verfasserin. In der Tat: Martha Karlweis ist eine Erzähle-

rin, die den Leser die ganze Zeit im Bann hält. Dieses zweihundertsechzig Seiten lange Buch hat keine tote Stelle, kein Ereignis wird mit Nebenereignissen beschwert, kein starkes Gefühl durch ein nebensächliches geschwächt, Männer und Frauen sind gleich gut gesehen und in scharfen Konturen gezeichnet. Wenn mich irgendeine Stelle in diesem Buche störte, so war es der Schlußsatz, die letzten zwei Zeilen, die in krassem Widerspruch zum ganzen Werk stehen. Aber diese sind lediglich eine Betrachtung, die mit der eigentlichen Fabel nichts zu tun hat, viel weniger noch mit der Erzählungskunst der Dichterin. Ich habe hier versucht, auf die Vorzüge dieses Buches kurz hinzuweisen. Wenn ich mir nun überlege, welche Romane in diesem Winter erschienen sind und welche von ihnen mich am meisten gepackt haben, sowohl wegen ihrer Fabel wie wegen des Könnens des Autors, so fallen mir höchstens zwei oder drei ein. Denn unterhaltende Romane sind heutzutage eine große Seltenheit, und es ist deshalb für den Kritiker eine um so größere Genugtuung, auf einen solchen hinweisen und ihn dem Leser empfehlen zu können. Das letzte Werk von Marta Karlweis ist ein solcher Roman und wird hiemit wärmstens empfohlen.
In: *Neues Wiener Journal* 2.2.1930, S. 22.

A.N. in: *Bildungsarbeit.*

Zunächst sieht es so aus, als ginge die altösterreichische Genießergesellschaft dieses Romans unsere Leserkreise gar nichts an und daß der Typus des Don Juan im geschichtlichen Österreich verankern sei, ist auch eine sehr anfechtbare Behauptung. Eher stimmt der Satz: „Protestant kann Don Juan nicht sein, denn eher ist er dem einsam glühenden Mönch verwandt als dem sittenstrengen Bürger und

Hausvater der menschenwimmelnden Mitte." Aber bei fortschreitendem Lesen ertappt man das neue Buch von Jakob Wassermanns Gattin darauf, daß seine Frauengestalten allgemeingültiger sind als seine etwas erklügelten Männer, man lernt ihre Seelenanalyse schätzen und die ruhige Selbstverständlichkeit lieben, mit der sie bittere soziale Wahrheiten formt wie die folgende: „Wenn einer stirbt, geschieht auf einmal alles, was ihm das Leben möglich gemacht hätte." Und so darf dieses Buch, das unsere Kreise kaum streift, auch unseren Leserinnen empfohlen sein.
In: *Bildungsarbeit. Blätter für sozialistisches Bildungswesen.* (Wien) Mai 1930, S. 46f.

Erik G. Wickenburg: *Wien – wie es einmal war.*

Zwischen Hofmannsthals „Schwierigem" und Lernet-Holenia, mit einem Schuß Schnitzler, scheint dieses Buch von Marta Karlweis angesiedelt zu sein, dieser Roman, der sich „Ein österreichischer Don Juan" nennt und doch mehr oder weniger eine Naturgeschichte des absterbenden Altösterreichs ist, welches in der Figur eines kleinen Adeligen mit großem Sukzeß bei den Damen sichtbar gemacht wird.

Marta Karlweis, die jetzt 70jährige Witwe Jakob Wassermanns, weiß zu schreiben, sie beobachtet präzis und originell, sie schöpft zudem sichtlich aus einem erlebten Fundus, was sie redlicherweise durch die Einführung der eignen Person, die aber immer diskret am Rande bleibt, kundtut. Hier ist das Wien und das Österreich gezeichnet, wie es einmal war, oder, genauer sich in den Schichten der großbürgerlichen Gesellschaft abgespielt hat.
Nicht gelöst ist freilich die Frage, ob die Hauptfigur wirklich genug hergibt, um ihr einen Roman zu widmen. Man sieht sie agieren, man sieht auch die beneidenswert gutsitu-

ierte Umgebung, in der sie sich bewegt, aber man geht im Grunde nicht mit ihr, sondern mit der Schilderung mit. Die Gemütsreaktionen des Herrn von Raidt bleiben unwichtig, sie werden zwar delikat serviert, aber das eigentliche Salz fehlt ihnen. Es mag daran liegen, daß die Autorin den Typus wirklich gekannt und ihr Vorbild vielleicht geschont hat; es kann aber ebensogut sein, daß sie nur ein Wesen künstlich destilliert hat aus allem, was sie sah, kannte, beobachtete und überdachte, dem nun zwar nicht die Eigenschaften eines Lebewesens, wohl aber das Leben fehlt.

Das ist ein Einwand subjektiver Art, der vom Geheimnis der Schöpfung durch den Menschen bestimmt wird, er muß auch nicht für jeden Leser gelten; vielmehr wäre zu hoffen, daß die heute seltene Gepflegtheit des Stils und der Betrachtung die ihr gebührende Würdigung fände — in einer Zeit, die mit dem Wort umgeht wie mit einem groben Handwerkszeug. Der Roman ist 1929 zum erstenmal erschienen und jetzt das einzige in deutscher Sprache erscheinende Werk der Autorin, die in Kanada lebt.

In: *Die Welt* (Hamburg) 4.6.1960

Johann Sonnleitner

Tochter, Frau und Mutter bedeutender Männer. Die Dichterin Marta Karlweis (1889–1965).

Marta Karlweis, Tochter, Ehefrau und Mutter bedeutender Männer, ist heutzutage wie die meisten Schriftstellerinnen der Zwischenkriegszeit völlig vergessen und das, obwohl sie sich zu Lebzeiten doch einer großen Bekanntheit erfreute. So publizierte sie in den angesehensten deutschen Verlagshäusern wie bei S. Fischer. Mehrere ihrer Romane waren als Vorabdrucke[1] in der *Neuen Freien Presse* zu lesen. Sie war mit Arthur Schnitzler bekannt, der trotz seiner abgrundtiefen Antipathie gegen die zweite Frau seines Freundes Jakob Wassermann ihr Buch *Eine Frau reist durch Amerika* lobend erwähnt und auch – leider kommentarlos – die Fortsetzung der Lektüre des *österreichischen Don Juan* vermerkt.[2] Thomas Mann, den Marta Karlweis vor allem in Küsnacht bei Zürich immer wieder besuchte, hat ihrer Biographie über Jakob Wassermann[3] ein lobendes Vorwort beigesteuert. In Wien frequentierte Karlweis den berühmten Salon der Berta Zuckerkandl, in dem sie immer wieder aus ihren Werken vorlas. Mit ihrem vorletzten Roman *Ein österreichischer Don Juan* scheint sie sich auf dem Buchmarkt endgültig durchgesetzt zu haben. Schon ein Jahr nach dessen Publikation im Dezember 1929 bringt der anspruchsvolle New Yorker Verlag Ives Washburn unter dem Titel *The viennese lover* eine amerikanische Übersetzung heraus. Ab den späten zwanziger Jahren sind die Kritiken über Karlweis durchgehend positiv und zuweilen geradezu enthusiastisch.

Der Beginn der Naziherrschaft bedeutet für ihre literarische Karriere einen irreparablen Einschnitt. Nach 1933 erscheinen nur noch als letztes Buch der 45jährigen die Wassermann-Biografie im Amsterdamer Querido-Verlag und fallweise Beiträge in schweizerischen und österreichischen Zeitungen und Zeitschriften. Ihr völliges Verschwinden aus der deutschsprachigen Literatur muß man der nazistischen Kulturpolitik anlasten. Die österreichische Nachkriegsöffentlichkeit und Germanistik manifestierte dezidiertes und aus heutiger Sicht beschämendes Desinteresse an der Literatur der Vertriebenen.[4]

Insgesamt kann man festhalten, daß die Karrieren schreibender Frauen in der österreichischen Zwischenkriegszeit, nach einer doch beträchtlichen Bekanntheit, die zum Beispiel Maria Lazar, Berta Helene Diener, Else Feldmann, Veza Canetti, Hermynia Zur Mühlen, Maria Leitner und Anna Gmeyner einst hatten – um nur einige zu nennen – einen ähnlichen Verlauf aufweisen. Sie verschwinden in der Zeit des Dritten Reiches völlig von der Bildfläche, aus ideologischen und/oder aus rassischen Gründen werden ihre Bücher verbrannt, aus den Buchhandlungen und Öffentlichen Büchereien entfernt. Bemerkenswert scheint auch der Umstand, daß die Universitätsbibliothek Wien nur über zwei der acht Bücher Karlweis‘ verfügt, ebenso lückenhaft sind die Bestände der Österreichischen National- und der Wienbibliothek.

Auch die Sekundärliteratur ist nicht gerade umfangreich und bietet zum Teil widersprüchliche und lückenhafte Informationen. Sehr knapp fällt der Eintrag im *Lexikon deutschsprachiger Schriftstellerinnen im Exil* aus.[5] Neben zwei Grazer Diplomarbeiten gibt es nur wenige Aufsätze zu Marta Karlweis, aber immerhin widmet sich die amerikanische Dissertation von Sarah Sabine Painitz[6] Mela Hartwig, Veza Canetti und Marta Karlweis. Eine neuere anglistische Arbeit über jüdische Exilanten in Kanada[7] befaßt sich u. a. ausführlich mit Charles Wassermann, dessen

Mutter aber im Personenregister fehlt, obwohl zwei bibliographische Einträge angeführt werden, nämlich das Geleitwort zum Gedichtband von Anton Frisch *Steine aus Kanada*[8], das Karlweis im Jänner 1952 in Ottawa verfaßt, und ihren psychoanalytischen Aufsatz *Zur Frage der Postpartum Neurose*[9], der 1957 in der renommierten Fachzeitschrift *Psyche* erscheint. Ebensowenig Berücksichtigung findet sie im umfangreichen Beitrag Karin Gürttlers über die *Exilschriftsteller in Kanada*, dem wir allerdings wiederum profunde Auskünfte über Charles Wassermann verdanken.[10]

Die *Dokumentationsstelle für neuere österreichische Literatur* bietet zwar Zeitungsausschnitte zu Jakob Wassermann und seinem Sohn Charles, aber keine zu seiner Mutter. Auch in Killys Literatur- und in Czeikes Wien-Lexikon[11] vermißt man einen Eintrag zu dieser einst angesehenen Erzählerin der Ersten Republik. In wenigen Literaturgeschichten findet sich hin und wieder eine nichtssagende Zeile über Karlweis.[12]

***

Marta Karlweis wurde am 27. April 1889 in Wien als Tochter des überaus erfolgreichen Bühnenschriftstellers und Erzählers Carl Karlweis (1850–1901) geboren, der bei der Südbahn eine beachtliche Karriere im Verwaltungsdienst machte. Wenige Tage vor der Geburt seiner Tochter war er vom jüdischen Glauben zum Protestantismus konvertiert.[13] Martas jüngerer und einziger Bruder Oskar (1894–1956) erlangte als Schauspieler große Berühmtheit in Wien und auch im amerikanischen Exil. Sie besucht das Gymnasium der Genia Schwarzwald, mit zwölf Jahren verliert sie ihren Vater und muß ihren Vormund, „der schon in meiner Kindheit die Stelle des verstorbenen, erleuchteteren Vaters vertrat“, um die Erlaubnis bitten, ein Studium an der Universität Wien beginnen zu dürfen. Diese Einwilligung erlangt sie erst „durch beharrliches Kämpfen und gewichtigen Zuspruch dritter Personen", „obwohl zu dieser Zeit gar nichts Revolutionäres mehr daran haftete, sondern ich fühle mich keinem Glücksumstand in meinem Leben gründlicher verpflichtet als eben diesem, daß jene Umstimmung gelang und ich vor dem gröbsten Dilettantismus wenigstens in dieser Hinsicht bewahrt blieb."[14] Das Studium der Psychologie bricht sie nach der 1907 geschlossenen Ehe mit dem Industriellen Walter Stross (1883–1946), der im westböhmischen Liebauthal (Libavské Údolí) eine Textfabrik leitet, wieder ab. Die Familie Stross ist mit Arthur Schnitzler bekannt.[15]

Nach der Geburt der zwei Töchter Bianka (1908) und Emmy (1910) tritt sie 1912 mit der viel beachteten Erzählung *Der Zauberlehrling* in den *Süddeutschen Monatsheften* (Mai und Juni 1912) hervor, die das Wienerische künstlerische Milieu zwischen Bohème und Großbürgertum, zwischen Café Central und dem Hitzinger Villenviertel schildert und 1913 als Buch erscheint.[16] Ein angehender Schriftsteller reflektiert am Ende seine schuldhaften erotischen Verstrickungen mit zwei Schwestern durch ein Anti-Märchen, das er der versammelten Abendgesellschaft vortragen muß. Vincenz Chiavacci hat darüber eine durchaus enthustiastisch gehaltene Rezension verfaßt: „Mit kühnem, schonungslosem Griff reißt sie die Decke, die wir mit einem falschen Wort Kultur genannt, von ihren Menschen weg und zeigt uns den fieberhaft pulsierenden Mechanismus des Innenlebens der jungen Leute von jetzt. Ein wildes Stürmen und Drängen im Werdedrang nach großen Taten und brünstiges Verlangen nach wildem Lebensgenuß durchkreuzen sich fortwährend in diesem Hexenkessel der Leidenschaft. Im Café Central wird uns diese Gesellschaft von unfertigen Menschen mit ungestümem Wollen und unzureichendem Können vorgeführt. […] Das Buch zeigt uns ein Bild moderner Gesellschaftszustände, das uns manchmal erschreckt, aber dessen innere Wahrheit uns durch die Kunst der Darstellung eindringlich vor die Augen tritt."[17] Die Erzählung markiert auch eine kritische Distanz zur künstlerischen Avantgarde der Vorkriegszeit, der sich Karlweis aber retrospektiv zugehörig fühlt.[18]

Im selben Jahr, am 17. 10. 1913, wird am Münchner Residenztheater ihre Konversationskomödie *Der Herrenmensch* aufgeführt, worüber die Wiener Zeitschrift *Der Humorist* berichtet: „Das Königl. Residenztheater ließ eine Wiener Dichterin debütieren. Marta Karlweis hat einen literarisch schon wohlakkreditierten Namen geerbt. Ihr künstlerischer Ehrgeiz jedoch geht über das väterliche Volksstück hinaus zum psychologisierenden Lustspiel. Die Komödie *Der Herrenmensch* schildert eine Ehe mit Trübungen, die sich am Ende verflüchtigen. Hermann Bahr hat im *Konzert* ähnliche Motive bearbeitet. Frl. Karlweis versäumt einstweilen noch, ‚recht viel geschehen zu lassen', und begnügt sich mit feinziselierter Rede. […] Der Wiener Dialekt der irgendwo bei St. Wolfgang sommerfrischelnden Herrschaften wurde von den Darstellern (Regie: Basil) sehr gut getroffen. Die Milieuzeichnung ist einstweilen auch das Beste an dem Können der Lustspieldichterin, die Gelegenheit hatte, persönlich für den freundlichen Beifall zu danken."[19]

Während des Ersten Weltkriegs scheint ihr Name immer wieder bei Wohltätigkeitsveranstaltungen auf, die vor allem vom Wiener Adel und Großbürgertum organisiert werden. 1915 lernt sie im Haus ihrer Schwägerin Emmy Wellesz Jakob Wassermann kennen und lieben, der mit Julie Speyer-Wassermann verheiratet ist. Während Marta Karlweis mit Stross rasch eine einvernehmliche Scheidung erreicht, zieht sich der Rosenkrieg Wassermanns fast ein

Jahrzehnt hin.[20] 1924 kommt Charles Ulrich, der gemeinsame Sohn von Karlweis und Wassermann zur Welt, dessen Scheidung und zweite Heirat aber erst 1926 vollzogen werden kann. Der mit Wassermann befreundete Arthur Schnitzler wird immer wieder von Julie Speyer um Hilfe gebeten: „Julie W[assermann] frägt mich und O[lga] um ‚Rath'. Ihre Nachsicht bisher. Aber Martha hasst sie. Sie will nach der Schweiz mit den Kindern. Rücksichtslosigkeit Jakobs, der Martha überall aufoctroyirt. Ihre Streberei, innere Kälte. Bemerkungen der Kinder, der Dienstboten. ‚Was würde mir geschehn, wenn ich sie todtschösse?' Wir sollen mit Jakob reden. [...] Dabei liebt sie ihn wie früher, aber was jetzt von ihr verlangt wird, kann sie nicht ertragen. Auch dass Marthas Mann so völlig einverstanden, sei nicht wahr – trotz seiner eignen Wege – Unreinliche Geschichten."[21]

Schnitzler mahnt immer wieder zur Rücksichtnahme auf die verlassene Julie und ist auf Karlweis nicht gut sprechen – er bezeichnet sie als „begabtes, künstliches, unwahres hartes Geschöpf",[22] ihn irritiert „ihr socialer Ehrgeiz".[23] Nichtsdestotrotz legt sie ihm immer wieder eigene Texte vor, die er abschätzig als „eine (nicht unbegabte) Äfferei nach Jakob"[24] bezeichnet. Ende August 1916 findet sich der Eintrag: Marta Karlweis „hat erfahren dass wir den Demeter lasen etc. Ich verschweige ihr mein Urtheil nicht. Sie erzählt mir ihre literar. Entwicklung."[25] Wiederum mit negativen Formulierungen bedenkt er den historischen Roman *Das Gastmahl auf Drubrowitza*: „[...] ihre Afferei geht ins geniale; ein Simili Wassermann stellenweise von täuschendem Glanz."[26]

Im Herbst 1926 scheint es in seinem Tagebuch zu einer Konfusion zu kommen, denn nach einem Besuch bei den Wassermanns erwähnt er den Abdruck von Marta Karlweis' Roman *Das Kind* im *Neuen Wiener Tagblatt*, der in Flammenschrift auf dem First des Dianabads beworben würde. Im fraglichen Zeitraum findet sich in dieser Zeitung aber lediglich der Fortsetzungsroman seiner Freundin Klara Katharina Pollaczek *Das Kind der Liebe*.[27]

Es ist wohl nicht von der Hand zu weisen, daß die Beziehungen Karlweis – Wassermann – Speyer Schnitzler gegen die erstere eingenommen haben und ihm im Laufe der Zeit auch Zweifel an seinen Einschätzungen gekommen sind, die durch den infamen Schlüsselroman Julie Speyers massiv verstärkt wurden. Ein Jahr nach ihrer Scheidung erscheint ihr Roman *Das lebendige Herz*[28], der im *Börsenblatt des deutschen Buchhandels* reißerisch beworben wird. Eine Alice Berend spricht von „einem erschütternden Beitrag zur Geschichte der Ehe", Arthur Kahane sieht darin „ein Kunstwerk von ausgesprochen literarischem Wert".[29] Damit verletzt Julie Speyer eben jene Diskretion und Zurückhaltung, die Schnitzler vergeblich von Wassermann und Karlweis gefordert hatte. Der gehässige Text zielt auf eine systematische Herabwürdigung der Konkurrentin ab, die als berechnend, intrigant und als herzlose „futuristische" Malerin geschildert wird. Speyer fühlte sich überdies in der Figur der Julie Fabiani in Schnitzlers *Therese* porträtiert, er nimmt ihr den „lächerlichen Schlüsselroman" übel und hält sie für eine „pathologische Person".[30] Ab diesem Zeitpunkt verschwinden die Invektiven gegen Karlweis aus Schnitzlers Tagebüchern, dessen negative Urteile durch die zeitgenössischen Rezensionen mit gutem Grund konterkariert werden.

1919 erscheint bei S. Fischer der 440 Seiten umfassende Roman *Die Insel der Diana*. Diana, die eher die Erziehung eines Knaben genossen hat, heiratet den Sohn ihres Vormundes, einen Aristokraten im diplomatischen Dienst, der sich bald von seiner eigenwilligen und spröden Gemahlin entfremdet und mehrere Beziehungen mit Frauen eingeht, die dem Klischee des naturhaft Weiblichen entsprechen.

Diana trennt sich von ihrem Mann und unternimmt es, in Form einer weiblichen Robinsonade die Insel der Diana in Istrien, die wegen der Malaria als unbewohnbar gilt, zu kultivieren. Die Ausgabe von Aktien für dieses Unternehmen ermöglicht die entsprechenden kostspieligen Regulierungsarbeiten. Ihr Mann Stefan unternimmt alles, um diese Wertpapiere an sich und damit Diana wieder in seine Abhängigkeit zu bringen. Eine Aussöhnung scheint sich anzubahnen, aber Diana weigert sich, die Aktien im Besitz ihres Mannes als Geschenk anzunehmen, der sich letztendlich das Leben nimmt. Kurz danach bringt Diana das gemeinsame Kind zur Welt. Der Roman verlangt nach einer radikalen Revision männlicher Imaginationen des Weiblichen[31] und hat deshalb nicht nur Zustimmung gefunden, sondern auch für Irritationen gesorgt. Richard Beer-Hofmann liest seinem Freund Schnitzler „ungeheuerliche Stellen" vor, der nach der Lektüre seine Indignation festhält: „Was für eine scheußliche Sache kann Talent sein, wenn es auf dem Boden von Snobismus, Afferei und Streberei wuchert."[32]

Ernst Groth lobt in seiner Rezension im *Neuen Wiener Tagblatt* „die Weite des Weltbildes", „das überlegen kluge Verstehen all jener seelischen Dinge, aus denen Schicksale wachsen" und „das Fehlen jeder weichen Sentimentalität, jeder wohlfeilen Glückseligkeit".[33] Aus Willi Handls Besprechung in einer Sammelrezension über *Österreichische Erzähler* seien nur einige pointierte Formulierungen herausgegriffen: „Der Mann ist die gehetzte Gier, das Weib ist die mißbrauchte Gewährung. Keuschheit lockt und schreckt den Eroberer, reizt seine Begierde und seinen Haß. Seine Sehnsucht ist: zu sich zu kommen und Frieden zu haben, sein Schicksal ist: leer zu sein und zugrunde zu richten. [Es] wimmelt von Figuren, Belichtungen, Eigenheiten, Zügen, Strichen und Stichen. Manchmal erinnert es schon an feine weibliche Handarbeit. Im ganzen hat es doch den großen Zug, der nur aus dem großen Erlebnis kommt. Diesem Erlebnis hat die Gestalterin wohl geschlechtliche Richtung gegeben; doch die besondere Farbe seiner Tragik verrät den politischen Ursprung. Es war, vielleicht noch unbewußt, das Erlebnis eines gesellschaftlichen Übergangs. Oder eines Untergangs?"[34] Im *literarischen Echo* hat ein Heinz Michaelis eine Menge Einwände vorzubringen, um dann doch mit einer positiven Wendung zu schließen: „Es ist eins von jenen Büchern, die einen kühlen Glanz spenden, ohne zu wärmen. Es weist nicht in die Zukunft, sondern wurzelt in einer künstlerischen Vergangenheit, die gespenstisch in unsere Gegenwart hinüberlugt. Aber immerhin bleibt die Bewunderung bestehen für eine erstaunliche artistische Leistung."[35]

Dieselbe kritische Anerkennung erfährt Karlweis' 1921 ebenfalls bei S. Fischer erschienener, historischer Roman *Das Gastmahl auf Dubrowitza*. Er sei „eine große Überraschung, und zwar eine der erfreulichsten Art. Mit männlicher Kraft und Kühnheit ist hier die Fahrt der großen Katharina nach der Krim geschildert; ein Gemälde von riesigen Dimensionen und von unerhörter Pracht der Farbe rollt vor dem Leser ab. [...] Dazu kommt eine Sprache von großer Wucht und Eindringlichkeit und Fülle. Mit diesem Buche tritt die Dichterin – man darf sie ruhig als solche bezeichnen – in die allererste Reihe deutschen Schrifttums."[36] Karlweis besitze wie wenig Andere, so die *Neue Freie Presse*, unter den zeitgenössischen Dichtern „eine eigene Physiognomie", niemand würde den Roman für die „Schöpfung eines weiblichen Autors" halten.[37] 1922 erscheint ihre Übersetzung von Maurice Renards phantastischem Roman *Die Blaue Gefahr* im Münchner *Drei Masken Verlag*. Aufgrund der Schwierigkeiten und Belastungen privater Natur – das langwierige Scheidungsverfahren Wassermanns, der Umzug nach Altaussee, die Geburt des Sohnes Charles 1924, die Heirat mit Wassermann 1926 – erscheinen erst nach sieben Jahren, nämlich 1928, wieder Bücher von Karlweis, nämlich *Eine Frau reist durch Amerika*[38] und der Roman *Amor und Psyche auf Reisen.*[39] Beide Texte werden mit einem Begleitwort von Wassermann versehen. Während die Kritik den ausgeklügelt konstruierten Künstlerroman eher reserviert aufnimmt, wird der Reisebericht durchgehend gelobt. Aufgrund seiner literarischen Form hebe er sich von den gängigen neusachlichen Reportagen wohltuend ab, so Oskar Loerke: „Wenn die Blicke schreibender Männer auf Reisen gehen, so studieren und sammeln sie gern, und die Eindrücke sinken oft geradenwegs in ein Notizbuch hinunter, statt in ein zwecklos lebendiges Herz. [...] Um sieben Frauenporträts lagert sich der Stoff in eine Form, die zwischen Bericht und Novelle die Mitte hält. Novelle und Bericht geraten jedoch nicht zwitterhaft durcheinander, sondern sie empfangen aus ihren künstlerischen Bedingungen wahre und notwendige Grenzen.“[40]

Ein Jahr nach dem *österreichischen Don Juan* (1929 im Leipziger Grethlein-Verlag, der 1928 Wassermanns Buch *Lebensdienst* herausgebracht hatte) gelangt der Roman *Schwindel. Die Geschichte einer Realität*, der 1931 bei S. Fischer als Buch herauskommt, zum Abdruck in der *Neuen Freien Presse.* Die Kritiker sind voll des Lobes: „Diejenigen, die noch kein Buch von Marta Karlweis gelesen haben, werden von der Lektüre dieses außerordentlichen Romans ebenso überrascht, ja betroffen sein, wie die, welche nur ihre ersten Bücher kennen: die einen, weil ihnen bisher die Existenz einer Erzählerin von solchem Range entgangen war, die anderen, weil dieses Buch auch die optimistischsten Erwartungen, die sich an *Die Insel der Diana* und *Das Gastmahl auf Dubrowitza* knüpfen konnten, bei weitem übertrifft. [...] In jenen früheren Romanen ist der Wille ihrer Verfasserin zu untadeligem Handwerk unverkennbar;

während rundum ihre Generation auf Zerstörung der Tradition aus war, lernte Marta Karlweis unbeirrt das schwere Handwerk des Erzählens, das jeweils das Skelett aufbaut, um das die Künstlergaben der Phantasie und der Sinne die Form wachsen lassen können."[41]

Nach Wassermanns Tod am 1. 1. 1934 muß sie das gemeinsame Haus in Altaussee, das mit hohen Schulden belastet ist, versteigern[42], übersiedelt mit ihrem Sohn nach Zürich und nimmt ihr Psychologiestudium (bei C. G. Jung) wieder auf. Sie schreibt für die *Zürcher Weltwoche*, die *Basler National-Zeitung* und die *Pariser Tageszeitung*. Ihre Zürcher Zeit ist von häufigen Kontakten mit Thomas Mann geprägt. Dieser hört am 25. 3. 1936 einen Vortrag Karlweis' „vor einem stattlichen Publikum [...] über Hofmannsthal", den er als „nicht schlecht" bezeichnet.[43]

Ihr Sohn Charles kehrt unter die Obhut ihres Bruders Oskar nach Wien zurück. Nach dem März 1938 flieht Charles nach England, wo er als feindlicher Ausländer verhaftet und nach Kanada deportiert wird. Seine Mutter, die inzwischen an der McGill University in Ottawa als Psychoanalytikerin lehrt, wendet sich mit Erfolg an den kanadischen Ministerpräsidenten Mackenzie King, um ihren Sohn freizubekommen.[44] In Ottawa betreibt sie eine psychiatrische Praxis. Am 2. November 1965 stirbt sie auf einer Reise in die Schweiz.

Nachzutragen sind einige Beiträge in österreichischen Zeitungen, die bislang nur partiell bibliographiert sind. Für unseren Zusammenhang von Belang ist eine Artikelserie in der *Neuen Freien Presse* ab dem 29. 5. 1931 über das Leben, die Ehe und das Werk Adalbert Stifters, von dem ein Brief an Gustav Heckenast im *österreichischen Don Juan* zitiert wird. Weitere Texte zu Stifter finden sich am 17. 6. 1931 in der *Neuen Freien Presse*, am 20. 1. 1935 und 27. 1. 1935 in der *Wiener Zeitung* über Stifters Tod. Ebenfalls

1935 druckt die *Neue Freie Presse* ab dem 24. 4. 1935 die Novelle *Geschichte einer kärntnerischen Baronin* ab. Am 14. 7. 1935 erscheint in der *Wiener Zeitung* der lange Artikel *Erinnerung an Hofmannsthal*. Zu Jakob Wassermanns letztem Roman hat sie ein kurzes Nachwort verfaßt.[45]

***

Zum Roman *Ein österreichischer Don Juan* sind immerhin ein halbes Dutzend Rezensionen aus Österreich belegt, eine systematische Suche würde sicher noch einiges zu Tage fördern. Der Text gliedert sich in acht Kapitel, die nach einem 20seitigen Vorspann einsetzen, und in das sogenannte Novembertagebuch des Ferdinand von Sillian, das zwischen dem 2. und 3. Kapitel eingeschoben ist. Das letzte 8. Kapitel spielt bereits nach 1918, es erzählt den gesellschaftlichen und moralischen Niedergang der Hauptfigur Erwein von Raidt. Die erzählte Zeit umfaßt hauptsächlich die Jahre von 1889 bis 1914, die Kriegsjahre werden nur kurz gestreift. Am Anfang ist ein konkretes, für die Verfallsgeschichte der Monarchie und auch für den Roman signifikantes Datum genannt, nämlich der 30. Jänner 1889. Der junge Baron Raidt verläßt den Jockey-Club und erfährt von seinem Kutscher, dem Grafen-Toni, den Mord an der 17jährigen Freiin Mary Vetsera (1871–1889) und den Selbstmord des Thronfolgers Rudolf (1858–1889) in Mayerling. Damit ist schon das Paradigma des Unheils aufgerufen, das dann die eigentliche Hauptfigur des Romans, nämlich Cecile Löwenstein, treffen wird.

Zu diesem Zeitpunkt ist Raidt ein angesehener Adeliger, der sich verpflichtet fühlt, für das Kaiserhaus kompromittierende Briefe aus dem Besitz eines ungarischen Juden um eine beträchtliche Summe zu erwerben und zu vernichten – möglicherweise eine Anspielung auf den ungarischen Finanzier, der Moriz Szeps den Kauf des *Wiener Morgenblat-*

tes ermöglichte. Raidt beschneidet damit nachhaltig sein ererbtes Vermögen, hält aber die selbstlose Rettungsaktion bis zu seinen letzten Lebensjahren geheim. Das Angebot, in den Staatsdienst zu treten, lehnt er aber entschieden ab. Er erahnt seine moralische und psychische Wahlverwandtschaft mit dem Kronprinzen: „Es war mehr als das Grauen, das sich im Winter aller Gemüter bemächtigt hatte: in dieser Nachtstunde öffneten sich ihm Abgründe des Schicksals, Abgründe seiner eigenen Natur, und sie waren in angsteinjagender Weise eins.“ (10)

Die Erzählerin, die als kleines Mädchen mit den Töchtern Ceciles gespielt hatte, trifft Raidt als 68jährigen nach der Inflationsära in Karlsbad. Er ist in etwa 1860 geboren, also im selben Alter wie Kronprinz Rudolf. Zu Beginn des Romans dreißigjährig, läßt er sich in eine Beziehung mit der stattlichen Witwe Josefine Löwenstein ein. Ceciles Alter wiederum wird im ersten Kapitel mit 21 Jahren angegeben. Die angedeutete Affinität zwischen Raidt und Rudolf, dem „Liebesmörder und Selbstzerstörer“ (12), suggeriert auch jene zwischen Vetsera und Cecile. Damit kann das zerstörerische Treiben Raidts gegen das junge unerfahrene Mädchen, das seine Jugend in einem Dresdner Pensionat verbracht hatte, seinen Lauf nehmen.

Cecile muß eine besonders innige Beziehung zu ihrem früh verstorbenen Vater, einem jüdischen, konvertierten Staatsbeamten gehabt haben, während jene zur Mutter, der Hofrätin Löwenstein, eher als getrübt bezeichnet werden muß. Im Gespräch mit ihrer Schwester Melanie, einer verbitterten alten Jungfer und Handarbeitslehrerin, bezeichnet sie Cecile immer abschätzig als Judenmädel. Josefine steckt ihre Tochter in ein deutsches Internat, um ihre Ruhe zu haben. Diese muß nach ihrer Rückkehr nach Wien mit eben dieser Tante ein kleines Zimmer teilen, mit dem Fenster in einen kleinen Lichthof.

Von ihrer Mutter wird sie angehalten, den Herrn Raidt zu duzen, der vorerst gleichsam in eine Vaterrolle schlüpft und Cecile in der Wiener Gesellschaft bekannt und populär macht. Er verführt sie nach allen Regeln der Kunst, muß aber die Beziehung vor der eifersüchtigen Hofrätin geheimhalten. Vorsorglich hat er auch schon eine vielversprechende Partie für seine Geliebte im Auge, nämlich den wohlhabenden Rheinländer Perglas. Als Raidt von ihrer Schwangerschaft erfährt, bricht er jeden Kontakt zu ihr ab, organisiert aber im Hintergrund in einem niederösterreichischen Bauerndorf die Geburt des Kindes, eines Buben, der sofort zur Adoption freigegeben wird.

Cecile heiratet Gustav Perglas, den sie zwar nicht liebt, der ihr aber eine großbürgerliche Existenz sichert, und bringt zwei Mädchen zur Welt, Desi und Mädi; Mädi, ein aggressiver Trotzkopf, wird in ein deutsches Erziehungsheim gesteckt. Die Hofrätin lebt mit Melanie in Ceciles neuem Haushalt, terrorisiert die Bediensteten, die ständig wechseln, und beutet den Schwiegersohn nach Strich und Faden aus, um ein luxuriöses Leben zu führen.

Wie sich die traumatisierte Cecile den Zwängen bürgerlicher Doppelmoral fügt, wird nicht erzählt. Durch einen exzessiven Kaufrausch betäubt sie ihr Unglück – resultierend aus der abrupten Trennung von Raidt, dem Verlust ihres Sohnes, der unfreiwilligen Separierung von Mädi sowie der Unfähigkeit, sich mit ihrem Mann Gustav offen auszusprechen. Lediglich die unbedingte Solidarität und Verschwiegenheit ihrer Freundinnen, zu denen auch die Mutter der Erzählerin gehört, machen dieses Leben noch erträglich.

Als Cecile an Brustkrebs erkrankt, sucht sie mit einer Freundin Raidt auf, um das Schicksal ihres Sohnes in Erfahrung zu bringen. Raidt teilt ihr lakonisch mit, daß der Bub schon nach wenigen Monaten an Diphtheritits gestorben sei. Als sich der tödliche Verlauf ihrer Krankheit abzeichnet, unternimmt Gustav alles, um seiner Frau die Wahrheit vorzuenthalten, er instruiert auch alle in Betracht kommenden Ärzte und die Freundinnen Ceciles, die als Pflegerinnen bei ihr ausharren. Kurz vor ihrem Tode kommt es zu einer offenen Aussprache, die Cecile ungemein erleichtert und sie – immer wieder mit Morphium betäubt – einen unbeschwerten Tod sterben läßt.

In diese Haupthandlung mit den beiden Protagonisten Cecile und Erwein, dem Verführer und Schuhfetischisten, ist eine ebenso wichtige Parallelhandlung integriert, nämlich jene um den steirischen Bezirkshauptmann Ferdinand Sillian. In etwas prekären Verhältnissen lebend, entschließt er sich auf Drängen seines Freundes Erwein dazu, die wohlhabende Adelheid zu heiraten, die vier Kinder auf die Welt bringt. Ferdinand dichtet nebenher und bringt seine Texte, die er nicht veröffentlicht, immer wieder zu Raidt nach Wien zur Aufbewahrung. Er verliebt sich in die Lehrerin Marie Schrader, ohne jedoch eine Trennung von Adelheid vorerst in Betracht zu ziehen.

Er liest ihr den berühmten Brief Adalbert Stifters an Gustav Heckenast vom 29. Juli 1858 vor, dessen zentraler Begriff der ‚Vernunftwürde des Menschen' mehrfach von Marie im Gespräch mit Cecile erwähnt (186) wird. Die zentrale Passage in Stifters Briefs lautet: „[...] was mir das Höchste Herrlichste Wünschenswerteste dieses Lebens erscheint, die Vernunftwürde des Menschen in seiner Sitte in seiner Wissenschaft in seiner Kunst, soll dauern soll verehrt werden, und soll die reinste Herrschaft führen. Dies stirbt nicht, dies gründen zu helfen, dies auszubreiten erscheint mir ein unsterbliches ein glückseliges Leben, und dieses Leben möchte ich anstreben, und wenn mir Zeichen kommen, daß meine Worte bei solchen, die in diesem Leben wandeln, anklingen, oder daß andere durch mich einen Schritt weiter in diesem Leben geführt werden, freut es mich, die Vernunftwürde ist für uns Menschen das irdische Reich Gottes die irdische Ewigkeit."[46]

Stifter sieht Natur und Gesellschaft nach vernünftigen Prinzipien organisiert, denen der Mensch nachzueifern habe, das impliziere Moderation und Verzicht auf falschen Ruhm, Leidenschaft, Eitelkeit usf. Daß in der realen Lebenspraxis, in der konkreten Situation für Ferdinand, Marie und Adelheid diese Lebensprinzipien nicht unbedingt weiterhelfen, zeigt der Verlauf der Beziehungen. Vor allem Marie leidet unter der ungeklärten Situation. Es kommt immer wieder zu temporären Trennungen, und vom indiskreten Raidt erfährt Adelheid von der letztendlich doch geplanten Scheidung, die aber durch das frühe Ableben Ferdinands nicht mehr vollzogen wird. Er hatte geplant, mit Marie und seiner jüngsten Tochter nach China auszuwandern, um Marie jenes Lebensglück zu bieten, das er ihr bislang vorenthalten hatte. Raidt hatte versucht, dieses Projekt zu hintertreiben und auch Briefe an Marie gerichtet. Ihre geheime Beziehung wird publik, sie verliert ihre Stelle an der öffentlichen Schule, geht als Erzieherin nach England, um dann als Privatlehrerin für Desi im Hause Perglas' angestellt zu werden. Marie befreundet sich mit der schwerkranken Cecile, mit der sie immer wieder klärende Gespräche führt. Damit laufen die Fäden wieder zusammen.

Das letzte Kapitel schildert den Niedergang des immer maßloser werdenden Raidt, der gegenüber dem Diener Merlitschek am Ende immerhin einmal seinen verstorbenen Sohn und auch Cecile erwähnt. Der alternde Baron hat das Haus Ferdinands und ein kleines Schlößchen erworben, in dem er seine Freunde, ein paar alte dekadente Schmarotzer aus allen Ecken der Monarchie untergebracht hat. Hier nimmt die norddeutsche Schauspielerin Pette, ein temperamentvolles überschäumendes Mädchen, eine dominante Rolle ein.

In deren Gefolge bewegt sich auch Mädi, die schon alle möglichen Beziehungen und Heiraten hinter sich gebracht hat und alles andere als einen glücklichen Eindruck macht. Auch sie gehört indirekt zu den Opfern des Don Juan, der ja das Lebensunglück Ceciles zu verantworten hat. In diesem letzten Abschnitt dominieren der Exzeß, die ungezügelte Freß- und Trunksucht, die blanke Triebhaftigkeit, also die Transgression jeglicher Ordnung und die permanente Verletzung jener Vernunftwürde, von der Marie immer wieder gesprochen hatte.

Der Eingang des Romans mit der Mayerling-Affäre und die daraus resultierenden Analogien laden dazu ein, die beiden Beziehungsgeschichten als einen Deutungsversuch zu lesen, weshalb die Monarchie – unabhängig von diplomatischen, wirtschaftlichen, militärischen oder nationalistischen Ursachen – zugrunde gegangen ist. Symptomatisch für diesen Verfall scheint der Erzählerin die Figur des Erwein Raidt zu sein, der an mehreren Stellen ausführlich charakterisiert wird, u. a. durch das Zitat Grillparzers vom kalten Herzen und der warmen Phantasie, das dieser zu Deinhardtstein in Bezug auf Katharina Fröhlich geäußert haben soll.

Sicher kann man Raidt mit psychoanalytischem Instrumentarium zu Leibe rücken, wie dies Brigitte Spreitzer[47] unternimmt. Dieser Zugang kann ja durch die Verbindung von Fetisch (linker Schuh) als Penisersatz und Kastrationskomplex tatsächlich einige Plausibilität beanspruchen. Diese Figurenpathologie verknüpft Spreitzer mit einer männlichen Rationalität, die nicht nur Erwein, sondern auch Perglas dominiere. Diese beiden fürchten die weibliche Xenotopie als das Andere. Deshalb eigne sich Perglas die profundesten Kenntnisse über den weiblichen Körper an.

Perglas indessen ist keineswegs eine negative Figur, sein einziges folgenreiches Versagen liegt in der körperlichen

Bestrafung der unbändigen Tochter Mädi, die er in ein Mädchenpensionat steckt. Seine krankhafte Neugierde läßt sich auch damit erklären, daß er ahnt, daß zwischen ihm und Cecile eine unsichtbare und undurchdringliche Wand errichtet ist, die nur durch die Gespräche Ceciles mit Marie durchlöchert und erst in den letzten Lebenstagen zum Einsturz gebracht wird.

Dieses psychoanalytische Paradigma des Romans in Verbindung mit dem Xenotopiebegriff ist sicher tragfähig, angreifbar wird die Konstruktion des inhärenten Geschlechterkampfes aber schon dadurch, daß an der brüchigen Architektur des Schweigens und Verschweigens nicht nur Raidt an vorderster Rolle partizipiert, sondern auch die solidarischen Freundinnen letztendlich dazu beitragen, daß Perglas – obwohl er vieles ahnt – fast bis zuletzt der tumbe Tor bleibt, der nicht die richtigen Fragen stellt. Das Höllenfeuer im Leben Ceciles wird nicht nur von Raidt, sondern auch von ihrer Mutter und Tante geschürt.

Das heißt, die Geschlechterpolarität, die der letzte Satz im Roman beschwört („Denn in Schuldige und Unschuldige teilt ja ihr Männer die Welt.“) folgt keinem durchgehenden Antagonismus, und auch dem psychoanalytischen Zugriff auf die Hauptfigur müßte man die satirische Überzeichnung des Don Juan entgegensetzen, dessen Schuhsammlung wie ein Schlinggewächs die gesamte Wohnung zu überwuchern droht. Mit der Konzentration auf diese beiden Pole eines Geschlechterantagonismus geht die allegorische Konstruktion des Romans unter, die ja durch die Mayerling-Geschichte dem Leser nahegelegt wird. Wie der habsburgische Hof die Tragödie in der Öffentlichkeit verleugnet und die Fakten auf ungeheuerliche Weise verbiegt, so verhält sich auch Raidt, der sein Vergehen durch obstinates Schweigen aus der Welt zu schaffen glaubt. Er schlüpft in Phasen der Bedrohung – während des Krieges und danach

– in die Rolle des pfiffigen Tartuffe; er arrogiert die Identität seines verstorbenen Freundes Ferdinand, indem er dessen Kleider trägt, dessen Pfeife raucht und dessen Haus bewohnt. Dieser Versuch der Selbstverleugnung scheitert allerdings.

Die gnadenlose Entzauberung der Monarchie und die Rekonstruktion der tiefer liegenden Ursachen ihrer Auflösung, also die Destruktion des habsburgischen Mythos scheint das Ziel des Romans zu sein. Er dekuvriert die moralische Doppelbödigkeit des Hofes, der Aristokratie und auch des Großbürgertums, also der herrschenden Schicht, die ihre moralischen Vergehen klug zu bemänteln weiß und dem ‚Don Juan' gesellschaftliche Anerkennung und soziale Integration verschafft. Damit zwingt sie Raidts weibliche Opfer zu lebensgefährlichen illegalen Abtreibungen und Geburten mit fehlendem medizinischen Beistand. Hauptsache, der Schein der Wohlanständigkeit wird nach außen gewahrt.

Raidt hat eine besondere Vorliebe für Schauspielerinnen; es geht ihm nie um ein menschliches Gegenüber, sondern immer nur um Rollen mit ihrem Sozialprestige, in denen dieses Gegenüber auftritt. Seine Tränen, seine Emotionen übermannen ihn nur im Schauspiel, nur im fiktionalen Pakt zwischen Bühne und Zuschauer. Empfindungen sind für ihn nur ästhetisch provozierte Surrogate.

Er wird argwöhnisch und zerstörerisch, wenn sich in seinem Umfeld authentisches Leben zu zeigen und entfalten beginnt. So vernichtet er Cecile, und so versucht er auch, die Beziehung Ferdinands mit Marie zu hintertreiben. Er ist ein geborener Regisseur, der dem Ritual und dem Zeremoniell ausgeliefert ist und dieses zugleich dirigiert und regiert. In der Vielfalt ständischer und hierarchischer Abstufung, die die Individuen zu sozialen Rollen reduziert, ist er zuhause. Erst im fortgeschrittenen Alter kapituliert er vor einer impulsiv-rotzigen und überbordenden Pette, die ihm zuruft: „Ich habe nie begriffen, wie du auf diesem Müllhaufen deiner verdammten Monarchie hast leben können!“ (227)

Zieht man nun aus der Engführung der Mayerling-Affäre und deren verlogener Abwicklung und der fiktionalen Individualgeschichte des österreichischen Don Juan einen summarischen Befund, so wird man zum Schluß kommen, daß diese Welt der ausgehenden Monarchie, der angeblich so glänzenden Jahrhundertwende, an ihren Lügen, an ihren lebensfeindlichen und -vernichtenden Ritualen und Zeremonien, an ihrer Verlogenheit, am Mangel an Authentizität und Wahrhaftigkeit zugrunde ging.

Der Roman deutet auch an, wie unverhüllt das kleinbürgerliche stupide Vorurteil selbst innerhalb der Familie wirksam wird: Die Hofrätin bezeichnet ihre Tochter, deren Vater ein Jude war, abschätzig als Judenmädl, jede Ambition auf Bildung, und Zivilisierung – auch wenn es nur um Körperhygiene geht – denunziert sie als jüdische Überspanntheit. Ihre Erscheinung scheint repräsentativ für Hitlers Wien (Brigitte Hamann) zu sein, in dem das zugewanderte Kleinbürgertum einem starken Anpassungsdruck ausgesetzt ist und die kulturelle Andersheit, die Alterität im Vielvölkerstaat aggressiv bekämpft. In dieser Stadt fühlt sich selbst Perglas, französisch-deutscher Herkunft, trotz bester beruflicher Integration noch immer fremd, und es ist eine der vielen witzigen Paradoxien des Textes, daß ausgerechnet die Hofrätin mit ihren detaillierten Stadt- und Marktkenntnissen ihm so etwas wie Heimatgefühl zu vermitteln scheint.

Es gibt einige wenige räsonierende Einschübe der Erzählerin über die positiven Seiten der Monarchie: „Seltsam, daß ich hier Gestalten beschwöre, die sich mit Ausnahme meines Vaters, Ceciles und ihrer Mutter noch allesamt des Lebens erfreun. [...] Ihr Tun und Lassen bezieht sich nicht mehr auf eine Institution. Das herrliche Land um meine

Fenster, See, Berge, Bäume, Licht, ist immer noch ihr Land, aber sie haben kein Reich mehr, dem sie jedes in seiner Weise dienen könnten. Wieso denn, könnte da einer fragen, muß es denn eine Großmacht sein? Nein, durchaus nicht, aber unser Element war die Vielfalt. Seit wir auf einen einzigen Stamm zurückgeworfen wurden, ist die Gemeinschaft nicht verkleinert, sondern in ihrem Sinn zerstört." (39)

Anmerkungen

1 Die *Neue Freie Presse* vom 24.4.1935 verweist auf Vorabdrucke der Romane *Insel der Diana* und *Schwindel*, (ab dem 13. 12. 1930).

2 Arthur Schnitzler: *Tagebuch 1927–1930*. Wien: ÖAW 1997, S. 296. Weitere Zitate aus Schnitzler Tagebüchern nur mit Datumsangabe.

3 Marta Karlweis: *Jakob Wassermann. Bild, Kampf und Werk*. Geleitwort v. Thomas Mann. Amsterdam: Querido Verlag 1935.

4 Vgl. Viktor Suchy: *Die Nicht-Heimgeholten. Zur Situation der Exil-Literatur in Österreich* (1975). In: Ders.: *Studien zur österreichischen Literatur*. Zum 80. Geb. hrsg., v. Heinz Lunzer. Wien 1992 (= Zirkular 32), S. 161–166.

5 Renate Wall: *Lexikon deutschsprachiger Schriftstellerinnen im Exil 1933–1945*. Freiburg: Kore Verl. 1995, S. 168.

6 Sarah Sabine Painitz: *An Austria Apart: Society and Subversion in the Work of Mela Hartwig, Marta Karlweis, and Veza Canetti*. University of Virginia 2007.

7 Eugen Banauch: *Fluid exile. Jewish exile writers in Canada 1940–2006*. Heidelberg: Winter 2009.

8 Marta Karlweis-Wassermann: *Zum Geleit*. In: Anton Frisch: *Steine aus Kanada. Deutsche Gedichte*. Wien: Kuno Hoynigg 1952, S. 7–13.

9 Marta Wassermann: Zur Frage der *Postpartum Neurose*. In: *Psyche*, Jg. 11 (1957), Heft 2, S. 140–155.

10 In: *Deutschprachige Exilliteratur seit 1933*. Hrsg. v. John Spalek u. Joseph Strelka. Bern: Francke Verl. 1989, , Bd. 2, S. 1202–1256.

11 Felix Czeike: *Historisches Lexikon Wien in 5 Bänden*. Wien: Kremayr und Scheriau 1994. Czeike verzeichnet Carl Karlweis und dessen Sohn Oskar. (Bd. 3, S. 451). Im Eintrag zu Jakob Wassermann ist das Jahr der Ehescheidung (1915) von seiner ersten Frau Julie Speyer-Wassermann falsch. (Bd. 5, S. 591).

12 Vgl. Paul Wiegler: *Geschichte der deutschen Literatur*. 2 Bde. Berlin: Ullstein 1930, S. 857.: Karlweis geleite den Helden ihres Romans *Ein österreichischer Don Juan* zu einem bizarren

Finale. – Heidemarie Soltau: *Die Anstrengungen des Aufbruchs. Romanautorinnen und ihre Heldinnen in der Weimarer Zeit.* In: Gisela Brinker-Gabler: *Deutsche Literatur von Frauen*. 2 Bde. München: C. H. Beck 1988, Bd. 2, S. 200–234. Karlweis gestehe ihren Protagonistinnen „sinnliche Leidenschaft" (S. 223) zu; dieselbe Formulierung findet sich schon in Soltaus Beitrag *Moderne Heldinnen. ‚Frauenlektüre als Spiegel weiblichen Seins'.* In: Kristine von Soden, Manuta Schmidt (Hrsg.): *Neue Frauen. Die zwanziger Jahre*. Berlin: Elefanten Press 1988, S. 20–23.

13 Anna Staudacher*: Jüdisch-protestantische Konvertiten in Wien 1782–1914*. Frankfurt am Main u.a.: P. Lang 2004, Band 2, S. 774.

14 Karlweis' Antwort auf die Umfrage: *Die Bilanz der Frauenbewegung.* In: *Die literarische Welt* 8. Jg. Nr. 10, (4. 3. 1932), S. 3.

15 Schnitzler vermerkt im Tagebuch am 19. 8. 1912 ein Zusammentreffen mit der Familie Stross mit Kindern auf der istrischen Insel Cronghera. Sowohl die Familie Schnitzler mit Kindern als auch der Direktor Walther Stross mit Gattin aus Liebauthal werden auf der Kurliste der Brioni-Insel-Zeitung im August 2012 angeführt.

16 Marta Karlweis: *Der Zauberlehrling. Eine Erzählung.* München: Süddeutsche Monatshefte 1913.

17 Vinzenz Chiavacci in: *Österreichsche Rundschau* 34 (1913), S. 244.

18 Karlweis, *Jakob Wassermann*, S. 274ff.: „In künstlerischen Dingen gehörten wir natürlich zur Avantgarde, aber wir waren österreichisch genug, um nie ganz aus den Fugen zu geraten."

19 *Der Humorist* vom 21. 10. 2013 (Beilage zur Nr. 30).

20 Zu den pekuniären Aspekten der Scheidung vgl. Beatrix Müller Kampel: *Jakob Wassermann* (1873–1934) im literarischen Feld seiner Zeit. In: *Internationales Archiv für Sozialgeschichte der deutschen Literatur* 30 (2005), 1, 214–243.

21 Schnitzler, *Tagebücher*, 6. 8. 1916.

22 Schnitzler, *Tagebücher*, 27. 8. 1916 und 31. 12. 1916.

23 Schnitzler, *Tagebücher*, 11. 5. 1917.

24 Schnitzler, *Tagebücher*, 17. 8. 1916.

25 Schnitzler, Tagebücher, 27. 8. 1916.

26 Schnitzler, *Tagebücher*, 25. 9. 1921.

27 ZB. am 7. 9. 1926 im *Neuen Wiener Tagblatt*, S. 13.

28 Julie Wassermann-Speyer: *Das lebendige Herz. Roman einer Ehe.* Leipzig: Bücherlese-Verlag [1927].

29 *Börsenblatt des deutschen Buchhandels* Nr. 280 (2. 12. 1927): „Mit diesem Roman tritt die noch wenig bekannte Wiener Schriftstellerin vornehm, still und doch gebietend an die Seite ihres früheren Gatten Jakob Wassermann, ihm ebenbürtig zumindest in dem lauteren Bemühen um die Wahrheit und den letzten Sinn der Beziehungen zwischen zwei Menschen. Sie schildert den Zerfall einer Künstlerehe, wie ein führender Geist durch äußere Umstände, Zufälligkeiten, zweckvolles Spiel einer anderen Frau von seiner Familie getrennt wird. Inmitten dieser Seelenkämpfe wächst die Gestalt der ersten Frau zu einer unvergeßlichen Hoheit. Daß sich die Verlassene das Bild des großen schaffenden Mannes trotz aller Irrnisse und Wirrnisse rein erhält, zeugt von der Kraft ihres lebendigen Herzens. Sie, die Mütterliche, hingebend Liebende baut aus den Trümmern der Ehe einen Tempel auf, in dem sie treu und opferbereit „die heilige Flamme" hütet, die ein Gott den Menschen gegeben hat."

30 Schnitzler, *Tagebücher*, 21. 5. 1927.

31 Vgl. Bettina Fraisl: *Das Tier in ihr – Körper, Natur und Geschlecht in Marta Karlweis' Roman Die Insel der Diana.* Http://www-gewi.uni-graz.at/moderne/heft8f.htm.

32 Schnitzler, *Tagebücher*, 15. 5. und 31. 5. 1919.

33 In: *Neues Wiener Tagblatt*, 22. 6. 1919, S. 15.

34 In: *Neue Rundschau* (1919), II, S. 1401–1404.

35 In: *Das literarische Echo* 22 (1919/1920) Sp. 593–599.

36 In: *Neues Wiener Abendblatt*, 13. 9. 1921

37 *Die große Katharina im Roman.* In: *Neue Freie Presse*, 23. 10. 1921.

38 Marta Karlweis: *Eine Frau reist durch Amerika.* M. e. Vorbemerkung v. Jakob Wassermann, Berlin: S. Fischer 1928.

39 Marta Karlweis: *Amor und Psyche auf Reisen.* Roman. M. e. Begleitwort v. Jakob Wassermann. Berlin: Volksverband der Bücherfreunde im Wegweiser-Verl. 1928.

40 Oskar Loerke: *Der Bücherkarren. Besprechungen im Berliner Börsen-Courier 1920–1928.* Hrsg. v. H. Kasack. Heidelberg, Darmstadt. Lambert Schneider 1965, S. 408.

41 Emil Alphons Rheinhardt in: *Die Neue Rundschau* 42 (1931), Bd 2, S. 143f. Weitere Besprechungen finden sich in *Die Literatur* 34 (1931-32), S. 88–93 von Maria Prigge und von Alice Rühle-Gerstel in: *Die literarische Welt* VII, Nr. 16 (1931), S. 5.

42 Vgl. *Wiener Sonn- und Montagszeitung*, 24. 6. 1935.

43 Thomas Mann: *Tagebücher 1935–1936.* Hrsg. v. Peter de Mendelssohn. Frankfurt S. Fischer 1978, Eintrag vom 25. 3. 1936.

44 Vgl. Gürttler, S. 1246.

45 Jakob Wassermann: *Joseph Kerkhovens Dritte Existenz.* Amsterdam: Querido 1934.

46 In: Adalbert Stifter: *Die Mappe meines Urgroßvaters. Schilderungen. Briefe.* Hrsg. v. K. Pörnbacher. Liz. Ausg. d. WBG Darmstadt 1995, S. 765f.

47 Brigitte Spreitzer: Texturen. Die österreichische Moderne der Frauen. Wien: Passagen-Verl. 199, S. 171–179.

Albert C. Eibl

Gegen das literarische Vergessen.
Ein Geleitwort des Verlegers.[1]

„Gottes glänzende Ironie, mir gleichzeitig achthunderttausend Bücher und Dunkelheit zu schenken."
Jorge Luis Borges[2]

Mit der rasanten Entwicklung der Neuen Medien seit der Jahrtausendwende und den erstaunlichen Fortschritten in medialer Technologie und globaler Vernetzung, die wir gerade in den letzten Jahren beobachten konnten, geht – wie könnte es anders sein – natürlich auch eine sozialgesellschaftlich motivierte Wandlung in unserem Umgang mit Kultur einher, der wir uns nicht entziehen können.

Die allgemeine Tendenz scheint in Richtung einer deutlich übersteigerten Aktualitätsbezogenheit zu verlaufen, für die die Schnelligkeit des Konsums wie die Schnelligkeit des Vergessens gleichermaßen charakteristisch zu sein scheinen. Dank der Revolution des Internets leben wir heute in einer vielfach gebrochenen, kaleidoskopartig von Diskursen bestimmten Gegenwart, die nichts weniger als alle Positionen, Strömungen und Gegenströmungen, Ideen und Widerlegungen der Geistesgeschichte umfasst. Eine verwirrende Flut an Informationen, Namen und Daten, die sich da täglich auf uns ergießt und die irgendwie bewältigt werden will.

Auch die Buchbranche befindet sich schon seit geraumer Zeit in einem Umbruch, der in seinen Dimensionen alle bisherigen Veränderungen, die die Verlagswelt in den letzten hundert Jahren hinnehmen musste, als durchaus nebensächlich erscheinen lassen.[3] Insbesondere in Österreich kämpfen die kleinen Verlage um ihr Überleben. Auf der Suche nach einer größeren Breitenwirkung und höheren Einkünften wandern viele bedeutende österreichische Schriftsteller zu Verlagen des weit potenteren deutschen Buchmarkts ab. In Österreich werden zwar rein quantitativ immer mehr Bücher produziert, dafür aber in immer kleineren Auflagen und mit immer kleineren Halbwertszeiten. Die Folge ist eine immer bedrohlicher erscheinende Lage für Verlage, die im Zeichen der Experimentierfreudigkeit und der kulturellen Vielfalt den Anspruch nicht fallen lassen wollen, ein anspruchsvolles Verlagsprogramm auf die Beine zu stellen. Hier bedarf es in Zukunft nicht nur mehr finanzieller Hilfe durch die öffentliche Hand, es muss auch mehr Unterstützung seitens derjenigen Leserinnen und Leser geben, die Bücher nicht nur als Mittel zum Zweck, sondern als Selbstzweck betrachten.

Diesem Credo will auch mein im letzten Jahr neu gegründeter Wiener Verlag *Das vergessene Buch* folgen. Fernab großartig durchdachter pekuniärer Gewinnerwartungsstrategien sollen im DVB Verlag in den nächsten Jahren herausragende Werke der deutschsprachigen Literatur erscheinen, die zu Unrecht vergessen wurden – sei es, weil ihre Autoren zu ihren Lebzeiten aus politischen oder rassistischen Gründen verfolgt wurden, sei es, weil die Zeit einfach noch nicht reif war, das Genie dieser Autorinnen und Autoren zu erkennen und ihre Absichten zu verstehen.

***

Doch was unterscheidet eigentlich Werke, die zu Unrecht vergessen sind von denen, die zu Recht im Orkus der Bibliothek von Babel verschwanden? Und wo findet man diese Werke?

Schon ein kurzer Besuch in einem größeren Antiquariat fördert eine beeindruckende Vielzahl an Büchern zutage, die nicht mehr verlegt sind. Über diese Bücher und ihre Autoren wird weder geschrieben noch geredet. Der Kulturbetrieb verliert kein Wort über sie, weil er nicht weiß, dass es sie gibt, und so befinden sich diese Werke in einem unfreiwilligen Zustand der Verdammung – weit außerhalb der Reichweite des zeitgenössischen Lesers, der begreiflicherweise nicht lesen kann, was er nicht kennt.

Unter diesen unzähligen vergessenen Werken die wenigen echten Kulturschätze aufzuspüren, die es wert sind, für den heutigen Leser wiederentdeckt zu werden – also jene Werke, die auch den Leser des 21. Jahrhunderts rühren, aufrütteln und zur Reflexion anregen können – ist schon deutlich schwieriger und hat viel Ähnlichkeit mit einer Schatzsuche auf unwegsamem Gebiet.

Wenn man keinen vielversprechenden Tipp bekommen hat – dem Herausgeber Johann Sonnleitner sei hier in Bezug auf Marta Karlweis noch einmal in aller Form gedankt – muss man wohl oder übel nach dem altbekannten trial and error - Prinzip verfahren: Man nimmt sich eine zurückliegende literarische Epoche vor, liest sich durch Stapel an alten Feuilletons, liest Tagebücher bereits im Kanon etablierter Autoren aus der gewünschten Zeit und stößt mit etwas Glück auf den ein oder anderen unbekannten Namen, der den führenden Köpfen des damaligen Kulturbetriebs wohl geläufig gewesen sein musste, der heute aber keine nennenswerten Treffer mehr in Google erzielt. Dann macht man sich am besten auf zur Nationalbibliothek und leiht sich die Bücher desjenigen Autors aus, den man im Auge hat und hofft beim Aufschlagen eines dieser Bücher darauf, auf etwas Großes gestoßen zu sein.

***

Bei Marta Karlweis wie bei Maria Lazar (1895–1948) – unserer ersten wiederentdeckten Autorin, deren 1920 erstmals erschienenen Debütroman *Die Vergiftung* ich im Dezember letzten Jahres neu verlegt habe und deren Hauptwerk *Die Eingeborenen von Maria Blut* (1935) dieses Jahr ebenfalls im DVB Verlag erscheinen konnte – kann man wohl von solchen Glücksfunden sprechen. Dennoch stellt sich uns die deutschsprachige Exilliteratur zur Zeit des Dritten Reiches leider immer noch als ein Feld dar, das in weiten Teilen seiner Wiederentdeckung harrt. Hier sind noch echte Entdeckungen zu machen. Trotz neuerer lobenswerter Versuche einiges Licht auf dieses noch in weiten Teilen unerschlossene literarische Gebiet zu werfen (wie dies zum Beispiel Volker Weidermann in seinem *Buch der verbrannten Bücher* oder Armin Strohmeyer in seinem Buch *Verlorene Generation* versucht hat), sind viele Autorinnen und Autoren, die vor dem Machtantritt der Nazis weithin geschätzt und bekannt waren, noch immer nicht von der Literaturgeschichtsschreibung rehabilitiert worden. Das zeigt sich ganz besonders im Bereich der österreichischen Literatur von Frauen. Hier muss noch einiges nachgeholt werden.

Fälle wie der Marta Karlweis' oder Maria Lazars, äußerst vielseitiger und in den Zwanziger- und Dreißigerjahren auch weithin bekannter Autorinnen, die aufgrund ihrer jüdischen Herkunft und ihrem freiwilligen Gang ins Exil in der Aufbruchsstimmung der Nachkriegszeit schlichtweg vergessen wurden und bis heute vergessen blieben, sind zwar selten. Es handelt sich aber keineswegs um Einzelfälle.

Umso notwendiger, dass es noch engagierte Herausgeber wie Johann Sonnleitner gibt, die keine Mühen scheuen und auch finanzielle Einbußen in Kauf nehmen, um Licht auf einige dieser höchst schillernden, zu Unrecht aus unserem kulturellen Gedächtnis entschwundenen Persönlichkeiten zu werfen. Die Fülle an Zuspruch und medialer Resonanz, die unsere Neuausgabe von Lazars *Vergiftung* dieses Jahr bereits erfahren durfte – nicht nur hier in Österreich, sondern auch in unseren deutschsprachigen Nachbarländern – bestärkt mich in dem Glauben, dass es auch heute noch eine bedeutende Anzahl an Lesern und Leserinnen gibt, die die Literatur als Zeitmaschine begreifen, als großartiges und unersetzliches Archiv der Erinnerung, dessen wir uns noch solange bedienen sollten wie es Wörter und Menschen gibt. Die Wiederentdeckung des Vergessenen erscheint in dieser Beziehung als der unverzichtbare Schlüssel, der die Zeitmaschine in Gang setzt.

---

1 Teile dieses Geleitworts entstammen einem im März 2015 entstandenen Interview mit Jörg Fuchs: *Die Freude am Vergessenen.* Albert Eibl über den Verlag ‚Das vergessene Buch'. In: TITEL kulturmagazin, 20. März 2015. Http://titel-kulturmagazin.net/2015/03/20/die-freude-am-vergessenen/

2 Jorge Luis Borges: *Autobiographischer Essay.* Übersetzt aus dem Englischen von Christiane Meyer-Clason. In: *Borges lesen*, Fischer-TB 1991, S. 61 (vgl. books.google).

3 Vgl. dazu das immer noch höchst aktuelle Buch von André Schiffrin: *Verlage ohne Verleger. Über die Zukunft der Bücher.* Berlin: Verlag Wagenbach 2000.

Maria Lazar
im DVB Verlag

Die Vergiftung
Roman

Lazars Erstlingsroman ist eine eigentümlich faszinierende Mischung aus Sittenroman und autobiographischer Familiengeschichte. Zugleich ist er eine Tour de Force literarischer Selbstbehauptung. In dreizehn, zyklisch angeordneten Kapiteln umkreist der Roman das Leben der zwanzigjährigen Protagonistin Ruth, erzählt von ihren Ängsten, Hoffnungen und Unzulänglichkeiten, von ihrer zerstörerischen Liebe zu einem namenlosen, älteren Mann und ihrem mit brutaler Vehemenz ausgetragenen Kampf gegen die Vereinnahmungsversuche der überdominanten Mutter. Lazar schrieb ihn 1915, als sie gerademal zwanzig Jahre alt war, in einer mächtigen, vernichtenden Wendung gegen die moralisierend-restaurative Lebenswelt des Wiener Großbürgertums vor Beginn des Ersten Weltkriegs; eine Welt, die sie als das jüngste Kind einer vermögenden, jüdischen Wiener Familie bestens kannte, in der sie sich aber niemals wirklich heimisch fühlte.

„Eine so eigenwillige und eine so starke Sprache hat man lange nicht mehr vernommen, und wie hier erzählt wird, das verrät Souveränität, Gestaltungsvermögen und auch literarisches Selbstbewusstsein - dreizehn Kapitel, die eigentlich kleine Erzählungen sind, die sich im Laufe der Lektüre allmählich zu einem Ganzen zusammenschließen. Man vergisst bei dieser eindringlichen Bilderfolge schnell alle Versuche einer literaturhistorischen Einordnung (‚Expressionismus' oder ‚Impressionismus'), aber wenn man die Nachbarschaften dieses außergewöhnlichen kleinen Romans benennen will, dann sind das große Namen wie Ernst Weiss, Hermann Ungar oder Veza Canetti - kurz: es handelt sich um eine kleine Sensation.“

– Michael Rohrwasser in der **Wiener Zeitung**

Maria Lazar
im DVB Verlag

Die Eingeborenen von Maria Blut
Roman

Schon im dänischen Exil, wohin sie bereits 1933 zusammen mit ihrer Tochter Judith emigrierte, schrieb Lazar an ihrem Hauptwerk, dem großen Zeitroman *Die Eingeborenen von Maria Blut*, den sie bereits 1937 in Auszügen in der bekannten Moskauer Exilzeitschrift Das Wort veröffentlichen konnte. Der Roman spielt im fiktiven Städtchen Maria Blut und schildert auf raffinierte Weise das Heranreifen des Nazismus in Österreich. Vergeblich hat sie es österreichischen wie Schweizer Verlagen angeboten; keiner wollte es drucken. Ein Schweizer Verleger schrieb ihr einen begeisterten Brief darüber, doch könne er die Herausgabe nicht riskieren, schon aus dem Grunde, „weil der ‚Markt' dafür zu eng geworden wäre".

„Es ist eine bitterböse und sehr wahre Melange, die die Wiener Schriftstellerin und Journalistin Maria Lazar (1895–1948) in dem 1935 im dänischen Exil verfassten Roman in der fiktiven österreichischen Kleinstadt Maria Blut anrührt: Klerikalfaschismus und Antisemitismus, Fremdenfeindlichkeit und Wundergläubigkeit, Bigotterie und verlogene Sexualmoral. Es ist jene rechtsradikale Mischung, in deren Klima die Nazis auf blanke Willfährigkeit stießen. Maria Lazars bestechende, mit schnellem Dialogpuls erzählte Mentalitätsanalyse eines kleinstädtischen Milieus kurz vor der ‚Machtergreifung', in dem alles gefährlich Verstockte nahezu ungehindert anwächst, bis es 1938 endlich ‚heim ins Reich' ging, erschien erstmals 1958 in der DDR unter dem dänischen Pseudonym Esther Grenen, unter dem Lazar seit Mitte der Zwanzigerjahre erfolgreich publizierte. Nun kommt der Roman erstmals in Österreich heraus, auf eine ähnliche Stimmungs-Melange treffend."

– Harald Eggebrecht in der **Süddeutschen Zeitung**